Mit dem schlimmen Zwilling im Bett

Band 2 der Serie
Mit den Junggesellen im Bett

von

Virna DePaul

KURZBESCHREIBUNG

Dieser schlimme Junge garantiert so einiges an Zauber und Magie . . .

Max Dalton, der berühmte Zauberkünstler aus Las Vegas, war im Vergleich zu seinem eineiigen Zwillingsbruder schon immer der Bad Boy der Familie, der den Ruhm und die vielen Frauen, die sein Ruf mit sich bringt, sehr wohl zu schätzen wusste. Doch jetzt, da sein Bruder die Liebe seines Lebens geheiratet hat und bald eine eigene Familie haben wird, erkennt Max, worum ihn sein Playboy-Dasein gebracht hat.

Grace Sinclair kommt mit einer bestimmten Absicht nach Las Vegas: sie will Max, den Schwager ihrer besten Freundin, bitten, ihr das Vergnügen zu schenken, das ihr bis jetzt noch kein Mann bereiten konnte. Sie vermutet, dass Max mehr Schichten hat als er die Menschen sehen lässt, ist aber dennoch entschlossen, ihr Herz für sich zu behalten, auch wenn sie ihm ihren Körper anbietet. Schließlich kann Max ihr das geben, was sie will, aber nicht das, was sie braucht - ein Kind. Dafür hat sie einen Plan, der Max nicht mit einschließt.

Wird Grace lange genug hinter die Fassade des Bad Boy schauen, um ihm auch ihr Herz zu schenken? Und wird Max rechtzeitig herausfinden, was er wirklich will, bevor er die eine Frau verliert, durch die er lernte, wieder an die wahre Liebe zu glauben?

Diese heiße Liebesgeschichte beinhaltet ungehörige

Aktivitäten in einem fahrenden Auto, schlüpfrige Texte - sowohl gesprochen als auch geschrieben - , ein seltsames Babyprojekt, eine Südstaatenschönheit, die ihre recht ausgefallenen Vorlieben bekämpft, und einen schlimmen Jungen, der alles tun will, um sie dazu zu bringen, abzuheben und zu fliegen. Volle Kraft voraus!

Die Fortsetzung von ‚Mit dem falschen Bruder im Bett' (mehr als 200 Fünf-Sterne-Bewertungen!) wird mit HHH (= Heat Heart & HEA = Happily Ever After) bewertet, das heißt: es geht hitzig zur Sache, ist etwas fürs Herz und garantiert ein glückliches Ende.

BÜCHER VON VIRNA DEPAUL

PROLOG

Max' Zauberregel Nr. 1:
Die einzige Möglichkeit, Leute zu überzeugen,
an Magie zu glauben, ist, dass sie erst einmal
akzeptieren, dass es sie nicht gibt!

DER ZWEIUNDZWANZIG JAHRE ALTE MAX Dalton klopfte an die Tür des Apartments seiner Freundin Nancy Morrison. Während er darauf wartete, dass sie antwortete, rieb er an dem Freundschaftsring in seiner Hosentasche. Er hatte ihn letzte Woche für Nancy gekauft und trug ihn seitdem immer mit sich herum, und damit zog ihn sein identischer Zwillingsbruder Rhys immer wieder auf.

„Endlich mal ein Mädchen, das dich um den Finger gewickelt hat", freute sich Rhys, bevor Max ihn verließ. „Zeige ihr nicht zu sehr, wie sehr du sie liebst, wenn du sie wiedersiehst! Sonst ruinierst du dein Image als Herzensbrecher. Nein, zur Hölle nochmal, sonst ruinierst du *unser* Image!"

Max kümmerte sich einen Scheiß um ihr Image, weder um seins noch um das seines Bruders. Er hatte Nancy die letzten zwei Wochen vermisst. Vor ihr hatte er sich mit sehr vielen Mädchen verabredet, aber Nancy war die Erste, die ihn wahrhaft verstand. Die Erste, die ihn sich als etwas Besonderes fühlen ließ und nicht als ein Anhängsel seiner liebenswerten, aber verrückten, im Showgeschäft tätigen Familie. Sie war sexy, klug und tiefgründig.

Sie verstand, dass er mehr als ein Darsteller oder Künstler war. Obwohl sie sich nur über zwei Monate hinweg getroffen hatten, hatte er ihr Dinge gesagt, die er nie zuvor jemand anderem gesagt hatte, einschließlich der Tatsache, wie sehr er es manchmal hasste, auf der Bühne zu stehen. Wie er sich manchmal wünschte, die Truppe verlassen zu haben, um selbstständig zu leben, damit die Leute ihn nicht ständig mit seinem Bruder vergleichen könnten.

Jetzt hatte er etwas anderes, das er mit ihr teilen konnte: er liebte sie.

Das hatte er vorher zwar schon vermutet, doch die Zeit, in der er von ihr getrennt war, hatte das noch verstärkt.

Er pochte noch einmal an ihre Tür.

Als die Minuten verstrichen und Nancy immer noch nicht antwortete, verwandelte sich sein Unbehagen in Sorge. In letzter Zeit hatte Nancy ihn immer seltener angerufen und war bei den meisten seiner Anrufe nicht da gewesen, um sie anzunehmen. Natürlich hatte er angenommen, dass sie einfach nur mit ihrem Studium beschäftigt war, so wie er mit der Zaubershow der Familie Dalton beschäftigt war, wenn sie unterwegs waren, aber . . .

Ihre Stimme kam den Gang hinunter, und er hörte Nancy, ehe er sie sah. Sein Herzschlag beschleunigte sich, als sie um die Ecke bog, ihr blondes Haar umschmeichelte ihre Schultern, und ihre wunderhübschen, grünen Augen funkelten. Er lächelte . . .

Bis er bemerkte, dass sie nicht alleine war. Ihr Arm lag um die Taille eines dunkelhaarigen Kerls mit Brille. Nancy erstarrte, als sie Max sah.

„Max? Was machst du denn hier?" Ihre Augenbrauen zogen sich zusammen, und sie ließ ihren Arm von dem anderen Kerl herabsinken.

Aber sie bewegte sich nicht näher zu ihm heran.

„Ich habe dir gesagt, dass ich heute nach Hause kommen würde. Wer ist er?" Mit dem Kinn wies er in Richtung ihres Begleiters.

Verlegen bewegte der Typ seine Füße und sagte dann zu

Nancy: „Ich hol' dich später ab", bevor er wegging.

Nancy verschränkte ihre Arme. „Mach' mir bitte keine Szene, Max!"

Seine Augenbrauen schossen in die Höhe. „Das schließt mit ein, dass es einen Grund dafür gäbe. Triffst du dich mit diesem Kerl hinter meinem Rücken?" Sein Tonfall war glatt. Verärgert. Richtiggehend entrüstet. Innerlich jedoch schmerzte sein Herz, und er hatte zu kämpfen, dass er nicht mit zitternder Stimme sprach.

Er packte den Ring in seiner Hosentasche. Das durfte einfach nicht passieren! Nancy sollte ihn jetzt nicht so enttäuschen und betrügen.

„Schau nicht so überrascht! Du hast gewusst, dass das zwischen uns niemals klappen könnte. Ich bin einfach nur ich. Und naja, . . . du bist Max Dalton. Heißer Zauberer. Der Typ, dessen Zauberstab jedes Mädchen will."

Er machte ein paar Schritte auf sie zu. „Ich habe niemals nur mit dir gespielt." Und das hätte er eigentlich tun können. Während sie auf Tour waren, kamen viele Mädchen auf ihn zu und wollten etwas von ihm, aber er hatte sich niemals in Versuchung führen lassen; nicht einmal hatte er Nancy betrogen.

„Vielleicht noch nicht", sagte sie. „Aber letztendlich würde es doch einmal passieren. Ich weiß, dass du glauben willst, dass du mehr bist als das, aber . . ."

Ihre Worte verloren sich und fühlten sich wie Dolchstöße an. Anscheinend glaubte sie diesen ganzen Wirbel, der um die Dalton-Zwillinge gemacht wurde, doch. Glaubte, dass er nur vordergründiges Aufblitzen war und keine Substanz hatte. Mehr Schein als Sein. „Du irrst dich, was mich betrifft", sagte er. „So wie Rhys und ich auf der Bühne sind, das ist nur Show . . ."

„Ich spreche nicht von Rhys. Mag sein, dass du genauso aussiehst wie er, aber du bist nicht dein Bruder. Auch wenn Rhys Spaß haben will, ist er dennoch solide. Man kann sich auf ihn verlassen. Eines Tages wird er eine Frau haben. Eine Familie. Aber du wirst . . ."

„Was werde ich?"

„Du wirst weiterhin Spaß haben. So wie ich Spaß haben werde, solange ich im College bin. Der Unterschied ist, dass ich weiterziehen werde, nachdem ich mein Studium abgeschlossen haben werde. Du bist ein professioneller Zauberer–dein ganzes Leben dreht sich um Spaß und Spielereien. Also bleibe auf deiner Tour und ziehe weiter, und verhalte dich nicht so, als würdest du angekettet werden wollen!"

Ein Stich fuhr ihm ins Herz, und Schmerz strahlte überallhin aus. „Nancy . . ."

„Auf Wiedersehen, Max Dalton." Mit einem Achselzucken tat sie seine Berührung ab, schlüpfte in ihr Apartment und schloss leise die Tür hinter sich.

Max stand minutenlang im Gang. Stundenlang. Er wusste es nicht mehr. Schließlich ging er wie betäubt davon.

Er war zwar erst zweiundzwanzig, und sie trafen sich erst seit wenigen Monaten–es war nicht so, als hätte er in Betracht gezogen, sie zu heiraten oder so etwas. Aber er liebte sie, er fühlte sich ihr mehr als zugetan, vertraute ihr, und sie . . . was? Sie dachte, alles, was er wollte, wäre Spaß und Spielerei?

Ärger baute sich in ihm auf.

Rhys war auch ein professioneller Zauberer. Ebenso sein Vater. Aber offenbar spielte das keine Rolle. Irgendetwas an *ihm* veranlasste die Mädchen, ihn nur zu wollen, um eine gute Zeit mit ihm zu haben.

Wie oft hatten seine Familie und seine Freunde ihn ‚Max, den Spaßmacher', ‚Max, der die Mädchen anzieht wie ein Magnet' und ‚Max, den Charmeur' genannt? Sie sprachen nie von seiner Intelligenz, seinem Ehrgeiz oder seiner Fähigkeit, sich um andere zu sorgen.

Vielleicht deshalb, weil sie etwas wussten, was er nicht wusste.

Vielleicht sahen sie ihn so, wie er wirklich war.

Und wie er nicht war.

Wenn er nicht wollte, dass ihn das noch einmal verletzte, musste er anfangen, so zu denken wie sie.

KAPITEL EINS

Max' Zauberregel Nr. 2:
Je größer das Risiko, desto lauter der Beifall!

Las Vegas, Nevada
Elf Jahre später

MAX VERBEUGTE SICH AN DIESEM Abend bereits zum zweiten Mal und bedankte sich für den Beifall. Die Zuschauer waren aufgesprungen, klatschten und pfiffen anerkennend, da sie so sehr von dem letzten Trick der Zaubershow beeindruckt waren, den er und sein Bruder sich vor Kurzem ausgedacht hatten.

Als er zur linken Bühnenseite blickte, sah er im Verborgenen Rhys stehen, der grinste. Sicherlich hatte sein Grinsen wahrscheinlich weniger mit der Reaktion des Publikums zu tun als mit der Frau, die neben ihm stand. Melina, Rhys' Frau, war wunderschön, und das obwohl sie seit sechs Monaten mit Zwillingen schwanger war? Sie sprühte vor Vitalität und errötete, als Rhys sich zu ihr beugte, um ihr etwas ins Ohr zu flüstern. Max hatte seinen Bruder nie zuvor glücklicher gesehen.

Als der Vorhang fiel, ging Max zu ihnen hinüber und lachte, als Melina ihre Arme um ihn legte.

„Das war eine verblüffende Show, Max. Einfach fantastisch!"

Er zog sich zurück und stupste sie an der Nase, und seine Zuneigung zu Melina–die er und Rhys kannten, seit sie vierzehn und die Brüder sechzehn waren–schwoll in seiner Brust an, bis sie ihn ganz erfüllte. Schon damals war Melina in Rhys verliebt gewesen. Max hatte das gewusst. Rhys hatte das gewusst. Zur Hölle, jeder hatte das gewusst! Als Melina sechzehn wurde, hatte Rhys endlich den Mut gehabt, sie zu fragen, ob sie mit ihm ausgehen würde, aber Max hatte alles verdorben, indem er Melina küsste. Das war einfach beschissen gewesen von ihm, so etwas aus Eifersucht auf seinen Bruder zu tun; und sie alle hatten einen hohen Preis dafür bezahlt. Rhys und Melina hatten kaum mehr miteinander gesprochen, und Max hatte die Abneigung seines Bruders ihm gegenüber oft stark zu spüren bekommen. Glücklicherweise hatte Max letztes Jahr die Gelegenheit bekommen, die Dinge wieder gerade zu rücken. Indem er Melina und Rhys in eine stark sexuell aufgeladene Situation gezwungen hatte, hatte er sie dazu gebracht, sich gegenseitig ihre wahren Gefühle zu gestehen. Kurz danach hatten sie herausgefunden, wie sie ihre unterschiedlichen Lebensweisen verschmelzen konnten, und so waren sie schließlich alle in Las Vegas gelandet. Rhys war der Manager der Show und dachte sich weiterhin die Kunststücke aus, während Max als Solokünstler auf der Bühne stand.

Max sah sich um, konnte aber Melinas beste Freundinnen, die sie aus Kalifornien besuchten, nicht entdecken. „Wo sind Lucy und Grace?"

Lucys Name kam ihm leicht über die Lippen. Grace' Name nicht so sehr. Das war immer so. Irgendetwas an dieser Frau berührte ihn, auch wenn sie für ihn bis jetzt fast nur eine Stimme am Telefon war.

Melinas Augen flackerten leicht. „Sie sagten, dass ich dir ausrichten solle, dass ihnen die Show sehr gefallen hätte. Lucy hatte einen Skype-Termin mit Jericho, und Grace beschloss, mit ihr zurückzufahren. Momentan gehen ihr viele Dinge durch den Kopf.

Da gibt es einiges, das sie klären muss."

Naja, das war ziemlich vage. Aber auch fesselnd.

Lucy war ein rothaariger Hitzkopf mit einer spitzen Zunge, aber einem freundlichen Herzen. Sie neigte dazu, sich mit jüngeren Männern zu verabreden, grüblerischen Künstlern mit jeder Menge Leidenschaft, aber wenig Verlässlichkeit. Ihr neuester Typ, Jericho, war im Napa Valley in Kalifornien sehr erfolgreich und hatte an diesem Abend eine Ausstellungseröffnung.

Grace war etwas ruhiger als Lucy. Nicht wirklich schüchtern, aber eindeutig etwas zurückhaltender, mit einem leichten Südstaaten-Akzent und dem Hang zu einer Ausdrucksweise, die an heiße, schwüle Nächte und weichen Bourbon denken ließ. Sie hatte eine ganz spezielle Art von respektlosem Humor, der sich manchmal an ihn anschlich; doch bei den seltenen Gelegenheiten, an denen er Grace sah, spürte Max die Wand, die sie zwischen sich und den anderen errichtet hatte. Jedes Mal war er versucht, diese Wand zu überwinden. Zum Teil weil er neugierig war und diese Neugier befriedigen wollte. Hauptsächlich aber weil sie so verdammt schön war. Diese Kombination brachte ihn auf Touren. Ließ ihn über alle Möglichkeiten nachdenken, wie er sie aus der Fassung bringen könnte. Forderte ihn heraus, zu erforschen, wie lange es dauern würde, um sie aus der Reserve zu locken, bis er sie soweit hatte, dass sie sich an seinen Rücken klammern, seinen Schwanz fest umfassen und gellend seinen Namen schreien würde, wenn sie kam.

Die Vorstellung, wie sie unter ihm ausgebreitet daliegen würde, war zu einer gewissen Besessenheit geworden, eine, die er manchmal kaum verbergen konnte.

Das Letzte, das er brauchte, war, seine Beziehung mit seinem Bruder und Melina aufs Spiel zu setzen, indem er eine von Melinas besten Freundinnen bumste. Grace war nicht so wie er oder wie die Frauen, mit denen er sich nur so zum Spaß verabredete, solange es eben dauerte. Außerdem war sie von Max' Sex-Appeal oder seinem Berühmt-und-Berüchtigtsein nicht beeindruckt. Zur Hölle, sie schien ihn kaum zu bemerken!

Dennoch, sie war Melinas Freundin und deshalb . . .

„Kann ich Grace bei irgendetwas helfen?", fragte er.

Max hätte schwören können, dass Melina errötete, ehe sie mit den Schultern zuckte. „Ich werde sie wissen lassen, dass du deine Hilfe angeboten hast, aber wahrscheinlich braucht sie nur mal eine Nacht zum Durchschlafen."

Er fühlte sich selbst auch müde. So erschöpft, dass er nach Hause gehen, duschen und drei Tage lang durchschlafen wollte. Aber er hatte eine Verabredung. Eine wichtige. Eine, die eine brenzlige Situation, die einen Schatten auf das Glück seiner Familie warf, ins Gegenteil verkehren könnte.

Trotz des begeisterten Beifalls heute Abend, war das Theater nur halb voll gewesen. Ihre Show war über alle Maßen erfolgreich gewesen, seit sie im letzten Jahr nach Las Vegas gezogen waren, jedoch waren die Verkäufe der letzten paar Monate drastisch eingebrochen aufgrund der neuen Konkurrenz–einer Tanz-und-Akrobatik-Revue, die neuerdings im Casino nebenan stattfand. Jeremy Pritchard hatte das Gebäude mit dem Theater vor sechs Monaten gekauft. Wie der Eigentümer vor ihm bekam er zusätzlich zur Miete einen Anteil von den Einkünften jeder Show. Vor zwei Wochen hatte er gedroht, ihren Mietvertrag nicht zu verlängern, wenn sie ihre Verkaufszahlen nicht deutlich erhöhen würden. Daraufhin hatten die Dalton-Zwillinge ihr Budget für Werbung und ihre Anstrengungen in der Vermarktung stark gesteigert, aber bis jetzt hatte sich das alles noch nicht ausgezahlt.

Nun hatten sie nur noch einen weiteren Monat, bis ihr Mietvertrag auslief. Obwohl es nicht das Schlimmste auf der Welt wäre, einen neuen Veranstaltungsort für ihre Show suchen zu müssen, ergäben sich Wochen ohne Aufführungen und ohne Einkommen sowie unnötiger Stress für seine Familie und die gesamte Truppe. Seine Eltern, die gerade dabei waren, zu kurzen zweiten Flitterwochen auf Hawaii aufzubrechen, würden sich gezwungen sehen, sie abzusagen oder abzukürzen. Und was am wichtigsten war, Max wollte verhindern, dass irgendetwas Rhys und Melinas Schwangerschaft stören könnte, die zwar gut verlief, aber dennoch ein großes Risiko darstellte aufgrund Melinas schmaler Figur und der Tatsache, dass sie Zwillinge bekommen würde.

„Ist Jeremy aufgetaucht?", fragte Max.

„Klar, bin ich!", rief Jeremy hinter ihnen.

Alle drehten sich um.

Jeremy war durchschnittlich groß und stämmig gebaut. Er hatte ergrauendes, hellbraunes Haar und einen Schnurrbart. Durch seine gerötete Gesichtsfarbe wurde man an Santa Claus erinnert, wenn man nicht wüsste, dass Jeremy ein Angeber und Intrigant war.

Er schlug sowohl Max als auch Rhys auf die Schulter. „Großartige Show heut' Abend, Jungs." Er nickte Melina zu. „Du siehst so wunderschön wie immer aus."

Melina lächelte höflich. „Danke."

Er schaute Rhys an. „Viel Beifall, Dalton, aber wieder kein volles Haus. Um euretwillen hoffe ich, dass sich das bald ändern wird. Gute Nacht", sagte er und ging.

Melina funkelte ihn an. „Ich mag diesen Mann nicht."

„Mit Ausnahme der Casino-Eigentümer mögen ihn viele nicht", sagte Max. „Das Gerücht geht um, dass er ein Problem hat, weil er spielt und dieses Haus bis zur Oberkante belastet hat."

Rhys seufzte und rieb sich den Nacken. „Es ist schon wirklich schlimm, dass wir nicht ein Wörtchen mitreden durften, als es darum ging, wer das Gebäude kaufte."

Max' bereits beträchtliche Wut über Jeremy loderte stärker auf, als er sich seinem Bruder zuwandte. „Ich will, dass keiner von euch beiden sich über Jeremy oder den Mietvertrag Sorgen macht." Rhys öffnete seinen Mund für eine Erwiderung, aber Max unterbrach ihn bereits: „Ich habe alles unter Kontrolle. Konzentriert euch darauf, euch auf die Babies vorzubereiten. Jetzt muss ich los zu Lodis Bar. Macht ihr euch auf den Weg nach Hause?"

Lodis Bar war eine der angesagtesten neuen Bars von Las Vegas. Der Besitzer, Rick Lodi, war ein riesiger Fan ihrer Zaubershow und empfahl vielen seiner Kunden ihre Vorführung. Max kehrte nach der Show oft in Lodis Bar ein, um etwas zu trinken, was dann normalerweise zu einem längeren Aufenthalt bis spät in die Nacht mit einer sexy Urlauberin oder einem Showgirl führte. Heute Abend jedoch würde er sich auf Elizabeth Parker konzentrieren, seine Ex-Freundin und der momentan wichtigste Star am Hollywood-Himmel, die aus bestimmten, selbstsüchtigen Gründen vorgeschlagen hatte, sowohl ihren Status als Berühmtheit als auch Max' Ruf als Playboy zu nutzen, um Max und seine Show wieder zum Brummen zu bringen.

Rhys zog Melina näher an seine Seite. „Na klar. Mein Marienkäferchen hat schon den ganzen Abend gegähnt, und deshalb will ich sie ganz behaglich ins Bett packen."

Sie blickte ihn an, und ihre Augen waren voller Liebe und Bewunderung.

Das war's!, dachte Max. Das war der Grund, warum er sie vor all diesen Jahren geküsst hatte. Weil er wollte, dass eine Frau ihn genauso ansah, wie Melina immer seinen Bruder angesehen hatte.

Das war es auch, was er von Nancy Morrison gewollt hatte.

Das war es auch, was ein Teil von ihm immer noch wollte.

Aber wie immer unterdrückte er diesen Teil von sich.

Er hatte ein gutes Leben, nur mit gelegentlichen Unannehmlichkeiten, die zum Beispiel Jeremy verursachte, wenn er androhte, ihren Mietvertrag nicht zu verlängern. Hoffentlich würde er, Max, das in Ordnung bringen können. Und bezüglich das zu wollen, was Rhys mit Melina hatte? Warum sollte er die Dinge verkomplizieren, indem er von etwas träumte, was er sowieso nicht haben konnte? Er war einfach nicht der Typ Mann, mit dem sich die Frauen häuslich niederlassen und Kinder haben wollten, aber hey, das hatte auch seine Reize! Falls er das manchmal vergessen sollte, gab es immer wieder Frauen, die ihn daran erinnerten.

Also ging er los zu Lodis Bar. Schon nach wenigen Minuten hing sich Elise, eine prachtvolle Brünette, mit der er sich ein paar Mal verabredet hatte, an ihn dran und machte klar, dass sie für mehr bereit wäre als sie bis jetzt geteilt hatten. Er unterhielt sich mit ihr, während er auf Elizabeth wartete, und auf die Paparazzi, die ihr unweigerlich folgen würden.

Je mehr Zeit verging, desto mehr merkte er jedoch, dass er an eine ganz andere Frau dachte.

Melinas Freundin Grace.

Welche Probleme hatte sie, die ihr Stress verursachten?

Und warum war Melina errötet, als Max seine Hilfe angeboten hatte?

MAX DALTON WAR EIN ORGASMUS, auf den man warten konnte.

Gerüchten zufolge lieferte der berühmte Zauberer, der zufällig der Schwager von Grace Sinclairs bester Freundin war, das ultimative Hochgefühl bei jedem einzelnen Mal.

Die Frage war nur: Könnte sie ihn überzeugen, seine Zauberkräfte bei *ihr* auszuprobieren?

Grace warf verstohlen einen weiteren flüchtigen Blick auf das Spiegelbild von Max, das sie im Spiegel an der Wand hinter der Theke von Lodis Bar sehen konnte. Sie hatte ihn seit über einer Stunde dort beobachtet, und jedes Mal, wenn sie daran dachte, sich ihm zu nähern, fühlte sie sich ganz grün im Gesicht.

Mit einem Blick zog sie die Aufmerksamkeit des Barkeepers auf sich. „Könnte ich bitte noch ein Lemon Soda bekommen?"

Eine Minute später stellte der Barkellner das Getränk vor ihr auf den Tresen. „Bitteschön, Schätzchen!" Sie steckte ihr gebleichtes blondes Haar hinters Ohr und legte an ihrem Hals ein Tattoo in Form einer Kette von Rosen frei. „Wollen Sie sonst noch etwas?"

„Das reicht mir im Moment, danke." Sie schloss die Augen, kippte ihren Drink hinunter und stellte dann das Glas mit einem lauten *Klirren* auf die Theke. An der Universität riet sie ihren Studenten immer, sich möglichst hohe Ziele zu setzen, wenn es um ihre Karrierepläne ging. Warum sollte diese Regel nicht auch für sie gelten? Und warum sollte das nicht auch für einen Orgasmus gelten? Sie war beinahe dreißig, und dank Logan Cooper musste sie sich mit einem scheußlichen Fall von sexuellem Missbrauch befassen. Noch wichtiger war, dass sie, während sie aufgeregt war, dass Melinas Träume von Liebe und Familie wahr wurden, auch nicht leugnen konnte, dass sie eifersüchtig war.

Es gefiel ihr nicht, auf irgendjemanden eifersüchtig zu sein, besonders nicht auf ihre Freundinnen, aber sie war entschlossen, sich um ihre eigenen Angelegenheiten auf so praktische Weise wie möglich zu kümmern. Das umfasste das Akzeptieren ihrer Eifersucht, sie zu analysieren und einen Plan zu schmieden.

Natürlich war sie eifersüchtig auf Melina, die nun ihr Leben mit dem Mann ihrer Träume aufbauen konnte, und das schloss die bevorstehende Ankunft ihrer Babys mit ein. Aber Melina war nicht so weit gekommen, ohne Risiken eingegangen zu sein, und Grace musste zugeben, dass sie es sich selbst viel zu bequem gemacht hatte in ihrem sicheren Leben in Kalifornien. Sie hatte alle Energie in ihre Arbeit gesteckt und hatte sich seit Monaten nicht mehr verabredet, weil sie überzeugt war, dass wenn ein Mann sie im Bett nicht zufriedenstellen konnte und sie deshalb letztendlich verlassen würde. Was hätte das alles dann für einen Zweck? Nun tauchten in ihrer Karriere plötzlich so einige Probleme auf, und Grace hatte lange Zeitphasen, in denen sie nichts anderes zu tun hatte, als ihre Misserfolge zu begutachten. Wenn sie nicht den Rest ihres Lebens alleine verbringen wollte, musste sie etwas dagegen tun. Wie Melina auch musste sie gewisse Risiken eingehen.

Die erste Sache, die sie angehen musste, war ihre Unfähigkeit, mit einem Mann zum Orgasmus zu kommen. Dieses spezielle Problem hatte ihr ganzes Leben und ihre Handlungen schon so lange beherrscht, dass dies ihre letzte Schlacht sein sollte. Sie war gewillt, einen weiteren Versuch zu wagen, aber wenn es diesmal nicht geschehen würde, dann würde sie sich um wichtigere Dinge kümmern. Das war der Grund, warum sie schließlich beschlossen hatte, Max Dalton für diese Aufgabe heranzuziehen.

Im Geheimen war sie bereits auf ihn geflogen seit dem Moment, als sie das erste Mal am Telefon mit ihm sprach, das war vor mehr als einem Jahr gewesen. Was noch wichtiger war: auch wenn er als Playboy verrufen war, Melina vertraute ihm völlig. Und was das betraf, Grace auch. Sie traute ihm zu, diskret zu sein. Sie traute ihm zu, freundlich zu sein. Und sie traute ihm zu, dass er ihr letztendlich das geben würde, was sie brauchte.

Während sie sich unmerklich auf ihrem Stuhl umdrehte, beobachtete sie ihn genauer. Wie üblich war er nicht allein. Die Brünette, mit der er sich unterhielt, war das genaue Gegenteil von Grace, die schlank und blond war und einen blassen Teint hatte. Grace kleidete sich zwar schon so, dass sie ihrem Körper schmeichelte, hatte aber dennoch eher die Ausstrahlung einer Magnolienblüte als die eines Vamps. Die Brünette war mehr als offenherzig, ihr offenes Haar fiel bis auf ihre Hüften, und ihr sinnlicher Körper war in ein hautenges, mitternachtsblaues Kleid gehüllt. Es hob ihre üppigen Brüste deutlich hervor und zeigte ihre ellenlangen Beine im besten Licht. Sie wirkte überzeugt von ihrer Sexualität, ebenso wie Max, der breit grinste–obwohl sein Lächeln etwas schwächer zu werden schien, als die Frau mit ihrem Finger seinen Arm entlangstrich.

Als Grace sich vorstellte, dass *sie* ihn berührte, zischte ein

Schauer der Begierde durch sie hindurch, von der Brust bis in den Magen. Guter Gott, er machte es ihr gut, aber wem machte er es *nicht*?

Max war besonders schick und elegant gekleidet, wenn er auf der Bühne stand. Doch jetzt nach der Show hatte er das Jackett ausgezogen und die Hemdsärmel hochgerollt, wodurch seine langen, muskulösen Unterarme freigelegt waren. Auch wenn der größte Teil seines Körpers bedeckt war, so war es doch augenfällig, dass Max stark war, breite Schultern, feste Oberschenkel und einen knackigen Hintern hatte. Er bewegte sich selbstsicher und trotz seines sandfarbenen Haares und seiner funkelnden grünen Augen umgab ihn eine unglaubliche, geheimnisvolle und umwerfende Aura.

Erfahren und mehr als fachkundig, einer Frau genau das zu geben, was sie im Bett brauchte–und darüber hinaus.

Letztes Jahr hatte Melina Max sogar um Sex-Lehrstunden gebeten. Zugegeben, er und Melina waren seit Jahren gute Gefährten gewesen, und Max hatte listigerweise nur so getan als ob er einverstanden wäre, um Melina und Rhys endlich zusammenzubringen. Während Max und Melina zum verabredeten Zeitpunkt keinen Sex hatten (was für Melina und Rhys nicht behauptet werden kann), würde Grace darauf wetten, dass Max in der besagten Nacht mit *irgendjemandem* Sex gehabt hatte. Für Max war Sex so wie für die meisten Menschen das Atmen. Natürlich. Angenehm. Freizügig.

Sie drehte sich wieder so, dass sie der Theke gegenüber saß. Dabei rieb der Stoff ihrer Bluse an ihren Burstwarzen-Piercings. Die Reibung, die durch die kleinen goldenen Ringe mit den winzigen silbernen Kügelchen verursacht wurde, reizte und verschlimmerte den sehnsuchtsvollen Schmerz, den sie schon dadurch spürte, dass sie Max anstarrte. Die Piercings, einschließlich dem zwischen ihren Beinen, waren einer ihrer mehr als verzweifelten Versuche, sich sinnlich zu fühlen und ihr sexuelles Vergnügen zu maximieren. Sie turnten auch die Männer ziemlich an. Was das Vergnügen betraf, das sie ihr verschafft hatten, so hielten die Piercings eigentlich ihr Versprechen. Indem sie sie geschickt handhabte, brachten sie sie schneller zum Orgasmus, wenn sie masturbierte. Wenn sie jedoch mit einem Mann zusammen war, was dann? Sie waren großartig, um ihre Lust zu steigern, aber wie alles andere auch, das sie jemals versucht hatte, nutzlos, wenn die Zeit dafür reif war, den ultimativen Gipfel der Gefühle auszulösen.

Sie drehte sich um, um Max anzuschauen.

Endlich war er alleine. Jetzt kam ihre Gelegenheit! Dennoch zögerte sie.

Das kam raus, wenn man ein wenig zu sehr über sich selbst nachdachte.

Was sie zögern ließ, war die Angst vor Zurückweisung, klar. Und mehr als das, war es das Wissen, dass, während sie hier war, um Max um einen Orgasmus zu bitten, das eigentlich das Geringste war, was sie wirklich von ihm wollte. Tief in ihrem Herzen wusste sie, dass ihn um einen Höhepunkt zu bitten nur eine Ausrede dafür war, dem Mann näherzukommen, der ganz unauffällig angefangen hatte, sie immer mehr zu faszinieren. Und dieser Mann war nicht derjenige, der den Ruf eines Playboys innehatte oder mit seinem elektrisierenden Charisma auf der Bühne beeindruckte. Es war der Mann, von dem sie über die letzten Jahre hinweg immer wieder mal flüchtige Eindrücke erhaschen hatte können. Derjenige, der Melina so viel Zuneigung entgegenbrachte. Derjenige, der seine Faust in die Luft reckte, als Melina und Rhys den Mittelgang der Kirche als Mann und Frau herunterkamen, und der an derselben Hochzeit mit seiner Mutter und dann mit allen Besuchern zu YMCA Boogie-Woogie getanzt hatte. Der Mann, dessen Blick sie manchmal auf sich spürte, was sie fragen ließ, ob vielleicht . . . nur möglicherweise . . . er sich von ihr ebenso angezogen fühlte wie sie sich von ihm.

Er war der Mann, den sie besser kennen lernen wollte, aber sie wusste auch, dass es gefährlich war, so zu denken. Egal wie viele Schichten Max zu haben schien, er war der Inbegriff eines Playboys. Er würde sich nicht einfach wie durch Zauberei in einen monogamen Familienvater verwandeln, der sich hoffnungslos in sie verliebte, bloß weil sie Sex mit ihm hatte. Wenn sie das hier wirklich durchziehen würde, müsste sie es mit dem Wissen tun, dass das Beste, das sie durch diese Erfahrung erreichen könnte, die Wonne der sexuellen Befriedigung wäre, und nicht Glück bis an ihr Lebensende.

Das könnte sie doch tun, nicht wahr?

Schließlich, als sie diese Frage mit Ja beantworten konnte, raffte sie sich auf und stand auf. Gerade in dem Moment setzte sich jemand auf den Stuhl neben ihr und berührte sie am Arm. Es war die Brünette.

„Du hast dich also entschieden, es zu versuchen?" Die Frau bemühte sich nicht einmal, den Barkellner abzuwimmeln. Sie schaute Grace einfach nur an, mit einem klar herausfordernden Blick.

„Wie bitte?", fragte Grace, obwohl sie genau wusste, worauf sich die Frau bezog. *Auf wen* sich die Frau bezog. Guter Gott, war sie so offensichtlich gewesen? Hatte sie sich an Max angepirscht, als wäre er eine Art Beute?

Die Brünette lächelte. „Reg' dich nicht auf! Er hat dich nicht bemerkt."

Also gut. Bleib' ruhig, dachte Grace, während sich ihr Rückgrat versteifte.

„Beruhig' dich! Ich hab's nicht so gemeint. Du bist wunderbar, und Max liebt die Abwechslung. Anscheinend ist er mit mir fertig. Ich will nur sichergehen, dass du weißt, worauf du dich einlässt, das ist alles."

Hmm. Immer noch wachsam, blieb Grace lieber still. Die Brünette würde sagen, was sie sagen musste, was hatte es also für einen Zweck? Außerdem war Grace zu ihrem eigenen Nutzen schon immer viel zu neugierig gewesen.

„Sieh mal, Max hat nur eine Gangart. Schnell und wild. Er ist *wirklich* gut darin, einer Frau eine gute Zeit zu bereiten. Mehrere Male. Die ganze Nacht lang, wenn du verstehst, was ich meine."

Sogar ein Felsen würde verstehen, was sie meinte. Die Worte der Frau ließen Bedauern in ihr hochsteigen, über das, was kommen würde. Und das war zweifellos das, was die andere Frau wollte. Es mochte so sein, dass Max mit ihr fertig war, aber *sie* war offensichtlich noch nicht mit ihm fertig. Ihre nächsten Worte bestätigten das.

„Du scheinst ein wenig . . . zart besaitet . . . für das, was Max so serviert. An deiner Stelle würde ich zweimal darüber nachdenken, es mit ihm aufzunehmen. Aber auch wenn du mit ihm umgehen kannst, erwarte nicht, dass es lange dauert. Das tut es nie mit Max. Dachte bloß, es sei meine Pflicht aus schwesterlicher Anteilnahme, dich das wissen zu lassen."

Gedanklich sagte Grace der Frau, was sie von ihrem Rat hielt, und zwar in südstaatlicher Ausdrucksweise: *Meinungen sind wie Arschlöcher, einige sind einfach lauter und stinken mehr als andere.* Was sie aber tatsächlich sagte, war Folgendes: „Du meine Güte!", und dabei übertrieb sie absichtlich ihre für den Süden typische, gedehnte Sprechweise. „Du musst annehmen, dass ich nicht einmal so viel Verstand wie eine Gans besitze, dass ich mit Max spielen wollen würde. Echt gut, dass ich mich schon immer auf die Freundlichkeit von Fremden verlassen habe." Ihr Tonfall war zuckersüß, aber da sie weiterhin Augenkontakt mit dieser Frau hielt, war es klar, dass sie einander verstanden. Die Brünette hatte Grace verwarnt. Grace würde dieser Frau aber nicht die Genugtuung geben, diese Warnung zu beachten.

Nachdem die Frau gegangen war, dauerte es ein paar Minuten, bis Grace ihren Mut wieder gefunden hatte. Die Fantasievorstellung, wie Max es ihr–hart und schnell und wild, die ganze Nacht lang–besorgte, war sowohl Versuchung als auch Abschreckung zugleich. Wenn es für sie so lief wie sonst auch, würde er die ganze Nacht damit zubringen, das, was er normalerweise von Frauen bekam, *nicht* zu bekommen. Aber . . .

Sie holte tief Atem und drehte ihren Barhocker dennoch wieder in Max' Richtung.

Anstatt seinen Blick zu erhaschen, sah sie, wie er die Zimmerdecke anstarrte. Die Energie, die er zuvor gehabt hatte, als er mit der Brünetten geredet hatte, war aus ihm gewichen. Ohne zu lächeln, warf er den Kopf zurück und schien einen hörbaren Seufzer auszustoßen. Seine Gesichtsmuskeln entspannten sich, und er war anscheinend erleichtert. Dankbar, endlich einen Moment alleine sein zu können.

Doch da war noch eine weitere Schicht, die sie den anderen Schichten, die sie bereits bemerkt hatte, hinzufügen musste.

Mochte Max Dalton auch eine Berühmtheit und darstellender Künstler sein, und ein Mann, der einer Frau multiple Orgasmen geben konnte, in diesem Moment war er bloß ein Mann, der etwas Frieden und Ruhe suchte, etwas, wovon er offensichtlich nicht genug bekam.

Sollte sie ihn nun stören?

Er schaute zu ihr herüber und begegnete ihrem Blick. Überraschung flackerte über sein Gesicht–er wusste, dass sie in der Stadt war, um Melina zu besuchen, aber er fragte sich wahrscheinlich, warum sie alleine hier war–kurz bevor er sein Kinn hob und sich seine Gesichtsmuskeln wieder anspannten. Sie sah die Anspannung über ihn kommen und hörte seine Gedanken laut und klar.

Was ist? Was zur Hölle will jetzt schon wieder jemand von mir?

Grace wurde flau im Magen.

Ihre Wangen erhitzten sich, und sie warf ihm ein kleines Lächeln zu, ehe sie sich wieder umdrehte. Abgesehen von ihrem Verknalltsein kannte sie den wahren Max Dalton nicht. Sie hatte ihn nur wenige Male getroffen. Wenn Melina ihn um einen Gefallen bat, war das eine Sache, aber sie? Sie hatte ihn als eine Art sexuelles Objekt betrachtet, von dem sie erwartete, dass er ihr einen wahnsinnig intimen Gefallen tat, bloß weil er zufällig Sex im Allgemeinen mochte. Die Worte der Brünetten bewiesen, dass es einige Personen gab, die ihn als Mittel zum Zweck ansahen, und sie war kein bisschen besser.

„Hey."

Sie blickte auf und sah den Barkeeper an.

„Hast du drauf gewartet, um mit Max zu sprechen? Er ist jetzt alleine, aber das wird nicht lange so bleiben. Wenn du ihn erwischen willst, . . ."

Sie zuckte leicht zusammen. Wie viel von ihrer Unterhaltung mit der Brünetten hatte der Barkeeper mit angehört? Sie schüttelte ihren Kopf und lächelte zaghaft. „Er sieht müde aus, deshalb will ich ihn nicht weiter stören. Ich werde irgendwann anders mit ihm reden."

„Bist du sicher? Weil er gerade jetzt hierher kommt."

„Was?" Sie blickte über ihre Schulter zurück und versteifte sich. Max Dalton kam in der Tat geradewegs auf sie zu.

Verdammt, verdammt, verdammt! Was sollte sie jetzt bloß tun?

Ihr Herzschlag beschleunigte sich, ließ sie in Panik-Modus verfallen. Sie sprang auf ihre Füße, suchte in ihrer Handtasche nach ihrer Geldbörse und warf dann ein paar Geldscheine auf den Tresen.

Plötzlich packte eine Rothaarige in einem trägerlosen Pailletten-Top, deren Brüste daraus hervorquollen, Max am Arm. Er blickte Grace an, sein Kiefer spannte sich an, und seine Augen ließen Ungeduld erkennen, als diese Frau ihm den Weg abschnitt.

Grace nutzte die Gelegenheit, um zu entkommen. Mit ihrer Geldbörse nah an sich gepresst bahnte sie sich den Weg durch den überfüllten Nachtclub, während sie Max' Blick auf ihrem Nacken spürte.

„Grace!"

Sie taumelte leicht, als sie meinte, sie hätte gehört, dass Max ihren Namen gerufen hatte, aber sie hielt nicht an. Endlich stieß sie die Tür auf, und ihre Absätze klackerten den bevölkerten Gehsteig entlang. Ihr Herz hämmerte wie wild, und Tränen brannten hinter ihren Augen, doch sie hielt sie zurück.

Dann ergriffen starke Finger sanft ihren Arm und drehten sie herum. Mit einem Gefühl des Grauens sah Grace auf und begegnete Max' Blick.

„Was zur Hölle, Grace? Warum rennst du vor mir davon?"

Sie schluckte schwer. Seine Hände auf ihrem Arm zu spüren–sanft, aber doch fest–ließ sie schaudern. Sie zauberte ein gekünsteltes Lächeln auf ihr Gesicht. „Ach, hallo Max! Ich renne nicht davon, Süßer. Es war nur Zeit für mich, zu gehen."

Er ließ sie los und verschränkte die Arme vor seiner Brust. „Aha. Und du hast nicht gehört, dass ich dich gerufen habe?"

„Du hast mich gerufen?", fragte sie mit aufgerissenen Augen und deutlich gezwungenem Tonfall. Oh Gott, sie war so eine schlechte Lügnerin!

Langsamer als Lava den Abhang eines Vulkans herabströmt, wanderte sein Blick ihren Körper hinunter und begutachtete ihr Outfit. Ein rosafarbenes, rückenfreies Top, schwarze, knallenge Jeans und hochhackige Schuhe. Eindeutig passend für einen Club und aufreizender als alles, was er sie jemals hatte tragen sehen. Als seine Augen schließlich ihre wieder trafen, konnte sie nicht anders als nach Luft zu schnappen.

Sein Gesichtsausdruck war erhitzt. Versengend. Und wenn sie sich nicht täuschte, sah er so aus, als würde er genau das wollen, wirklich *brauchen*, was die Brünette gesagt hatte, was er ziemlich gut liefern konnte. Schnellen und wilden Sex mit einer Frau, die ganze Nacht. Sex mit *ihr*.

Bevor sie sich selbst daran hindern konnte, schweifte ihr Blick zur Vorderseite seiner Hose, wo sicherlich . . .

Der Beweis seines offensichtlichen Verlangens entzündete ihr eigenes.

Sie war aus einem bestimmten Grund hierhergekommen, und nun hatte sie ihre Gelegenheit.

Die Frage war, ob sie sie ergreifen würde.

Ihre Antwort war ein schallendes Nein.

Sie konnte nicht.

Konnte es nicht ertragen, in Max' Armen zu sein, nur damit er Zeuge ihrer Unfähigkeit würde, das zu tun, was so viele andere Frauen ganz einfach–so schien es–taten. Und außerdem, obwohl er sie begutachtet hatte und ihm zu gefallen schien, was er sah, war es wahrscheinlich nur ein Reflex. Sie war aufreizend angezogen. Er war auf Beutezug. Noch wichtiger war, dass sie eigentlich vor ihm davon gelaufen war. Dadurch waren seine Jagdinstinkte erwacht, das war's.

Sie begann zurückzuweichen. „Tut mir Leid, Max, aber ich muss gehen. Es war schön, dich wiederzusehen."

„Warte, verdammt nochmal!"

Bei dem Befehlston in seiner Stimme hielt sie instinktiv an. Sie hielt den Atem an, während er auf sie zu ging. Dieser Atem strömte plötzlich aus ihrer Lunge, als Max eine Hand hob und sie um ihren Nacken legte. Wie herrlich sich seine Berührung anfühlte, zärtlich und unentrinnbar zugleich, und seine Augen verdunkelten sich und glänzten wie polierte Jade.

„Was ist los, Schätzchen? Warum bist du hier?"

So wie er sie anstarrte, intensiv und geheimnisvoll, in Kombination mit der Art und Weise, wie er sie Schätzchen genannt hatte, ließ ihre Knie weich werden. Sicherlich zitterten sie bereits, so wie auch die zarte Stelle zwischen ihren Beinen. Hitzewallungen überkamen sie und explodierten in ihr, als er mit seinem Daumen über die Linie ihres Kiefers strich. So wie er sie anschaute . . . als ob er etwas in ihr sah, das alle anderen nicht sahen, als ob ihm das, was er sah, gefiel, und er mehr Zeit damit zubringen wollte, das zu erforschen, und gleichzeitig hoffte, dass sie das auch wollte . . . ließ eine verrückte Hoffnung in ihr aufkeimen.

„Grace", sagte er. „Antworte!"

„Ich . . ." Sie leckte sich die Lippen, bemerkte, wie sein Blick deshalb zu ihrem Mund wanderte. „Ich kam, um dich zu bitten . . ."

Als sie erneut innehielt, beugte er sich näher, bis sie seinen Atem auf ihrem Mund spüren konnte, wie zärtliche Küsse, die sie mit allem neckten, was als Nächstes kommen würde. „Grace, ich weiß, dass du irgendein Problem hast. Du kennst mich zwar nicht gut, aber ich denke, du weißt, dass ich dir helfen werde, wenn ich kann. Also sag's mir! Worum wolltest du mich bitten?"

Sie holte tief Atem und fragte sich, ob sie es wirklich sagen sollte, mitten auf der Straße. Doch so wie er sie anschaute, wie er sie berührte . . . sie wollte mehr davon. Sie wollte es zu sehr.

Ihr Blick huschte von seinem weg. „Max, ich kann nicht . . ."

Er hob seine andere Hand, sodass er nun von beiden Seiten ihren Nacken hielt. Dadurch fühlte sie sich eingeengt. Eingepfercht. In der Falle.

Und sie wollte, dass er sie niemals wieder losließ.

Instinktiv ergriff sie seine beiden Handgelenke.

„Grace. Worum wolltest du mich bitten?"

„Du bist viel zu kühn, Max. Ich werde nicht . . ."

„Worum wolltest du mich bitten, Grace?"

„Wirst du bitte aufhören . . ."

„Verdammt nochmal, jetzt sag' schon!"

„Ich will, dass du mir einen Orgasmus gibst!"

Beide keuchten.

Oh Gott, sie war tatsächlich damit herausgeplatzt!

Max sah wie vom Blitz getroffen aus. Aber sie musste zugeben, er sah nicht gänzlich abgeschreckt aus, von dieser Idee.

Sein Gesichtsausdruck wurde weicher, wenn das–weicher werden und entbrennen–überhaupt gleichzeitig geschehen konnte, und er kam sogar noch näher und bedeckte den pochenden

Pulsschlag an ihrem Hals mit seinem Daumen. „Schätzchen . . ."

„Max!"

Beide zuckten beim Klang einer Stimme, die seinen Namen rief, zusammen.

Grace sah über Max' Schulter eine wunderschöne Blondine auf sie beide zukommen, während eine Schar, die sich als Reporter herausstellte, hinter ihr herzog. Einige Leute auf der Straße hielten an. Starrten. Deuteten auf sie.

Max fluchte leise, trat zurück, ließ seine Hände fallen und wandte sich von ihr ab. Grace fühlte den Verlust seiner Berührung wie einen Schlag ins Gesicht. Er fluchte nochmal und sagte über die Schulter: „Es tut mir Leid, Grace. Ich muss . . ." Seine Worte wurden unterbrochen, als die Blondine ihre Arme um ihn warf und ihn küsste. Grace fühlte sich als wäre sie von einem Zug überfahren worden. Zweimal. Demütigung durchflutete was von ihr noch übrig war, und ihre Haut wurde so eiskalt wie das schmiedeeiserne Gitter eines Friedhofstores im Winter.

Oh Gott. Oh Gott.

Sie hatte gerade gesagt, dass sie wollte, dass er ihr einen Orgasmus gab, und er traf sich offensichtlich mit dieser fantastischen Frau.

Oh Gott.

Blitzlichter von Kameras blitzten auf.

Wie gelähmt wartete Grace darauf, dass Max sich entfernte und sich zu ihr bekannte. Wartete auf einen Versuch seinerseits, die Verlegenheit und die Demütigung, die sie fühlen musste, zu lindern.

Stattdessen legte er seine Arme um die Blondine und erwiderte deren Kuss. Mit Leidenschaft.

Die Menge johlte und brüllte, und ein wahres Blitzlichtgewitter brach los.

Schließlich trennte sich das Paar. Die Blondine vergrub ihr Gesicht an seinem Hals, schien nun wegen der Aufmerksamkeit, die sie erregt hatte, verlegen zu sein. Max warf Grace einen schnellen Blick zu, ein leicht gezwungenes Lächeln auf seinem Gesicht. Doch dann wandte er sich wieder der Blondine zu, schirmte sie von allem ab, als er sie durch die sie mit Fragen bombardierenden Reporter hindurch geleitete und zu Lodis Club führte.

Auch nachdem sie in der Menge verschwunden waren, stand Grace noch mehrere Minuten lang da. Die Leute auf der Straße rempelten sie an, während sie an ihr vorbeigingen. Ganz plötzlich begann Grace zu lachen.

Entweder das oder sie musste heulen. Doch sie hatte sich schon schlimm genug blamiert. Trotz aller Versuche, sich vom Gegenteil zu überzeugen, hatte sie offenbar doch die Hoffnung gehegt, dass es bei Max Dalton mehr gab als vordergründig zu sehen war. Dass er ihr mehr als Sex geben könnte.

Dass sie ihm etwas Besonderes als Gegenleistung zurückgeben könnte.

Dass er wenigstens ein anständiger Mensch sein könnte.

Alles, was dabei herausgekommen war, war, dass er hinter ihr her war, sie Schätzchen nannte und sie fragte, was sie wollte, und sie hatte sich praktisch vollkommen vor ihm entblößt.

Und genau in diesem Moment hatte er eine andere Frau geküsst und war gegangen.

Sie war so eine Närrin!

Ohne sich umzuschauen, ging sie davon, hakte die Operation Orgasmus gedanklich in ihrer Liste ab und zwang sich, sich darauf zu konzentrieren, was als Nächstes kommen würde.

KAPITEL ZWEI

Max' Zauberregel Nr. 3:
Decke Fehler auf und wandle sie zu deinem Vorteil um!

AM TAG NACHDEM MAX GRACE in Lodis Club getroffen hatte, schaute er bei Rhys und Melina vorbei. Als er dort ankam, sprangen ihm sofort die Zeitungen auf dem Esstisch ins Auge. Jede war so gefaltet, dass sie ein Foto von ihm und Elizabeth zeigte, als sie sich auf der Straße küssten. Ihr Plan hatte funktioniert. Er wurde nun als die neue Liebe der Schauspielerin angekündigt, als derjenige, der die Wunden heilen sollte, die ihr vor Kurzem von ihrem sie betrügenden Ehemann, einem berühmten Regisseur in Hollywood, zugefügt worden waren. Eine andere Zeitung war mit Bildern herausgekommen, die Max und Elizabeth beim Betreten seiner Wohnanlage später in jener Nacht zeigten.

Bald würde das Internet wahrscheinlich mit Bildern überschwemmt werden, als er sie heute Morgen am Flughafen zum Abschied küsste. Beide hofften, dass die Fotos Max, und somit seiner Zaubershow, die steigenden Verkaufszahlen bescherten, die Jeremy wollte, und gleichzeitig Elisabeths Ehemann den Eindruck vermittelten, dass seine Frau weiterzog. In Wahrheit litt sie immer noch unter der Trennung. Beides waren Lösungen auf Zeit, aber gut genug, um ihnen mehr Zeit zu verschaffen, damit sie bessere Alternativen finden konnten.

Da war nichts, weswegen er sich schuldig fühlen müsste. Er war Single. Elizabeth lebte getrennt. Es gab keinen Grund, warum er sich wie Scheiße fühlen sollte, weil er Elizabeth vor Grace' Augen geküsst hatte.

Aber genau so fühlte er sich.

Er holte sich selbst eine Flasche Bier aus dem Kühlschrank. Er konnte immer noch nicht glauben, dass Grace in erster Linie wegen Sex zu ihm gekommen war, ganz zu schweigen davon, dass sie es ihm gegenüber zugegeben hatte. Doch die Tatsache, dass es so war, und die Erinnerung daran, wie verwundbar sie ausgesehen hatte, nachdem sie es gesagt hatte, machten ihm klar, dass er ein Arschloch gewesen war, als er letzte Nacht mit Elizabeth weggegangen war.

Seine einzige Entschuldigung war, dass er von Grace' Geständnis schockiert gewesen war und sich unter Druck gesetzt gefühlt hatte, den Handel, den er abgeschlossen hatte, zu erfüllen. Wie hätte es in den Augen jener Reporter ausgesehen, wenn er Elizabeth beiseitegeschoben und stattdessen mit der bezaubernden Grace Sinclair seine Unterhaltung fortgesetzt hätte?

Folglich war er bei Elizabeth geblieben, hatte ihr später sein Gästeschlafzimmer zur Verfügung gestellt und dann versucht, Grace in ihrem Hotel anzurufen. Sie hatte nicht geantwortet. Als er zum Hotel gefahren war, um sie zu besuchen, nachdem er Elizabeth heute Morgen am Flughafen verabschiedet hatte, war sie nicht da gewesen.

Was ein Teil des Grundes war, warum er nun hier war.

Laut Rhys, der ihn am frühen Morgen angerufen hatte, um ihn einem strengen Verhör wegen Elizabeth zu unterziehen, waren die Damen einkaufen. Rhys hatte Max gesagt, dass er seinen Ersatzschlüssel benutzen und zu Hause auf ihn warten sollte.

Wenn die Mädchen zurückkehrten, würde er erklären, warum er letzte Nacht weggegangen war, sich entschuldigen und Grace dazu bringen, mit ihm zu sprechen. Dann, nachdem er sicher war, dass er wirklich richtig verstanden hatte, würde er ihr geben, was sie wollte.

Was sie beide wollten.

Zur Hölle! Ein Teil von ihm fragte sich immer noch, ob er sie richtig verstanden hatte, oder ob es Wunschdenken gewesen war, dass er das Wort Orgasmus aus ihrem Mund hatte hören wollen. Wie viel Male hatte er darüber fantasiert, wie er Grace zum Kommen bringen würde? Unzählige Male!

Grace sah immer gut aus, aber letzte Nacht hatte sie *heiß* ausgesehen. Nicht nur weil ihr Haar fantastisch gewesen war und ihre Kleidung ihren Körper genau richtig umschmeichelt hatte, sondern wegen der Art und Weise, wie sie ihn ansah. Nervös, aber gewahr, dass er ein Mann war. Als ob sie auf ihre Knie gehen und ihm Vergnügen bereiten hätte wollen, genau in dem Moment und dort auf der Straße. Als ob sie gewollt hätte, dass er dasselbe mit ihr täte. Später, sogar als Elizabeth in seinem Gästezimmer schlief, war Max zu Bett gegangen und hatte sich all die Gründe ins Gedächtnis gerufen, warum er die Anziehungskraft, die Grace auf ihn ausübte, bekämpft hatte. Danach, nachdem er eingeschlafen war, hatte er prompt fantasiert, wie seine Hände auf Grace' Körper und ihre Lippen um seinen Schwanz lagen. Schweißgebadet war er aufgewacht, kurz bevor er gekommen wäre. Seit diesem Augenblick ergab es überhaupt keinen Sinn mehr, sich von Grace fernzuhalten.

Sie waren beide erwachsen. Er hatte nie versucht, sie zu überzeugen, dass er jemand anderer war als er tatsächlich war. Wenn Grace auf ihn stand trotz seines Rufes, und wenn sie weiterhin auf ihn stand trotz allem, was in der Nacht zuvor geschehen war, warum sollten sie dann nicht erforschen, was sie füreinander empfanden?

„Ich hisse die weiße Fahne, Mädchen!"

Max verschluckte sich an seinem Bier, als er plötzlich Grace' Stimme von Nirgendwoher vernahm. Er wirbelte herum, erwartete, sie nah bei ihm stehen zu sehen, aber die Küche war leer. Ebenso der Wohnraum.

Was zur Hölle war los? Todsicher hörte er keine Geisterstimmen!

Max' Augen durchsuchten den Raum und blieben schließlich am Babyphon hängen, das auf der Theke neben dem Toaster lag. Melina hatte es wahrscheinlich ausprobiert und vergessen, es abzuschalten, was bedeutete, dass Grace, und vermutlich auch Melina und Lucy, im Kinderzimmer im oberen Stockwerk waren. Er ging auf das Babyphon zu, um es auszuschalten, als er Melina sprechen hörte.

„Das kannst du nicht, Grace! Du hast geschworen, dass du niemals aufgeben würdest."

„Ich habe mich geirrt. Ich bin eine erbärmliche Ausgabe für eine Frau. Ich habe meinen besten Versuch gestartet, aber mein ‚steh auf und geh los' ist aufgestanden und weggegangen. Ich werde niemals einen Orgasmus mit einem Mann haben", sagte Grace.

Sein angehaltener Atem strömte aus Max' Lunge.

Er fühlte sich so, als wäre er von einem Grünschnabel mit der Faust heftig in den Magen geschlagen worden.

Grace Sinclair–Melinas kluge, wunderbare und erstaunlich heiße Freundin, die ihn bei mehreren Gelegenheiten schmerzhaft hart werden ließ, einschließlich letzter Nacht–hatte noch nie einen Orgasmus mit einem Mann gehabt?

Wie - verdammt nochmal - konnte das möglich sein?

Und was noch schlimmer war, sie dachte, das würde sie zu einer minderwertigeren Frau machen?

Max ließ seine Hand sinken. Wie konnte man von ihm erwarten, dass er das Richtige tat, nach dem, was er gerade gehört hatte?

Er stellte die Bierflasche neben dem Babyphon ab, stützte sich mit beiden Händen auf der Theke ab und wollte, dass Grace noch einmal sprach.

„Also weißt du, Melina", sagte Grace. „Mir gefallen beide Stoffmuster. Was meinst du, Lucy?"

Zur Hölle mit den Stoffmustern, Lucy! Sitzt du einfach nur da, während deine Freundin sich mit einem Leben abfindet, das das ultimative sexuelle Vergnügen nicht miteinschließt? Du bist doch eine verdammte Feministin! Um Gottes Willen!

„Ich glaube, dass deine sexuelle Frustration noch nie dagewesene Höhen erreicht hat", sagte Lucy. „Es wird Zeit, dass du wieder zur Normalität zurückkehrst. Du wirst nicht aufgeben, Mädchen! Du brauchst kopfverdrehenden, ohrenzerfetzenden, wahnsinnigmachenden Sex! Und wir werden den Typen finden, der dir den Orgasmus schenkt, der dich zum Mond schicken wird."

Ja, dachte Max, und er gab Lucy in Gedanken eine Eins-plus. Obwohl er zugeben musste, dass, sich Grace mit einem gesichtslosen Kerl vorzustellen, wie besagter Kerl über sie gebeugt ihr Vergnügen bereitete, ihm gar nicht so recht passte. Tatsächlich stieß es ihn absolut ab.

„Ich bin frigide", sagte Grace. „Das muss ich akzeptieren, aber deswegen werde ich nicht die Liebe aufgeben. Ich bewege mich in meinem Leben einfach weiter."

Max schnaubte in Gedanken. Wenn Grace sagte, dass sie frigide war, war das genauso lächerlich, als Melina dachte, sie bräuchte Sex-Lehrstunden, bloß weil ihre Ex-Freunde Arschgeigen waren. Erst Rhys hatte ihr diese dummen Gedanken abgewöhnt, und jetzt war es die Aufgabe von Melina und Lucy, das Gleiche für Grace zu tun.

Nur . . . nur . . .

„Du bist nicht frigide, weil es das nicht gibt. Aber . . ." Melina zögerte und seufzte dann. „Du *hast* doch schon so einige Männer versuchen lassen, dir Vergnügen zu bereiten. Warum willst du die Dinge weiterhin erzwingen? Bis der Richtige vorbeikommt, solltest du vielleicht . . ."

„Jesus", murmelte er voll Abscheu. Er wollte schon ins Kinderzimmer reinplatzen und sagen: „Was zur Hölle denkst du? Du bist eine wunderschöne, empfindsame Frau. Es gibt überhaupt nichts, was mit dir nicht stimmt, außer dass du lang und hart gefickt werden müsstest, bis du vor Vergnügen laut aufschreien würdest. Wenn die Männer, mit denen du zusammen warst, zu inkompetent waren, das zu vollbringen, dann werde ich . . ."

Ehe er wusste, was er tat, eilte er mehrere Schritte in Richtung Küchentür, hielt erst an, als Grace erneut sprach.

„Ich habe mein Erwachsenenleben damit verschwendet, um einen Mann zu finden, der mir Vergnügen bereiten kann, deshalb könnte ich jetzt zum guten Teil übergehen–Ehe und Familie. Naja, ich brauche keinen Mann, um einen sexuellen Höhepunkt zu erleben, und ich brauche auch keinen, um ein Kind groß zu ziehen."

„Ein Kind?" Lucy schnappte nach Luft. „Ist das dein neuer Plan? Bist du verrückt?"

Max zuckte zusammen. In der darauffolgenden Stille konnte er praktisch hören, wie verletzt Grace war.

„Oh Grace, ich hab's nicht so gemeint", sagte Lucy schnell. „Ich glaube, dass du eine wundervolle Mutter wärst. Aber du brauchst wirklich einen Mann, um ein Kind zu bekommen."

„Außer du hast vor, ein türkisches Mischlingskind aufzunehmen oder sowas in der Art?", fragte Melina.

„Nein", antwortete Grace mit leicht zitternder Stimme. „Ich möchte einen liebenden und verlässlichen Vater für mein Kind. Ich will bloß keinen Freund, Liebhaber oder Ehemann."

„Also keine Samenbank, aber auch keine persönliche Beziehung zwischen dir und dem Vater des Kindes. Du willst nur einen Daddy fürs Baby?", stellte Melina klar.

„Genau. Er lebt in seinem Haus, ich in meinem. Gemeinsames Sorgerecht. Ich werde noch Zeit haben, die Dinge zu tun, die mir Spaß machen. Tanzen. Auch ausgehen. Und mein Baby bekommt das Wohlwollen eines engagierten, liebenden Vaters."

Naja, also das klang ja wirklich absolut dumm, dachte Max. Wenn sie schon mit einem Mann ein Kind haben wollte, warum versuchte sie dann nicht, das ganze Paket zu bekommen? Eine Frau wie sie verdiente das. Außerdem, meinte sie wirklich, sie könnte ihr Kind und ihr eigenes Glück einem völlig Fremden anvertrauen? Ob sie in verschiedenen Häusern lebten oder nicht, der Vater ihres Babys würde in ihrem Leben sein und einen Einfluss haben auf fast alles, was sie tat. Bloß an wen dachte sie wohl dabei . . .

Eine verrückte Idee ließ ihn plötzlich schwindlig werden.

Sie hatte ihn um einen Orgasmus gebeten. War es möglich, dass sie ihn auch darum bitten würde, der Vater ihres Kindes zu sein?

Zugegeben, er hatte eigentlich *nicht* den Ruf oder Lebensstil, weswegen die meisten Frauen Kinder mit ihm haben wollten, aber vielleicht hatte Grace–trotz allem was mit Elizabeth letzte Nacht passiert war–hinter all das gesehen. Vielleicht gab es doch eine Frau, die mehr in ihm sah als andere.

„Wann hast du denn das beschlossen?", fragte Melina.

„Ein Kind zu bekommen? Darüber denke ich schon eine ganze Weile nach. Aber die endgültige Entscheidung, von der Operation Orgasmus Abstand zu nehmen zugunsten des Projekts Baby, traf ich so gegen ein Uhr nachts."

Ungefähr eine Stunde nachdem sie ihn mit Elizabeth gesehen hatte.

„Grace", sagte Melina ruhig. „Ich weiß, dass du gestern Abend Max aufgesucht hast. Er hat heute Morgen mit Rhys gesprochen und ihm alles erzählt. Hast du etwa daran gedacht, ihn zu fragen, ob er der Vater . . ."

„Was?" Grace' schrilles Lachen war voll Ungläubigkeit. „Bist du verrückt? Natürlich nicht. Ich wollte ihn fragen, ob er mit mir

Sex haben wollte, aber das war bevor er die Hollywood-Bombe Elizabeth Parker küsste, und sie mit ihrem Bild in allen Zeitungen landeten."

„Grace", sagte Melina und beabsichtigte wahrscheinlich, Grace von dem Arrangement zwischen Max und Elizabeth zu erzählen. Max hatte es Rhys erklärt und hatte keine Zweifel, dass Rhys seiner Frau die Einzelheiten mitgeteilt hatte. Aber Grace redete einfach weiter.

„Ich hatte einen schwachen Moment. Aber nicht *so* schwach. Max ist der letzte Typ, mit dem ich ein Kind haben wollen würde. Nein, ich hab' schon 'ne Menge recherchiert über Möglichkeiten der Teil-Elternschaft und . . ."

Die weiteren Worte von Grace wurden von Bitterkeit ertränkt. Der *letzte* Typ, mit dem sie ein Kind haben wollte. Das tat weh. Aber verdammt nochmal, warum war er überrascht? Der ganze Grund, warum er und Elizabeth gestern Nacht zusammengekommen waren, war ja, seinen Ruf als Playboy zu bekräftigen. Und anscheinend war das der einzige Grund, warum auch Grace zu ihm gekommen war.

Mit einer abrupten Bewegung schaltete er das Babyphon aus. Während er seine Handflächen in die Augenhöhlen drückte, holte er tief Atem. Dann ergriff er wieder sein Bier.

Gut. Grace wollte nicht, dass er der Vater eines Kindes würde. Er sollte erleichtert sein. Und es war ja keine Lappalie, dass sie ausgerechnet zu ihm gekommen war und gemeint hatte, dass er sie zum Höhepunkt bringen könnte. Warum also hinterließ es einen schalen Geschmack auf der Zunge, wieder einmal die Bestätigung zu haben, dass eine Frau ihn nur als Sexobjekt betrachtete? Vorher hatte er wenigstens gedacht, dass sie mit *ihm* Sex haben wollte. Er hatte gedacht, dass sie *ihn* attraktiv fand. Aber nein, sie hatte gestern Nacht die Wahrheit gesagt. Sie hatte nicht *ihn* gewollt. Sie hatte bloß einen Orgasmus gewollt, von dem sie glaubte, dass er ihn ihr verschaffen könnte.

„Max!", schrie Rhys gellend von der Vordertür. „Bist du da?"

Max sah das nun-stumme Babyphon an, ehe er zurückrief. „In der Küche!"

„Hey", sagte Rhys, als er in der Türöffnung erschien. „Ist Elizabeth schon auf dem Rückweg?"

Es dauerte eine Minute, bis Rhys' Worte zu Max durchdrangen, und bis Max wieder in die Gänge kam und seine Gedanken von Grace und allem, was er gehört hatte, losreißen konnte. Schließlich stellte er sein Bier ab, rieb sich den Nacken, so wie Rhys es oft tat, und zuckte die Achseln. „Klar."

„Hat sie schon was von ihrem Blödmann von Ehemann gehört?"

„Er hat versucht, sie gestern Nacht anzurufen. Sie hat nicht geantwortet." Auch wenn sie eigentlich gewollt hatte. Sie liebte den Kerl immer noch, tat aber das Beste, um über ihn hinwegzukommen, indem sie begann, ihn und den Rest der Welt zu überzeugen, dass sie über ihn hinweg *war*.

Rhys grinste und schüttelte vor Verwunderung den Kopf. „Dein Plan ist also ganz wunderbar aufgegangen. Für sie und für dich. Ich habe es bereits online überprüft, die nächsten zehn Vorstellungen sind ausverkauft."

Max lächelte gezwungen. „Das ist ja großartig."

„Ist irgendetwas nicht in Ordnung?", fragte Rhys, und Max fluchte im Stillen. Seinem Bruder entging nicht viel, und nun, da er einen Kratzer in seiner Rüstung gezeigt hatte, würde Rhys wahrscheinlich die ganze Zeit nachbohren. „Ach, nichts. Nur eine lange Nacht. Du weißt, wie das ist." Er grinste und knuffte seinen Bruder in den Arm. „Wenigstens wird uns Jeremy eine Zeitlang in Ruhe lassen. Das Entscheidende ist, sicherzustellen, dass wir die Kartenverkaufszahlen so lange hoch halten, bis wir den neuen Mietvertrag unterschrieben haben. Dann haben wir Zeit, unseren nächsten Zug zu planen."

„Und in der Zwischenzeit?"

„Ich werde damit weitermachen, was ich am besten kann . . ."

„Hallo ihr zwei!", rief Melina, kurz bevor sie ins Zimmer kam.

Rhys' Gesichtsausdruck wurde sofort weicher.

„Diesmal waren wir mit dem Einkaufen schnell fertig. Kannst du das glauben?"

Bei der offensichtlich gezwungenen Fröhlichkeit in ihrer Stimme kniff Rhys schlagartig die Augen zusammen. Rhys und Melina hatten einen langen, schwierigen Kampf ausgefochten, um zusammen zu sein, und Rhys würde alles tun, um das Glück seiner Frau zu garantieren. Muss man noch die Tatsache hinzufügen, dass sie nun mit seinen Kindern schwanger war? Beschützend und schutzgewährend beschrieb seinen Bruder nicht einmal ansatzweise.

Manchmal beschämte es Max noch, wenn er daran dachte, welche Rolle er dabei gespielt hatte, Rhys und Melina so lange von einander fernzuhalten. Es hatte beinahe zehn Jahre gedauert, bis die Dinge zwischen ihnen in Ordnung kamen.

Als er Rhys beobachtete, wie er Melina küsste und seine Handfläche auf ihr gerundetes Bäuchlein legte, stieß er den kleinen Stich von Eifersucht rücksichtslos beiseite. Sie waren glücklich hier in Las Vegas. Es lag an Max, sicherzustellen, dass sie glücklich blieben. Darüber hinaus hatten sie die Verantwortung für die Truppenmitglieder der Show und deren Familien, und das nahmen weder er noch Rhys auf die leichte Schulter.

„Hey, Max!", rief eine weibliche Stimme. Max drehte sich zu Lucy um, deren dunkelrotes Haar länger war als er es jemals zuvor gesehen hatte. Sie stand genau hinter Melina. Neben ihr stand Grace. Als Melina sich von Rhys' Kuss zurückzog, schaute sie zwischen ihm und Grace hin und her. Grace' Blick flitzte zum Babyphon, und ihre Schultern entspannten sich etwas.

„Hallo Lucy! Grace", sagte er, und seine Augen trafen ihre und hielten sie fest.

Vielleicht war es deshalb, weil er die ganze Nacht von ihr

geträumt hatte. Vielleicht war es wegen der Unterhaltung, die er gerade durch das Babyphon mitgehört hatte. Was auch immer der Grund war, augenblicklich hatte er die Vision von ihnen beiden zusammen.

Nackt. In seinem großen Bett. Beide auf den Knien, die Arme um einander geschlungen, sein Kopf an ihre Brüste gedrückt, während ihre Hände zärtlich durch sein Haar strichen und ihre Lippen Küsse auf seinem Gesicht verteilten.

Er spürte sie. In seinen Händen. Seiner Brust. Seinem Kopf. Seinem Schwanz. Ihre weiche Haut umschloss ihn. Ihr süßer Duft umgab ihn. Sein Mund wurde wässrig, sicherlich wäre sie das Süßeste, was er jemals gekostet hatte.

Ihre Lustschreie, wenn er sie zum Höhepunkt gebracht hätte, würden seine Ohren klingen lassen.

Das Stechen ihrer Fingernägel, die sich in seinen Rücken bohren würden, wenn sie von der Wucht ihres Orgasmus gebeutelt wurde, würde ihn anspornen, würde seine stoßenden Hüften zu mehr Geschwindigkeit antreiben, und er würde vor Erregung zittern und beben, wenn er sich darauf vorbereitete, dass er . . .

„Max? Habt ihr über Jeremy und den Mietvertrag gesprochen? *Max!*"

Bei Melinas Stimme zuckte er zusammen, fühlte sich wie vom Blitz getroffen und bemühte sich, gleichmäßig weiterzuatmen. Was zum Teufel? Er hatte sich immer von Grace angezogen gefühlt, aber niemals, auch nicht letzte Nacht, hatte er sie beide so lebhaft vor seinem inneren Auge gesehen. Niemals hatte er sich vorgestellt, sie für sich zu beanspruchen, seine Ladung in sie zu schießen, sie mit Sperma zu überschwemmen, bis ein Kind zu haben nicht nur eine Möglichkeit war, sondern eine Unausweichlichkeit.

Anscheinend hatte ihr Geständnis, dass sie von ihm einen Orgasmus wollte, aber kein Kind, die Dinge in großem Maße geändert. Er wollte es ihr gewähren. Er wollte den Fehdehandschuh, den sie ihm hingeworfen hatte, annehmen.

Und sie schien genau richtig mit ihm da zu sein, um ihre Fassung war es geschehen, die war in tausend Stücke zerschlagen, ihr Gesicht kirschrot, und ihre Hand bedeckte ihre Kehle, als ob sie sich schützen müsste vor . . . *ihm*, nahm er an. Wahrscheinlich sah er aus, als wolle er sie herunterziehen und sie in den Boden hineinbohren, ganz egal wer ihnen dabei zuschaute.

Mit großer Anstrengung riss er seinen Blick von ihrem los und drehte sich um, um Melina zu antworten. Aber als er sprach, sprach er hauptsächlich zu Grace: „Mit Elizabeth gesehen zu werden hat sich ausgezahlt, genau wie wir es geplant hatten. Ihr Doofkopf von einem Ex staunt gerade Bauklötze, und die nächsten zehn Zaubershows sind ausverkauft. Na, wie findet ihr das?"

Melina nahm eine der Zeitungen, die auf dem Tisch lagen. Sie schaute Grace an, die intensiv etwas auf dem Fußboden anstarrte.

„Grace", sagte Max sanft.

Aufgeschreckt blickte sie auf.

„Es tut mir Leid, dass ich gestern keine Gelegenheit für eine Erklärung hatte. Ich spielte eine Rolle, und mit den Reportern da . . ."

Grace wedelte leichtfertig mit ihrer Hand. „Nicht nötig, sich zu entschuldigen, Süßer. Es war nicht wirklich eine Überraschung, dich mit einer deiner Frauen zu sehen. Es kümmerte mich kein bisschen."

Sie log, dachte Max, genau wie sie gelogen hatte, wenn auch nur sich selbst gegenüber, dass sie nicht länger versuchte, mit einem Mann Erlösung finden zu wollen. Die Tatsache, dass sie ihn letzte Nacht aufgesucht hatte, bewies es, und genauso auch die Art und Weise, wie sie ihn hin und wieder angeschaut hatte. Mit Leidenschaft. Mit Verlangen. Sehnsucht. Was er in ihr gesehen hatte, was er gefühlt hatte, als er sie letzte Nacht berührt hatte, all das deutete auf die Tatsache hin, dass sie nicht eine Frau war, für die es okay war, guten Sex für ein Baby aufzugeben, sondern eine, die sich mit einem Leben ohne guten Sex abgefunden hatte und die sich nun auf etwas anderes einrichtete, weil sie verzweifelt war. Es spielte keine Rolle, dass ein Baby letztlich ein Segen sein konnte. Sich einrichten war immer noch sich einrichten, und eine Frau wie Grace sollte sich auf nichts einrichten müssen.

„Elizabeth ist so eine Süße", sagte Lucy fröhlich. „Es ist schlimm, was ihr passiert ist, aber es war so nett von ihr, herzufliegen, um zu helfen. Bist du sicher, dass du kein Interesse hast, mit ihr zusammen zurückzufahren?"

Max und Grace starrten sich immer noch gegenseitig an, und Grace zuckte bei Lucys Frage kein bisschen. Um das Spiel mit ihr genauso weiterzuspielen, sagte er: „Du kennst mich, Lucy. Warum sollte ich mich auf eine Frau einlassen, wenn es so viele gibt, die das brauchen, was ich ihnen geben kann?"

Grace versteifte sich. Gut, dachte er. Warum sollte er der einzige sein, der sich hier unbehaglich fühlte? Offensichtlich musste sie unbedingt mal aus ihrer Komfortzone herausgerissen werden–und zwar *richtig*.

„Was jetzt?", fragte Melina mit angestrengter Stimme, die anzeigte, dass sie die Spannung zwischen Max und Grace fühlen konnte.

Rhys massierte ihren Rücken. „Max wird seine Präsenz in der Presse aufrechthalten. Vielleicht noch ein paar Mal zusammen mit Elizabeth in der Öffentlichkeit erscheinen. Wenn wir einmal den neuen Mietvertrag unterzeichnet haben, werden wir genug Zeit haben, um die Show wieder auf die Beine zu stellen."

Auch wenn es absolut Sinn ergab, wollte Max eigentlich seinen Bruder anschnauzen, dass er nicht bloß ein verdammter auftretender Affe war.

Doch genau das war er. War er immer gewesen.

Das hatte auch Grace von ihm gedacht. So wie jede Frau da draußen das dachte, mit Ausnahme von Melina vielleicht. Alles an Max war Spielerei und keine Substanz, Schein statt Sein.

Aber er war klug genug, um zu erkennen, was Grace brauchte. Und ehrlich genug, um zu erkennen, dass er das auch brauchte.

Sie sah ihn also nicht als Daddy für ein Baby. Super!

Sie brauchte es, zu kommen! Er musste der Mann sein, der ihr das geben konnte. Und er musste sie auch vor dem großen Fehler bewahren, zu versuchen, ein Baby zu haben, ehe sie wirklich dafür bereit war. Immerhin war sie Melinas beste Freundin. Melina gehörte zur Familie, und er wollte nicht, dass sie wertvolle Energie darauf verwendete, sich darum zu sorgen, in welche Schwierigkeiten Grace gerade kam.

Als Grace mit Lucy und Melina sprach, hatte sie klar gemacht, dass sie nicht irgendeine Art romantische Langzeitbeziehung suchte. Rhys und Melina bräuchten von ihrem Arrangement ja nichts zu wissen. Und falls sie es je herausfinden sollten, gäbe es keinen Grund anzunehmen, dass Max ihrer Freundin wehtäte.

Entschlossen gab er seinem Bruder einen Stoß mit der Faust.

„Elizabeth hat diese Woche Dreharbeiten, aber wenn sie zurückkommt, sollten wir uns wieder im Heimathafen aufhalten. Bis dahin werde ich mich wie sonst auch in den diversen Clubs sehen lassen. Sichergehen, dass ich gesehen werde und die Sache, die wir in Gang gesetzt haben, am Laufen halten. Gleich nach der Show heute Abend fange ich an. Wenn wir schon darüber sprechen, ich muss los! Ich sehe euch alle später." Er zögerte einen Moment, dann wandte er sich an Melinas Freundinnen. „Bis nächstes Mal, wenn ihr wieder mal in der Stadt seid!"

Lucy winkte.

„Tschüss dann", sagte Grace, ehe sie ihre Aufmerksamkeit schnell Melina zuwandte, und sie sah so aus, als hätte sie ihn bereits aus ihren Gedanken gestrichen.

Natürlich hatte er nicht die Absicht, dies geschehen zu lassen. Sie wusste es nur noch nicht, aber sie würde auf keinen Fall so bald nach Kalifornien zurückfliegen.

Nicht bevor er ihr den Orgasmus ihres Lebens geschenkt hatte *und* sie überzeugt hatte, dass ein Kind mit einem Fremden zu haben keine gute Planung war von ihrer Seite aus, sondern eher ausgemachter Blödsinn.

KAPITEL DREI

Max Zauberregel Nr. 4:
Wenn alle Stricke reißen, dann lenk'
das Publikum mit Sex ab!

„MAX HAT ETWAS GEHÖRT", SAGTE Lucy, nachdem Max gegangen war und Rhys sich entschuldigt hatte, um im Büro zu arbeiten.

Grace fühlte sich etwas weich in den Knien. *Hatte* er wirklich ihre Unterhaltung gehört? Er hatte es in etwa angedeutet. Aber *wie viel* hatte er tatsächlich gehört? Den Baby-machen Teil, den ich-war-auf-der-Jagd-nach-einem-Orgasmus Teil, oder beides?

„Vielleicht doch nicht", meinte Melina.

Lucy nagelte Melina mit einem ungläubigen Starren fest, und sie ruderte zurück.

„Okay, du hast Recht", sagte Melina. „Ich hab' das Babyphon in der Küche angelassen. Er hat alles gehört."

„Meinst du wirklich? Er hat sie praktisch ausgezogen und hat sie bestiegen, während wir alle zuschauten, dann prahlte er damit, dass er gut darin sei, einer Frau zu geben, was sie *braucht*. Ganz klar, Grace, er steht auf dich. Ich hab' sowas immer schon vermutet, aber . . ."

Grace schüttelte den Kopf. „Auch wenn ihr Recht hättet, er steht nicht auf mich. Er steht auf die Herausforderung, die ich darstelle. Er hat mitgehört, als ich sagte, kein Mann hat mir jemals *le petit mort* gegeben, und natürlich stellt er sich jetzt vor, dass er diese Tat vollbringen könnte." Es war derselbe Grund–der *einzige* Grund–warum er letzte Nacht hinter ihr hergelaufen war– männlicher Instinkt. Sie war aufgetakelt angezogen und auf der Flucht gewesen. Er war auf der Jagd gewesen. Sobald Elizabeth Parker aufgetaucht war, war es einfach genug gewesen, sie stehen zu lassen. Es war ihr egal, welchen Plan die beiden im Vorhinein ausgearbeitet hatten. Von Max stehen gelassen zu werden *tat weh*, und sie würde sich nicht noch einmal daran machen, so etwas zu tun, egal wie viel Hitze sie in seinen Augen gemeint hatte gese- hen zu haben. „Das war Reflex, das war alles. Genau das, was du von einem Mann wie Max erwarten würdest."

„Was soll das heißen, von einem Mann wie Max?", fragte Me- lina und stellte sich beschützend vor den Mann, den sie wie einen Bruder liebte, und das schon lange bevor er tatsächlich ein solcher für sie geworden war.

Nun war Grace an der Reihe, Melina mit einem ungläubi- gen Blick festzunageln. „Sagt ausgerechnet die Frau, die ihn um Sex-Lehrstunden gebeten hat, denn wer sonst hätte mehr Erfah- rung als er?"

Melina ruderte wieder zurück und musste in diesem Punkt nachgeben.

„Wen kümmert's, ob er dich gedanklich ausgezogen hat, weil du eine Herausforderung darstellst?", fragte Lucy. „Jetzt, da du weißt, dass der Kuss mit Elizabeth Parker gespielt war, solltest du das tun, was du für letzte Nacht geplant hattest, und Max fragen, ob er Wort halten kann, *ob er liefern kann*, die Sache schaukeln kann."

Keine Chance, dachte Grace. Sex war nicht mehr ihre Priori- tät. Es war ihr egal, wie oft sie sich selbst daran erinnern musste. Sie würde nicht mehr in diesen Teufelskreis zurückfallen. „Meine Prioritäten haben sich geändert, Lucy. Ich sagte dir, ich will ein Kind, und es ist so offensichtlich wie gebratenes Hühnchen und

Limonade zum Picknick, dass mir Max dabei nicht helfen kann."

„Gebratenes Hühnchen und Limonade . . . ?" Melina kicher-te und schüttelte dann den Kopf. „Egal, du hast das schon vor-her von Max behauptet, aber ich denke, du liegst falsch. Ja, Max hat einen gewissen Ruf was die Damenwelt betrifft. Abgesehen von seiner Unwilligkeit, sich auf eine Frau festzulegen, ist er wundervoll. Er würde einen großartigen Vater abgeben, solange er eine Partnerin hätte, die mit seinem einzigartigen Lebensstil zurechtkommt."

Die absolute Gewissheit in Melinas Stimme ließ Grace' Inne-res einen seltsamen kleinen Salto schlagen. Melina kannte Max besser als jede von ihnen. Und gestern Nacht, als er in ihre Au-gen gestarrt hatte, meinte sie, einen flüchtigen Blick erhascht zu haben von dem Mann hinter der Playboy-Maske. Da war der lo-yale Bruder und liebende Sohn. Dieser Mann *würde* einen guten Vater abgeben. Aber diese Denkweise bedeutete ein gebrochenes Herz inklusive. Durch diese Denkweise „eine gute Frau kann das goldene Herz des schlimmen Jungen offenlegen" kamen Frauen auf der ganzen Welt in Schwierigkeiten. Ein Mann mit einem goldenen Herzen fände es nicht so einfach, seine Ex-Freundin anzurufen und sie auf offener Straße zu küssen, und somit den Berühmtheits-Status besagter Ex-Freundin auszunutzen, um in einer geschäftlichen Sache die Oberhand zu gewinnen. So spotte-te Grace und schaute zu Lucy um ein Zeichen der Unterstützung.

Lucy zuckte mit den Schultern. „Wenn wir hier über Le-benspartner sprechen, stimme ich zu, dass Max keine sichere Sa-che ist. Ihr beide seid zu verschieden. Wie ich bereits auf die harte Tour lernen musste: Wenn es um Langzeit-Beziehungen geht, sollten die beiden sich einander ähnlich sein. Gleich und gleich gesellt sich gern."

Bei Lucys Worten schauten Melina und Grace einander an. Neuerdings wiederholte Lucy das ständig, und es war ihre Ent-schuldigung dafür, dass sie sich wieder einmal mit überragend kreativen Künstlertypen verabredete. Grace und Melina wussten allerdings, dass es eine Ausrede war, um mit ihrem vor Kurzem gebrochenen Herzen zurechtzukommen. Tat Lucy aber nicht. Sie würde es ja nicht einmal zugeben.

„Wenn wir über jemanden sprechen, mit dem man sich eine Elternschaft teilen könnte", fuhr Lucy fort, „dann glaube ich nicht, dass es unbedingt eine ausgemachte Sache ist, dass Max den Ansprüchen nicht genügen würde."

Grace vergaß augenblicklich, mit wem sich Lucy dauernd herumtrieb. „Ihr seid beide verrückter als wild gewordene Hummeln", sagte sie. „Ich will, dass der Vater meines Kindes zuverlässig ist. Verlässlich. Jemand, der klare Prioritäten hat. Nicht jemand, der jede Nacht mit einer anderen Frau ins Bett geht. Nicht jemand, der versucht, sich in die Zeitung zu bringen, und sei es auch nur, um das Interesse an seiner Zaubershow wieder anzukurbeln. Ich will ein Kind, und ich hätte gerne, dass meine zwei besten Freundinnen in dieser Sache hinter mir stehen."

Jetzt waren es Melina und Lucy, die einander anschauten. Grace wurde flau im Magen, als es keiner von beiden gelang, irgendein Zeichen von Unterstützung nicht einmal vorzutäuschen.

„Im Lichte dessen, was Logan Cooper getan hat, betrachtet, weiß ich, warum du es tust", sagte Melina schließlich, „aber du rennst vor deinen Problemen davon. Du kannst deinen Wunsch, *den Richtigen* zu finden nicht einfach ignorieren, wenn ein Teil von *dem Richtigen* sein soll, dass er jemand ist, der dir einen Orgasmus geben kann . . ."

„Ich renne nicht davon", sagte Grace, während sie sich Logans Gesicht vor Augen führte und sich eigentlich verkriechen wollte. Er war ein Student am College gewesen, als sie damit begonnen hatte, ihn über akademische Möglichkeiten und Karriereaussichten zu beraten. Er konnte charmant sein, wenn er wollte, aber er gab auch der ganzen Welt die Schuld, wenn irgendetwas in seinem Leben nicht so gut lief. Als er ihr einen unsittlichen Antrag machte, hatte sie ihn so höflich wie möglich abgelehnt, aber er hatte offensichtlich einen Groll gegen sie gehegt. Später bei einer Universitätsfeier von Absolventen und Studenten hatte Grace ihm dummerweise genau in seine rachsüchtigen Hände gespielt. Sie hatte ein eng anliegendes Wickelkleid getragen und hatte es ein wenig auseinanderklaffen lassen, gerade genug, um Steven LaBrecht auf- und anzuregen, einen Professor, mit dem sie mehrere Male geschlafen hatte. Logan machte ein Foto mit seinem Handy, erzählte dem Dekan, dass sie mit ihm „flirtete", und reichte gegen die Uni Anklage ein. Jetzt war sie vorerst freigestellt und wartete den Bericht der Ethikkommission ab. Möglicherweise würde sie die Hauptzeugin in Logans Klage gegen die Universität sein.

Doch darauf wollte sie jetzt nicht herumreiten.

„Anstatt wegzulaufen", sagte sie, „laufe ich auf etwas viel Wichtigeres als einem Orgasmus zu–den ich mir übrigens sowieso selbst verschaffen kann. Ob die Ethikkommission Logan Coopers Beschuldigungen gegen mich folgt oder nicht, ich werde sowieso nicht zur Universität zurückkehren. Ich werde mit meinem Plan weitermachen."

Lucy blickte finster drein. „Du kannst dich doch nicht von so einer miesen Ratte vertreiben lassen."

„Lasse ich mich auch nicht. Nicht ganz. Ich mochte meinen Job, aber die Wahrheit ist, seit geraumer Zeit bin ich nicht mehr so wirklich glücklich. Die Vorstellung, ein Kind zu haben? Die macht mich glücklich. Ich bin vielleicht nicht reich, aber ich kann es mir leisten, einige Zeit frei zu nehmen. Ich will einen Neubeginn. Eine Familie, bevor es zu spät ist."

„Zu spät?", fragte Lucy. „Du bist grade mal neunundzwanzig."

„Meine Eltern bekamen mich, als meine Mama vierzig und mein Papa zweiundfünfzig war. Ich war *zehn*, als sie starben."

„Das wissen wir, Liebes, aber deine Mutter starb bei einem Autounfall, und dein Vater starb an einer bekannten Herzkrankheit. Es war nicht unbedingt das Alter, das sie dir genommen hat.

Kannst du nicht noch etwas warten? Schauen, ob jemand Besonderer vorbeikommt?" Melinas Tonfall war flehend.

Grace schüttelte den Kopf. „Seit fast zwanzig Jahren lebe ich ohne Familie. Ich will nicht mehr warten. Ich will mit meinem Leben weitermachen, und das bedeutet, ein Kind zu haben."

„Ohne Liebe! Ohne Leidenschaft!" Lucys Stimme hatte einen düsteren Beiklang.

„Leidenschaft ist nur der Schaum auf einem Latte Macchiato. Gut, aber er ist nicht der eigentliche Kaffee."

„Oh Gott, Melina", sagte Lucy. „Sie klingt sehr stark wie du, bevor Rhys in dein Leben trat."

„Nicht ganz", sagte Grace. „In meinem Leben hat es schon viel Leidenschaft gegeben. Ich sage nur, dass ich mich nicht auf einen Mann als das A und O des Lebens konzentrieren will. Ich will eine eigene Familie. Eine, die es wirklich gibt, auch ohne dass Orgasmen nötig sind. Auf gewisse Art und Weise hat mir Logan Cooper einen Gefallen getan, indem er mich gezwungen hat, meine Prioritäten zu finden."

Nun blickte Melina finster drein. „Wie kannst du es wagen, zu sagen, dass der Typ dir einen Gefallen getan hat? Er zieht deinen Ruf als Professorin in den Schmutz. Die Ethik-Kommission wird feststellen, wie lächerlich seine Anschuldigungen sind."

„Vielleicht. Ich hoffe es. Aber es ist egal, ich werde dennoch nicht zurückgehen. Ich werde einen völligen Neuanfang wagen. Heute Morgen habe ich mehrere Vormundschaftsstellen kontaktiert, um herauszufinden, ob ein Arrangement gefunden werden kann. Eine Agentur hat für mich in zwei Tagen ein Vorgespräch angesetzt. Der Mann ist aus South Carolina."

„Du willst nach South Carolina ziehen?", fragte Melina.

„Ich schätze, offen zu sein, wo ich leben werde, erhöht meine Chancen, einen perfekten Daddy fürs Baby zu finden, nicht wahr?"

Melina und Lucy sagten nichts, was bedeutete, dass sie immer noch nicht mit ihrem Plan einverstanden waren. Grace zwang sich zu einem Lächeln. „Lasst uns das mal für heute zurückstellen! Ich werde jetzt für eine Stunde ins Fitness-Studio gehen, aber heute Abend . . . wollen wir noch gemeinsam essen, ehe Lucy und ich morgen abfliegen?"

„Ausgemacht", sagte Lucy. „Du hast unsere Unterstützung, aber wir werden noch einkaufen gehen."

„Wofür?", fragte Melina.

„Für ein Bustier, einen durchsichtigen BH, schwarze Strapse und Seidenstrümpfe", sagte Lucy. „Du hattest vor, deinen Super-O in Vegas zu bekommen, und du wirst ihn bekommen. Ob es Max sein wird, der ihn dir verschafft, oder nicht."

„Lucy, du hörst mir nicht zu. Ich interessiere mich nicht mehr für Sex. Ich muss mich auf das konzentrieren, was wichtig ist."

„Du kannst morgen einen Daddy fürs Baby finden. Du hast noch eine Nacht in Las Vegas. Lass' diese Nacht eine wichtige Nacht werden! Wenn du das tust, versprechen Melina und ich, dass wir das O-Wort nicht mehr erwähnen werden. Auch über den vermeintlich Richtigen werden wir nie wieder sprechen."

Melina zögerte, biss sich auf die Lippe und nickte schließlich. „In Ordnung. Noch eine Nacht. Was kann da schon passieren?"

Grace betrachtete ihre Freundinnen und fragte sich, ob sie wahrhaft glaubten, was sie sagten. Doch sie wollten nur das Beste für sie. Und die Chancen, dass sie jemanden traf, der sie ihre Babypläne vergessen ließ, waren gleich null. Sogar Max könnte sie nicht überzeugen, auf diese Achterbahn der Gefühle zurückzukehren. „Also gut. Noch eine Nacht."

❧

„ICH FÜHLE MICH WIE EINE Idiotin", sagte Grace ein paar Stunden später. Nachdem sie Melinas Haus verlassen hatte, hatte sie einen Schnupperkurs in einem nahegelegenen Fitness-Studio besucht und war angenehm erschöpft und mit leichtem Muskelkater zu ihrem Hotel zurückgekehrt. Sie hatte nichts weiter gewollt, als zu duschen und am Pool zu liegen, doch Lucy und Melina hatten sie von einem Damenunterwäschegeschäft zum nächsten geschleppt. Jetzt war sie in einem angesagten Club, krümmte sich auf ihrem Stuhl an einer hohen Bar und versuchte, die Seidenstrümpfe zurechtzuziehen, die von ihrem Strapsgürtel herunterzurutschen drohten. Irgendwie hatte es Kevin Costner in diesem 80er Jahre Film *Bull Durham* geschafft, beim Ausziehen der Strapse einer Frau eine verführerische Show abzuziehen, aber was sie betraf, nun ja, sie fühlte sich aufgezäumt wie eines dieser Budweiser Brauereipferde, die vor den großen Bierwagen gespannt waren.

„Hör auf, dich so zu winden!" Auch Lucy war herausgeputzt, tolles rotes Haar und üppiger, kurvenreicher Körper, und alle Anzeichen von Mädchenhaftigkeit waren ausradiert, da sie ihre Sommersprossen stark mit Makeup bedeckt hatte. Obwohl Lucy ziemlich sexy gekleidet war, wusste Grace, dass ihre Freundin nicht auf der Suche war, selbst einen Treffer zu landen. Während sie und Jericho nicht unbedingt nur aufeinander festgelegt waren, brachte Lucy kaum genug Interesse auf, die Beziehung so wie sie war am Laufen zu halten. Ob sie es zugeben wollte oder nicht, ihr Herz war gebrochen worden. Und zwar von einem netten Typen, nicht mehr und nicht weniger.

Letztes Jahr hatte Lucy–die sich immer zu schlimmen Jungs und launischen Künstlern hingezogen fühlte–die Herausforderung von Grace und Melina angenommen, einem netten Kerl einen Versuch zuzugestehen. Lucy hatte monatelang die Anziehung, die Professor Jamie Whitcomb auf sie ausübte, geleugnet, der an derselben Universität in Kalifornien arbeitete, wo auch Grace und Melina angestellt waren. Zur Überraschung aller hatte sie eingewilligt und war mit ihm mehrere Monate ausgegangen, ehe er die Verabredungen abgebrochen hatte. Dieser Bruch hatte sie niedergeschmettert. Sie leugnete das natürlich, aber so war Lucy. Sie würde lieber Würmer essen als zugeben–auch nicht ihren besten Freundinnen gegenüber–dass ein Mann die Macht hatte, ihr wehzutun.

Lucy schob Grace ihren Dirty Martini näher hin. „Trink‘ aus, Grace! Wir sind in einem der besten Clubs von Vegas, und die Männer beobachten dich. Männer, die wahrscheinlich eine Nacht Las-Vegas-Spaß wollen, bevor sie wieder zu ihren langweiligen Leben zurückgehen. Sie werden weder deine Telefonnummer noch dich wiedersehen wollen. Diese Typen wollen dir eine Nacht lang sexuelles Vergnügen bereiten. Such‘ dir einfach einen aus!“

Lucy verhielt sich so, als wäre das Aussuchen eines Typen für einen One-Night-Stand etwas, was Grace die ganze Zeit tat. Klar, es war ein oder zweimal in ihrem Leben passiert, aber sie war kein Profi. Und bei diesen Gelegenheiten hatte sie den Sex noch weniger genossen als sonst. Mit Typen schlafen, die sich nicht für sie als Person interessierten? Männer, die sich am meisten darum kümmerten, eine ins Bett zu bekommen, und die sich nur für das Vergnügen interessierten, das sie ihnen geben konnte? Sie war nicht fähig gewesen, sich wirklich zu entspannen, geschweige denn sich wohl genug zu fühlen, etwas zu genießen, wovon sie dachte, dass sie es genießen *könnte*.

Grace war nur hier, um Melina und Lucy versöhnlich zu stimmen. Sie würde keinen Typen aussuchen. Sie würde auf ihren Plan fokussiert bleiben.

Grace überblickte den Raum. Hier war es so überfüllt, dass sie nicht einmal eine Katze verfluchen könnte, ohne Fell in den Mund zu bekommen. Wo kamen all diese Leute her? Frauen begutachteten Männer, Männer begutachteten Frauen, als ob so ein Nachtclub ein wahrer Fleischmarkt wäre. Igitt! Sie könnte sich ein Schild um den Hals hängen: *Single und gewillt, es nur für eine Nacht mal zu versuchen!* Doch das ließe sie kaum aus der Menge herausragen. Hier war es wie in einem Wolfsrudel. Die Hosen der Männer waren so hauteng, dass sie . . . alles sehen konnte. Sie wusste, dass die Dalton-Zwillinge ziemlich viel Wert auf ihr Image als sexy Einzelkünstler legten. Lebten Max–und auch Rhys bevor er geheiratet hatte–ständig damit? Andauernd gejagt zu werden?

„Das bringt mich noch zur Weißglut, hier sein zu müssen", murmelte sie, dann kippte sie den Rest ihres Martini hinunter. „Davon krieg ich nur ein Magengeschwür."

„Keiner dieser Männer sucht eine Frau, die er wirklich schwängern will, das ist mal sicher. Aber du bist nicht hier, um deinen Großen Plan in Gang zu setzen. Du bist hier, weil du es verdienst, wenigstens einen Super-Orgasmus mit einem Mann zu erleben, bevor du dich selbst mit einem Kind und geteilter Eltern-schaft festbindest."

Grace widersprach nicht, aber sie war auch nicht von Lucys Plan begeistert. Such' dir einen Kerl aus, geh' durch die unbeholfenen Stufen des Flirtens und einander-Kennenlernens und hab' dann Sex, nur um letztendlich enttäuscht zu sein!

Alles schon da gewesen, alles schon erlebt.

Nur zu schade, dass Melina nicht da war. Eine schwangere Frau an ihrer Seite als Außenstürmer wäre die perfekte Ausrede gewesen, die abendliche Männerjagd abzukürzen. Melina war zwar mit zum Einkaufen gekommen und hatte das Outfit, das Grace trug, mit ausgesucht, aber ihr Rücken hatte angefangen, wehzutun, und sie war nach Hause gegangen, um sich auszuruhen.

Gerade jetzt beneidete Grace Melina sehr, und nicht nur weil sie seit sechs Monaten schwanger war.

„Lucy, ich finde, wir sollten einfach ins Hotel zurückgehen."

„Aber die Nachlese ist reif", sagte Lucy und deutete auf eine Gruppe Männer. „Schau' dir den Einen mal an–den Kerl in dem grauen Anzug. Der ist heiß. Und er hat dich gerade angeschaut. Zeig' ihm etwas Bein!"

„Was?"

„Du sitzt da mit deinen Füßen und Knien zusammengepresst wie irgendeine langweilige, anständige, spröde Matrone. Überschlag' das eine Bein mit dem anderen–dein Rock wird etwas zurückrutschen, und er wird die Strapse sehen können. In weniger als einer Minute wird er hier sein, um dir einen Drink zu spendieren."

Auf Lucys Drängen hin spürte Grace ein kleines Prickeln von Interesse. Sie wusste, dass die meisten Leute sie als zerbrechliche Treibhausblume betrachteten, nicht als eine Frau, die jemals ein Tattoo, geschweige denn irgendwelche Piercings machen lassen würde. Auch wenn sie ihre geheimsten Fantasievorstellungen nicht mit anderen geteilt hatte, so war doch jeder ihrer Liebhaber überrascht, wie abenteuerlustig sie im Bett war, und sie hatte es genossen, jedes Mal wieder ein anderes schockierendes Geheimnis von sich zu offenbaren. Leider hatte ihre Bereitwilligkeit dafür mehr und mehr abgenommen, als sie anfing zu bemerken, dass ihre eigene Sexualität irreführende Werbung war. Klar, sie konnte ihre Beine überschlagen und dem Grauen Anzug einen flüchtigen Blick auf ihr Strumpfband gewähren, aber wenn es wirkte und er mit ihr zusammenkommen wollte, würde der Abend einfach so enden wie er immer endete: sie tat, was auch immer nötig war, um ihn kommen zu lassen, während sie gleichzeitig wusste, dass es für sie nicht passieren würde.

Außerdem hatte sie bereits früher versucht zu flirten, indem sie ihren Körper zur Schau stellte, und zu welcher Katastrophe das geführt hatte . . .

„Grace", sagte Lucy über den Lärm der Menge hinweg. „Niemand kennt dich in Vegas. Hier bist du frei, zu tun, was auch immer du willst. Es wird keine Folgen haben. Niemand ist hier, der dich reinlegen will. Jetzt überschlag' dein Bein!"

„Oh Gott, Lucy! Wenn ich es tue, können wir dann von hier verschwinden?"

„Wenn du es tust, und er kommt, um mit dir zu sprechen–und ich *weiß*, dass er oder einer der anderen Kerle kommen wird, um mit dir zu sprechen–und du ihm eine faire Chance gibst, und du entscheidest, dass du nicht auf ihn stehst, und du das dann ungefähr ein Dutzend Mal gemacht hast und dasselbe Ergebnis bekommen hast? Dann können wir gehen."

Ein Dutzend Mal? Würmer zu essen klang wirklich gut. „Lucy . . ."

„Du hast eine weitere Nacht versprochen, ehe du mit deinem Plan loslegst, Grace. Eine Nacht, um einen Mann zu finden, der wenigstens *versuchen* wird, dir diesen Orgasmus zu geben, über den du dich all die Jahre beklagt hast."

„Ich beklage mich nicht", entgegnete Grace entsetzt. War das so? Die Tatsache, dass sie ein paar Liebhaber gehabt hatte, aber niemals einen Orgasmus mit ihnen erreicht hatte, bekümmerte sie. Das stimmte. Es bekümmerte sie wirklich. So sehr, dass sie in Erwägung gezogen hatte, Max Dalton um Hilfe zu bitten. Aber sie hatte nicht gedacht, dass sie ihr Problem *so* sehr vor ihren Freundinnen ausgebreitet hatte.

„Du beklagst dich kaum jemals. Du nimmst es beinahe als gegeben hin. Jetzt überschlag' endlich dein Scheiß Bein!"

Grace überschlug ihr Bein, um Lucy zum Schweigen zu bringen.

Und ihr Rock rutschte hoch. Genug, um die Spitzenbordüre ihres Seidenstrumpfes und das Band, das zur Kante ihres Strumpfhalters führte, zu zeigen.

Sie schaute quer durch den Raum zu dem Mann im grauen Anzug. Er starrte sie an–nicht ihr Gesicht, sondern ihr Bein, wo der Seidenstrumpf aufhörte und ihre nackte Haut begann.

Sie fühlte ein leichtes Beben zwischen ihren Beinen, ein weiterer Beweis dafür, was sie bereits wusste: sie hatte ein wenig etwas von einer Exhibitionistin in sich. Darum hatte sie auch Steven LaBrecht bei der Universitätsfeier angeturnt. Ihr gefiel es, einen

Mann in der Öffentlichkeit zu necken. Ihr gefiel die Vorstellung, dass er oder sie in einem Raum voller Leute erregt werden konnte. Die Tatsache, dass es nur ein *leichtes* Beben war, sagte ihr, dass sie nicht zu sehr an dem Kerl, der sie anstarrte, interessiert war. Aber wenn er Max gewesen wäre?

Das leichte Beben verwandelte sich in ein wildes Pulsieren, das sie nach Luft schnappen ließ.

Hitze ließ ihren Hals und ihr Gesicht glühen.

Warum hatte sie zugelassen, dass ihre Freundinnen sie so zu etwas überreden konnten? Das, was sie zuvor gesagt hatte, war wahr. Sie war daran gewöhnt, sich selbst einen Höhepunkt zu verschaffen, und gerade jetzt könnte sie in ihrem Hotelzimmer sein und genau das tun, während sie an Max denken würde. Das tat sie oft, und niemals hatte es nicht geklappt, dass sie stark gekommen war.

Der Mann im grauen Anzug fing schließlich ihren Blick auf. Er lächelte–kein *schlechtes* Lächeln, für sich betrachtet, aber seine Zähne waren nicht so stark und weiß wie die von Max, und seine Lippen waren dünn und zu weit zurückgezogen, sodass sein Zahnfleisch sichtbar war. Er hatte breite Schultern und schien groß genug zu sein. Heiß, wie Lucy gesagt hatte. Er wandte sich wieder seinen Freunden zu, und Grace tat schnell dasselbe.

„Ich glaube, der Graue Anzug kommt herüber", flüsterte sie, und Verzweiflung begann in ihr aufzusteigen. Sie wollte gehen. Aber sie wollte auch nicht, dass Feigheit sie vertrieb, so wie gestern Nacht bei Lodis Bar. Sie wollte nicht ihr Leben insoweit bedauern, dass sie die nächsten paar Jahrzehnte damit verbringen würde, sich darüber zu beklagen. Das hatte sie nie gewollt.

Sie konnte das tun.

Nein, sie konnte das nicht tun!

Doch, sie konnte das tun.

Aber sie wollte das nicht tun! Nicht mit *ihm*.

Oh, um Himmels Willen!

„Entschuldigen Sie", sagte eine tiefe Stimme hinter ihr.

Ihr Inneres wurde zu Wackelpudding, und nicht auf die Art *toll, ich werde gleich flach gelegt werden und ist das nicht fantastisch,* sondern mehr wie *oh Mist, was hab ich nur getan.* Sie zwang ihre Muskeln dazu, zu funktionieren und drehte sich um, um den Grauen Anzug anzusehen.

„Entschuldigen Sie, wenn ich störe", sagte er und lächelte zu ihr herab, „aber ich konnte nicht umhin, sie im ersten Augenblick, als ich hereinkam, zu bemerken. Eine Zeitlang stand ich bei meinen Freunden und versuchte, Mut zu fassen, herüberzukommen und mich vorzustellen. Ich bin Blake Jordan." Er streckte ihr seine Hand entgegen.

Tja, du meine Güte! Das war vielleicht süß. Er hatte sie beobachtet, und war nervös gewesen, den ersten Schritt zu machen. Auch wenn sie nicht mit ihm schlafen würde, so konnte sie doch ein wenig mit dem Typen plaudern.

KAPITEL VIER

Max Zauberregel Nr. 5:
Überzeuge die Damen des Publikums,
indem du nur Augen für sie hast!

MAX WAR AUS ZWEI GRÜNDEN genervt und verärgert. Erstens war er nah genug dran, dass er hörte, wie dieser Vertreter des Abschaums versuchte, Grace abzuschleppen. Der Typ hatte es vor ihr bereits bei mindestens drei anderen Frauen probiert und hatte sich erst dann auf Grace konzentriert, als sie ihr Strumpfband gezeigt hatte.

Zweitens zeigte Grace das besagte Strumpfband, während sie einen ihn in-den-Wahnsinn-treibenden kurzen Rock trug. Ihr Outfit bedeutete an den meisten Orten *komm und fick mich*, aber ganz besonders in Las Vegas.

Das hieß, dass obwohl Grace letzte Nacht bereit gewesen war, ihn um Hilfe zu bitten, sie jetzt mehr als bereit war, sich einem anderen Mann hinzugeben. Es war eine Sache, wenn sie Max respektierte und genug vertraute, um ihn um so einen intimen Gefallen zu bitten, doch es war eine ganz andere Sache, wenn sie ihn nur als einen anderen Schwanz ansah, der diesen Job erledigen könnte. Wenn das alles war, als was sie ihn betrachtete . . .

Aber auch wenn sich Max' Wut immer weiter aufbaute, sah er doch die Anspannung unter ihrem Ausgelassenheit zur Schau tragenden Gesicht. Nein, es war nicht leicht gewesen für sie, gestern

Nacht zu ihm zu kommen. Und der einzige Grund, warum sie gerade jetzt hier war, war, weil Lucy sie dazu ermutigt hatte–so viel hatte ihm Melina verraten, als sie Max sagte, wo er Grace finden würde.

Weder Grace noch Lucy hatten gesehen, wann er gekommen war. Und jetzt stand er hinter ihnen, während sie diesem üblen Kerl gegenübersaßen–wie war gleich wieder sein Name?–Blake. Wahrscheinlich ein falscher, vorgetäuschter Name, der zu einer vorgetäuschten Person passte. Unter den Neonlichtern des Nachtclubs verriet ihm die helle Linie auf dem Ringfinger des Mannes alles, was er wissen musste. Max zog ein paar Geldscheine aus seiner Hosentasche, reichte sie einer mit Cocktails vorbeikommenden Bedienung und nahm sich zwei Martinis von ihrem Tablett. Sie sah ihn skeptisch an, zuckte dann aber die Achseln und ging davon.

Von hinten umrundete er den Tisch der Mädchen und hielt ihnen die Getränke hin–einen Martini für Lucy und einen für Grace.

„Hallo Dixie. Tut mir Leid, dass ich so spät mit den Drinks ankomme. Es dauerte ewig, sie an der Bar zu bekommen", sagte er mit einem breiten Lächeln an Grace gewandt, die verwirrt dreinblickte und–auch wenn sie es sofort versteckte–erfreut war, ihn zu sehen.

„Max", sagte sie langsam. „Was machst du . . ."

„Oh, tut mir Leid, Schätzchen. Hab' ich dir den falschen Martini gebracht?" Er wandte sich dem verheirateten Mistkerl zu, nahm seine Hand und schüttelte sie, ehe der weggehen konnte. „Hallo. Ich bin Max Dalton, der Hauptdarsteller vom PORTOFINO. Das ist meine Verabredungspartnerin Dixie. Und Sie sind?"

Neben sich hörte er Lucy wütend schnauben und undeutlich etwas murmeln.

„Gerade dabei, zu gehen", antwortete der Mann. Er zog seine Hand aus Max' festem Händedruck heraus, drehte sich um und ging davon. Ließ Max mit einer sichtlich verärgerten und wahrscheinlich aufgestachelten Frau zurück und mit einer anderen, die so sehr lachen musste, dass sie sich beinahe ins Höschen machte.

„Dixie", sagte Lucy. „Ich hab's total kapiert. Grace ist deine Herzallerliebste, und sie kommt aus den Südstaaten. Dem Herzland des Dixie, einer bestimmten Jazzstilrichtung–dem Dixieland."

„Du kannst meine Gedanken lesen." Max zwinkerte Lucy zu und wandte sich dann an Grace. „Der Typ war verheiratet", sagte er. „Und er hat's schon bei drei anderen Frauen versucht, bevor du seine Aufmerksamkeit erregt hast mit . . ." Er streichelte die Außenseite von Grace' Oberschenkel, strich mit seiner Hand von ihrem Knie aus nach oben, bis hinter den Saum ihrer Strümpfe. Dann zog und zupfte er mit einem Finger leicht an ihrem Straps.

Grace atmete schwer.

Ohne seinen Blick von Grace abzuwenden, sagte er: „Lucy, du weißt, dass ich dich bewundere, aber Grace und ich müssen etwas besprechen. Meinst du, du könntest dich eine Zeitlang unsichtbar machen?"

„Ähm, ja. Klar. Ich bin an der Bar. Grace? Hol' mich dort ab, wenn du fertig bist, mit Max . . . *zu sprechen.*"

Nachdem Lucy gegangen war, nahm Max seine Hand von Grace' ach-so-sexy Oberschenkel weg und setzte sich auf Lucys Stuhl. „Wir haben unsere Unterhaltung gestern Nacht nicht beendet", kam er sofort auf den Punkt.

„Doch, wir haben sie beendet", gab sie zurück. „Ich habe mich weiterbewegt."

„Das habe ich gehört", sagte er.

Ihr Gesicht entflammte, aber sie reckte ihr Kinn hoch, war anscheinend nicht gewillt, sich von ihm einschüchtern zu lassen. „Du hast unsere Unterhaltung *nicht* über das Babyphon mit angehört."

Er schaute sie nur an.

Während sie laut ausatmete, rollte sie mit den Augen. „Okay, gut. Aber du hast nicht die ganze Unterhaltung gehört." Sie zog ihre Nase kraus, was er entzückend fand. „Oder doch?"

„Beantworte mir erst eine Frage: Warum willst du dich darauf einrichten, mit einem Mann, den du nicht liebst, ein Kind zu haben?"

Ihre Augenbrauen zogen sich zusammen. „Um *das* zu besprechen, hast du Lucy weggeschickt?"

Er zuckte die Achseln. „Das ist eine freudlose Art, eine Familie gründen zu wollen."

„Nicht alle von uns können der Leidenschaft hinterherjagen, Süßer."

„Merkst du, dass du mich immer nur dann Süßer nennst, wenn du versuchst, mir Sand in die Augen zu streuen? Kurzmeldung: Das funktioniert nicht. Du quillst vor Leidenschaft über."

„Ich habe Gründe dafür, . . . praktisch zu sein", beharrte sie.

„Das ist mir bewusst. Das hat dich auch letzte Nacht zum Club gebracht, als du mich gesucht hast. Es war nicht so, dass du bloß wolltest, dass ich dir einen Orgasmus gebe. Du *brauchtest* mich, damit ich dir einen Orgasmus gebe, weil kein anderer Mann es bis jetzt geschafft hat."

Wenn sie zuvor blassrot gewesen war, so errötete sie jetzt bis in die Haarspitzen, bis sie praktisch glühte. „Also gut, du hast offenbar alles, was ich gesagt habe, über das Babyphon mit angehört. Aber dass ich gestern Nacht zu dir gekommen bin? Nenne es einen Fall von zeitweiliger Geisteskrankheit! Oder schwerer sexueller Frustration. Ich konnte nicht klar denken."

„Ich bin nicht besorgt. Aber ich bin auch nicht dumm. Ich werde nicht zulassen, dass du das, was du gesagt hast, als unwichtig beiseite wischst."

Sie weigerte sich, zu antworten, doch zum ersten Mal löste sich ihr Blick von seinem und fiel auf ihre Hände in ihrem Schoß.

Er lehnte sich näher zu ihr, zwang sie in Gedanken, sich nicht vom Fleck zu rühren. Sie hielt sich still. Als er mit seinem Mund an ihrem Ohr war, flüsterte er: „Gestern Nacht hast du mir gesagt, was du wolltest. Heute Abend sage ich dir, dass ich es tun werde."

Sie wich nicht zurück. Stattdessen drehte sie ihren Kopf, bis ihr Mund an seinem Ohr war, und flüsterte zurück: „Du bist ein wahrer Gentleman, Max, aber ich hab' dir gesagt, was ich *wollte*. Jetzt will ich es nicht mehr."

Daraufhin lehnte er sich zurück, machte es sich in seinem Stuhl bequem und grinste sie an. „Lügnerin!"

Ihre Augen verdunkelten sich, und er hätte schwören können, sie bewegte sich und presste ihre Oberschenkel unter diesem Superminirock zusammen. „Es wird nicht funktionieren", sagte sie. „Du hast deine Wahl getroffen, als du von mir letzte Nacht weggegangen bist. Ich traf meine. Du kennst mein kleines . . . Problem. Ich wünschte, du würdest es nicht kennen, aber du kennst es. Du solltest wissen, dass ich es satt habe, mich damit zu beschäftigen. Als Elizabeth uns letzte Nacht unterbrach, war es ein Zeichen. Endlich habe ich die Botschaft verstanden und beschäftige mich mit wichtigeren Dingen."

„Unsinn! Du bist verlegen wegen dem, was du mir gesagt hast, und verärgert, weil ich gegangen bin. Aber ich hab' dir schon erklärt, warum ich es tat, und es hatte nichts damit zu tun, dass ich nicht interessiert wäre, dir das zu geben, was du willst. Du weißt, dass das nicht der Fall ist. Du weißt, wie sehr ich mich zu dir hingezogen fühle, stimmt's?"

„Max . . ."

„Sag' mir, dass du verstanden hast, wie sehr ich mich zu dir hingezogen fühle, Grace!"

„Du scheinst, dich zu mir hingezogen zu fühlen, ja."

„Schon seit langer Zeit. Und du hast mich auch gewollt. Du brauchst einen Orgasmus? Dann bist du zum richtigen Mann gekommen. Was das betrifft, zu wichtigeren Dingen überzugehen, die besagten Dinge wie ein Kind und ein Fremder als Vater des Kindes ...“

„Wirst du wohl bitte leiser sprechen“, zischte sie und sah sich um. Glücklicherweise schien keiner von ihnen Notiz zu nehmen.

„... können wir über diese Idiotie später weiterreden.“

„Das ist *keine* Idiotie. Und es ist nicht deine Angelegenheit.“

„Gestern Nacht hast du es zu meiner Angelegenheit gemacht. Du hast *dich* zu meiner Angelegenheit gemacht.“

„Wie ich schon sagte, gestern Nacht habe ich dir vertraut. Das tue ich nicht mehr. Du bist von mir weggegangen, Max. Du hast mich stehen lassen, und ich fühlte mich wie ein totaler Idiot.“

Er legte seine Hand auf ihre. „Ich weiß, dass ich das tat. Und es tut mir Leid. Ich verspreche dir, Grace, das wird nie mehr wieder geschehen.“

Sie schüttelte ihren Kopf, ließ das, was er sagte, offensichtlich nicht in sich eindringen. „Du bist der Schwager meiner besten Freundin. Es würde die Dinge verkomplizieren.“

Das war genau dasselbe, was er gedacht hatte. Warum er niemals zu ihr gekommen war. Jetzt, da er wusste, dass Grace ihn *brauchte*, hatten sich die Dinge geändert. „Zwischen uns Vieren würde es die Dinge nicht verkomplizieren, weil Rhys und Melina nichts davon zu wissen brauchen. Zwischen dir und mir? Da mag ich's kompliziert.“

„Ich nicht.“

„Das stimmt“, sagte er, während er eine Hand auf ihr Knie legte und mit einem Finger am oberen Rand ihres Strumpfes entlangstrich. „Du magst es, wenn es praktisch ist. Deshalb bist du gestern Nacht zu mir gekommen. Weil der gesunde Menschenverstand dir sagte, wenn irgendein Mann dir das, was du brauchst, geben könnte, dann wäre ich derjenige. Hier hast du meinen Rat, Grace: Wenn es um Sex geht, vertraue deinen Instinkten!“ Sein Finger strich noch ein wenig höher, schlich sich langsam knapp unter den Saum ihres Rockes. Verdammt, war ihre Haut weich.

Viel weicher als die Seide ihrer Strümpfe. Heiße Erregung durchströmte ihn, und sein Schwanz drängte sich gegen seine Hose. Er nahm einen flachen Atemzug und befahl sich selbst, sich im Zaum zu halten. Praktische Anwendbarkeit, erinnerte er sich selbst. Darüber hatten sie gesprochen.

„Sag' mir die Wahrheit", sagte er, während sein Finger auf Grace' Oberschenkel sogar noch höher wanderte. Mit einem unterdrückten Stöhnen packte sie sein Handgelenk und hielt ihn davon ab, weiter zu gehen. „Bevor du zu Lodis Club kamst, hast du dafür gesorgt, dass dein Hotelzimmer absolut makellos ist, und hast du im Nachttisch heimlich Kondome und Gleitmittel versteckt?"

Er neckte sie bloß, um zu versuchen, sein eigenes rasendes Verlangen einzudämmen, aber sie funkelte ihn finster an und stieß seine Hand weg. „Ich hatte Unrecht. Sie, mein Herr, sind kein Gentleman!"

„Und wir haben bereits ausgemacht, dass du mal gut flach gelegt werden musst. Das werde ich übernehmen. Die Kondome werden wir benutzen. Das Gleitmittel wirst du nicht brauchen. Ich werde dafür sorgen, dass du kommst, Grace. Ich werde dafür sorgen, dass du so stark kommst, dass du nicht wissen wirst, ob du noch auf Erden oder bereits in himmlischen Sphären bist."

„Bessere Männer als du haben das schon versucht", sagte sie.

Er grinste, langte zu ihr hinüber und streichelte mit seinem Finger ihre Wange. „Siehst du? Das war dein erster Fehler, Dixie. Niemand ist besser als ich. Und ich höre nicht eher auf, bis ich es mit welcher Magie auch immer geschafft habe, dass du meinen Namen schreien wirst."

„Du arrogantes . . ."

Er hatte es nicht geplant, aber jetzt konnte er nicht widerstehen. Während er ihren Hinterkopf umfasste, drückte er seinen Mund auf ihren. Nicht aggressiv. Ohne Zunge. Aber auch nicht zögerlich oder schüchtern. Er nippte von ihren Lippen, als sei sie ein feiner Wein, und das war wahr–sie war berauschend. Sie schmeckte wie Pfirsiche, weich und reif und üppig.

Sofort wollte er mehr.

Sie auch.

Ihre Lippen teilten sich. Ihre Zunge suchte seine, nahm ihm den Atem. Während er den Kopf anwinkelte, vertiefte er den Kuss, aber nur für einen kurzen Moment. Und dennoch, als er dann zurückwich, atmeten beide schwer. Und starrten einander an auf eine Art und Weise, die ,encore' (nochmal) schrie.

Er lehnte seine Stirn an ihre, strich ihr seidiges blondes Haar zurück und flüsterte: „Denk' darüber nach! Und steig' morgen nicht in dieses Flugzeug! Flieg' lieber mit mir!"

Dann ging er.

Sie wusste, wo er wohnte, und es war wichtig, dass sie ihm genug vertraute, um zu ihm zu kommen. Wenn sie das nicht hätten, dann würde auch kein noch so großes Ausmaß an sexueller Technik Grace kommen lassen, das wusste Max. Vor allem wenn es offenbar so schwierig für sie war, einen Orgasmus zu haben.

Entweder würde sie später bei ihm zu Hause auftauchen, oder Lucy würde sie sicher in ihr Hotel zurückbringen. Doch schon als er ging, war sich Max ziemlich sicher, dass er sie bald wiedersehen würde.

Grace kämpfte dagegen an, aber sie wusste, was sie wollte.

Sie wollte *ihn*.

VON UNENTSCHLOSSENHEIT HIN- UND HERGERISSEN beobachtete Grace, wie Max davonging.

Ihr Verstand sagte ihr, ihn gehen zu lassen.

Ihr Körper schrie, ihm hinterherzurennen.

Seine Küsse. Seine Worte. Weder seine Küsse noch seine Worte waren bis zum Äußersten gegangen, aber sie waren gerade kühn genug gewesen, um ihre Aufmerksamkeit zu erregen und das zu beweisen, was sie immer geglaubt hatte. Max Dalton würde ein außergewöhnlicher Liebhaber sein.

Guter Gott, allein der Klang seiner Stimme, als er sie dazu verleiten wollte, mit ihm zu *fliegen*, während sie in einer überfüllten Bar waren, wo jeder mithören könnte, hatte sie durchweicht und ließ sie ihre Oberschenkel zusammenpressen, um den sehnsuchtsvollen Schmerz zu lindern.

Sie weigerte sich, das Projekt Baby als Idiotie zu betrachten, egal was er oder Lucy oder Melina oder sonst jemand dachte. Sie wusste was sie wollte. Aber sie konnte auch nicht leugnen, dass sie das, was Max ihr anbot, auch noch wollte.

„Du machst Spaß, nicht wahr?"

Lucys Stimme ließ Grace zusammenzucken.

„Du sitzt tatsächlich immer noch hier, obwohl ich sah, wie Max Dalton gerade seinen ersten Schritt gemacht hat?"

Grace drehte sich um, um ihre Freundin anzusehen. „Ich habe Angst, Lucy", flüsterte sie, bevor sie überhaupt wusste, was sie sagen würde. Aber es war wahr, deshalb bemühte sie sich nicht, zu versuchen, es zurückzunehmen.

„Warum?"

„Weil . . . weil ich ihm gestern Nacht vertraut habe und er mich verletzt hat, auch wenn ich weiß, dass er es nicht beabsichtigt hat. Außerdem, was wäre, wenn ich ihn das tun lassen würde . . ." Sie beschrieb mit ihrer Hand einen kleinen Kreis. „ . . . du weißt schon. Wenn Max Dalton mir nicht das geben kann, was ich im Bett will, kann es keiner. Und wenn er es doch kann, wie werde ich jemals ohne ihn leben können? So oder so stecke ich im Schlamassel. Wenn ich mich zuerst auf die Familie konzentriere, hätte ich immer noch die Chance, dass später . . ."

Als ihre Worte in ein ziemlich langes Schweigen übergingen, umarmte Lucy sie. „Grace, mit dir ist alles in Ordnung. So viele Frauen haben dasselbe Problem aus verschiedenen Gründen. Du brauchst nicht loszurasen und ein Kind zu bekommen, weil du denkst, dass mit dir etwas nicht stimmt."

„Das weiß ich", sagte Grace, lehnte ihre Wange einen Moment lang an Lucys Schulter, auch wenn sie sich selbst gegenüber eingestand–sie glaubte *wirklich*, dass mit ihr etwas nicht stimmte. Sie wollte eigentlich nur normal sein. Sie hatte es satt, etwas erreichen zu wollen, was sie nicht haben konnte. Den psychischen Druck und die physische Frustration zu ertragen, die mit einherging, wenn man zum wiederholten Male angeturnt wurde, nur um nirgendwohin zu gelangen. Großartiger Sex sollte auf natürlich Weise entstehen. Das Einzige, das noch natürlicher entstehen könnte, war die Zeugung. Wenn sie das Erste nicht haben konnte, . . .

Doch da würde sie jetzt nicht weitergrübeln. Nicht mit Lucy, die bereits zu viel gesehen hatte. Vielleicht waren ihre Beweggründe leicht verworren, aber letztendlich war es egal. Sie holte tief Atem und wich zurück. „Ich will nicht deshalb ein Kind, weil ich meine, dass mit mir etwas nicht stimmt. Nicht ganz", sagte sie schnell, als Lucy ihren Mund öffnete, um mit ihr zu diskutieren. „Ich will einfach nur ein Kind. Ich will eines, während ich noch jung bin. Ich will eines, auch ohne einen Mann in meinem Leben. Und ich bin bereit, eines zu bekommen. Ehrlich. Aber du hattest Recht. Wenn ich . . . das, wonach ich mit einem Mann suche, vorher finden kann, würde es meine Gedanken über die Zukunft entlasten. Und du hattest auch Recht, was Max betrifft. Er hat seinen ersten Schritt gemacht."

Lucy sah aus, als ob sie zu mehreren Feststellungen von Grace einen Kommentar abgeben wollte, gab sich aber damit zufrieden, einfach zu sagen: „Also worauf wartest du dann noch?"

Grace schaute in die Richtung, in der Max verschwunden war. Ihr Herz hämmerte in ihrer Brust wie ein Zug, der durchgegangen war. „Meinst du, ich kann ihn noch einholen?"

„Ich wette, er geht *wirklich* langsam, nur für den Fall. Jetzt schnapp ihn dir, Mädchen! Und denk' daran, egal was passiert, du bist fabelhaft, Grace! Du bist ungestüm. Du bist eine erstaunliche Frau. Und Max tut dir hiermit keinen Gefallen. Er versucht das, was er seit Langem wollte, zu erreichen. Du hast ihm nur eine großartige Ausrede geliefert, es nun zu tun."

Grace stand auf, schaute Lucy aber verwirrt an. „Warum sollte er eine Ausrede brauchen, um mir einen unsittlichen Antrag zu machen? Egal, da liegst du falsch. Das *ist* ein Gefallen, den Max mir tut. Am ehesten kann es sein, dass er gelangweilt ist und das hier eine Herausforderung ist, der er nicht widerstehen kann."

„Das redest du dir dauernd ein", sagte Lucy. „Aber wir werden sehen, wo wir in einigen Wochen stehen."

„Das ist eine Nacht. Dann mache ich mit meinem Plan weiter."

Lucy stupste sie in die Seite, um sie leise zu ermutigen, Max hinterherzugehen. „Wir werden sehen", wiederholte sie. „Denk' bloß nicht, dass du mir entkommst, ohne mir nachher die Einzelheiten zu erzählen!"

Mit einem weiteren leichten Rippenstoß von Lucy begann Grace auf den Ausgang zuzugehen. Ein Teil von ihr fühlte sich wie ein Roboter, der auf Autopilot war. Der andere Teil von ihr fühlte sich unglaublich menschlich; ihr Magen tanzte zum Gemurmel der Leute in der Bar, und ihre Zähne konnten ihre Lippe nicht in Ruhe lassen.

Sie war nervös.

Aufgeregt.

Und ja, hoffnungsvoll.

Es war Max Dalton, über den sie sprachen.

Der Max Dalton.

Aber noch wichtiger war, es war der Mann, der ihr versprochen hatte, er würde alles tun, was nötig war, um sie fliegen zu lassen. Auch wenn er letztendlich scheiterte, so wusste sie doch, dass alles, was zu diesem Moment hinführte, das Beste wäre, das sie jemals gehabt hätte.

MAX SCHLOSS GERADE SEIN AUTO auf, als er jemanden hinter sich wahrnahm.

Er drehte sich um und sah Grace.

Sie sah aus, als sei sie kurz davor, davonzulaufen, und er hob automatisch seine Handflächen, als ob sie ein kleines Tier wäre, das er nicht verscheuchen wollte. „Grace", sagte er mit einem Lächeln. „Ich . . ."

Sie machte mehrere ruckartige Schritte auf ihn zu und sagte dann: „Ich will ein Kind. Ich meine, ich weiß, dass du das weißt. Und ich bitte dich nicht darum, irgendetwas damit zu tun zu haben. Natürlich nicht! Aber du musst verstehen, dass es das ist, was ich am meisten will. Mehr als guten Sex. Und das wird sich nicht ändern."

„Ist gut", sagte er, ohne zu wissen, worauf sie damit hinauswollte.

„Du meinst vielleicht, ich mache einen Fehler, aber es ist wirklich nicht deine Angelegenheit. Abgesehen von dem, was du mir anbietest, *bin ich* nicht deine Angelegenheit. Deshalb will ich auch nicht mehr hören, dass mein Plan, ein Baby zu bekommen, idiotisch ist, okay?"

Scheiße, was konnte er dazu sagen? Er hatte immer noch die Absicht, sie zu überzeugen, ihren Plan zu überdenken, und wenn auch nur, weil er das Melina schuldig war. Doch Grace wartete nicht auf seine Antwort.

„Ich hatte mich entschieden, dass ich auf das Falsche konzentriert war. Weil Sex für mich auch ohne . . . all dem gut war." Sie beschrieb mit ihrer Hand einen kleinen Kreis, bezog sich offenbar auf ihren immer-so-unzuverlässigen Orgasmus. „Ich habe nie geglaubt, dass Sex das A und O ist."

Glaubte sie ernsthaft, dass er mit ihr einer Meinung sein würde? Er blieb still.

Sie rieb sich ihre Arme, schien enttäuscht zu sein, dass er nicht so antwortete wie sie es offensichtlich wollte.

„Vielleicht ist er nicht das A und O", sagte er schließlich. „Doch er macht auf jeden Fall das Leben lebenswert."

Ihr Mund verzog sich, und sie schaute weg. „Gesprochen wie ein Mann", sagte sie.

„Nein", sagte er. „Gesprochen wie jemand, der tatsächlich Sex gehabt hat."

Ihr Kopf schnellte hoch. „Ich habe auch Sex gehabt. Guten Sex."

„Du bist mit einem Mann noch nicht gekommen, Grace. Wie gut konnte der Sex letzten Endes gewesen sein?"

Sie leckte sich die Lippen und bewegte sich unruhig auf ihren Füßen, schaute so unsicher und zögerlich drein, wie er sie noch nie gesehen hatte. „Und du glaubst wirklich, du kannst meine Meinung ändern, was die Wohltaten von Sex betrifft?"

Was war hier los? Testete sie ihn? Erwartete sie, dass er sagte: „Zur Hölle, ja klar! Kein Problem."? Er war nicht so naiv. Er konnte Grace nicht einfach berühren und bewirken, dass sie kam, aber er würde solange weitermachen, bis sie den Zauberschlüssel finden würden. Zur Hölle, er stellte sich vor, wie er dabei starb, während er es versuchte, und das wäre nicht einmal die schlechteste Art und Weise, zu vergehen. Nur, er konnte es nicht ganz alleine tun. „Kommt darauf an", sagte er.

„Worauf?"

„Darauf, ob du wirklich die Kontrolle aufgeben kannst."

„Ich gebe die Kontrolle auf."

„Nein. Tust du nicht. Denn wenn du das tätest, hättest du schon längst einen Orgasmus gehabt."

Sie schien um eine Antwort verlegen zu sein. „Warst du jemals mit einer Frau zusammen, die mit all dem Schwierigkeiten hatte?" Wieder dieselbe Handbewegung.

Er schlug seine Hände vor sein Gesicht, in dem Versuch, nicht zu lächeln. Irgendwie glaubte er nicht, dass sie das schätzen würde. „Klar", sagte er. „Das ist doch nicht so ungewöhnlich bei Frauen, Dixie. Aber diese Frauen haben mir vertraut. Ihnen gefiel die Vorstellung, dass *das* . . ." Er machte dieselbe Handbewegung. „ . . . möglich wäre und überließen die Sache mir. Und wir haben es jedes Mal hingekriegt."

Ihr Gesicht veränderte sich. Sie deutete grob mit dem Finger auf ihn und schrie: „Aha!" Natürlich tat sie keines von beidem, doch er konnte dennoch ihre Gedanken lesen. „Woher weißt du das? Sie könnten alles vorgetäuscht haben."

Auf den Vorschlag hin, er solle einer Frau erlauben, sein Bett zu verlassen, ohne vollständig befriedigt worden zu sein, zog er die Augenbrauen zusammen. „Hast du es schon mal vorgetäuscht?", fragte er.

Das ernüchterte sie augenblicklich und gab ihm die Antwort, auch wenn sie mehrere Schritte zurücktrat. Er seufzte. Das lief nicht so, wie er es sich vorgestellt hatte. Sicherlich würde er sie dazu drängen müssen, zu sprechen, aber er müsste es tun, wenn sie ihm näher war, damit sie nicht davonlaufen und sich verstecken konnte.

„Die meisten Männer haben zerbrechliche Egos", sagte sie.

„Also ich nicht; folglich brauchst du dich nicht damit quälen, mir etwas vorzutäuschen. Aber wollen wir uns doch hier auf eins nach dem anderen konzentrieren. Es scheint, dass du das Angebot, das ich dort drinnen gemacht habe, akzeptiert hast. Wenn das der Fall ist, hör' auf, Verzögerungstaktiken anzuwenden, um deine Nervosität zu überdecken, und komm' her!" Er sagte das sanft, aber mit der klaren Absicht, dass sie gehorchen würde. Er fragte sich, ob sie einen Rückzieher machen würde. Ihm gefiel es, im Bett zu dominieren, und instinktiv wusste er, dass Grace genau das von ihm brauchen würde.

Nur war sie noch nicht damit durch, das zu bekämpfen; und das hielt sie drei Meter von ihm fern.

„Warte! Vorher . . . es ist nur fair . . . solltest du wissen, dass ich Sex genieße. Mir gefällt es, einem Mann Vergnügen zu bereiten. Mir gefällt es, wenn mir Vergnügen bereitet wird. Und trotz allem was du gesagt hast: ich kann die Kontrolle aufgeben. Dennoch sind die Chancen, dass es bei mir klappt, gleich null. Unter null."

Er wollte sofort ihre Behauptung widerlegen. Verdammt, er wollte sie sofort in seine Arme schließen und den Unsinn weg-küssen, den sie hier hinausposaunte. Da er wusste, dass sie völlig aufgedreht war und das, was ihr auf dem Herzen lag, unbedingt sagen musste, lehnte er sich stattdessen an sein Auto und ver-schränkte die Arme vor seiner Brust. „Ich bin mir nicht sicher, ob in diesem Zusammenhang eine Chance unter null überhaupt möglich ist."

Seine entspannte Haltung schien sie zu beruhigen, denn sie trat ein paar Schritte näher heran. *Das ist gut, mein Mädchen. Komm her zu mir!* Ein seltsames Empfinden von Leichtigkeit überkam ihn, als ob eine Last, die er ohne sie zu bemerken bis jetzt getra-gen hatte, nun weggenommen würde. Das verwirrte ihn, doch er war zu stark auf Grace und ihre nächsten Worte konzentriert, um dieses Gefühl zu analysieren.

„Schau, da liegst du falsch. Ich meine, du hast Recht. Ich habe dich gestern Abend wegen . . . dieser Sache aufgesucht. Aber ein Teil des Grundes, warum ich einen Rückzieher machte, ist, naja, ich kann nicht zulassen, dass das weitergeht, bevor du genau weißt, was für eine Belastung es für dich sein wird, Süßer."

Max fühlte, wie ein wilder, ungestümer Ausdruck sein Ge-sicht überzog. „Belastung?", fragte er, während er seine Schultern straffte. Plötzlich erinnerte er sich daran, wie sie Melina und Lucy gesagt hatte, dass sie eine erbärmliche Ausgabe für eine Frau war. „So siehst du dich selbst? Verdammt nochmal, Grace . . ."

„Bitte", sagte sie. „Hör mir einfach zu! Lass mich das sagen, was ich sagen muss, sonst kann das hier nicht weitergehen."

Max sah ein, dass es ihr ernst war, und er zwang sich selbst, sich wieder ans Auto anzulehnen. „Gut. Aber bezeichne dich selbst verdammt nochmal nicht als Belastung. Du bist eine wunderschöne Frau, und es wäre mir eine Ehre, mit dir zusammen zu sein. Es wäre für jeden Mann eine Ehre."

„Das haben auch schon mehrere Männer vor dir gedacht. Bevor sie versuchten, mir zu geben was ich wollte, es aber nicht konnten. Und bevor du sagst, was ich weiß, dass du gleich sagen wirst, es war nicht ihre Schuld, sondern *meine*."

„Dixie . . ."

„Mein erster Freund war ein sehr guter Abwehrspieler im College. Er sah gut aus, war beliebt und klug. Und er war ein guter Liebhaber. Er nahm sich Zeit. Er mochte Sex. Er mochte mich. Wir trafen uns zwei Jahre lang. Zwei Jahre, Max, und nichts."

Sie sprach jetzt sehr schnell. Als ob sie das tun müsste, um alles loszuwerden. Max straffte sich und trat zwei Schritte näher. „Das bedeutet nicht . . ."

Sie wich genau zwei Schritte zurück, was ihn veranlasste, stehenzubleiben und die Augen zu verengen. Er hatte sich mehr als ein Jahr von ihr ferngehalten, doch er hatte es bereits jetzt verdammt satt, dass sie vor ihm zurückwich.

„Danach versuchte ich es ein paar Mal . . . mit Typen, die ich so traf und . . ." Sie war natürlich verlegen, zuzugeben, dass sie Gelegenheitssex hatte. Er wollte sie schütteln. Als ob sie wegen irgendetwas verlegen sein müsste, wo doch er ein wahrer Meister in Gelegenheitssex war. „In jenen Zeiten war der Sex nicht mal gut. Kein Teil davon. Ich konnte mich kaum entspannen und merkte, dass es nicht die Sache wert war, es mit jemandem zu versuchen, dem ich nichts bedeutete und der auch mich nicht die Bohne interessierte."

„Das ist nicht das, was hier passieren wird. Du bedeutest mir etwas. Und ich habe . . ."

Sie unterbrach ihn erneut, und das begann ihn aufzuregen, auch wenn ein Teil von ihm sie immer bewunderungswürdiger fand. „Erst einige Jahre später hatte ich wieder einen ernsthaften Freund. Ich traf einen Typen, als ich meinen vierundzwanzigsten Geburtstag feierte. Er war ein Professor am College, doch kein langweiliger Fachidiot. Wieder gut aussehend. Wieder sexy. Wieder bedeutete ich ihm etwas, und er bedeutete mir etwas. Er hatte . . . er hatte strahlend weiße Zähne. Großartiges Haar. Er war witzig. Er war freundlich. Er stammte von einer guten Familie ab. Ich versuchte es vorzutäuschen, aber er merkte es. Und nach drei Jahren des Zusammenseins, drei Jahre, in denen wir es versuchten und versuchten und versuchten, und ich versagte und versagte und versagte . . ." Ihr Atem geriet ins Stocken, und Max hatte genug.

Er bewegte sich schnell auf sie zu und ließ sich diesmal nicht davon abschrecken, dass sie wieder zurückwich. „Grace", flüsterte er, als er sie in seine Arme nahm. Er bemerkte, dass sie zitterte. Total angefressen war durch den Scheiß, dass sie eine Versagerin sei. Oder vielleicht durchlebte sie gerade die absolute Enttäuschung, die sie jedes Mal fühlte, noch einmal, als sie einen Mann gern gehabt hatte, aber nicht fähig gewesen war, sich sexuell völlig gehen zu lassen. Durchlebte den Herzschmerz noch einmal, als jene Männer sie genau deswegen verlassen hatten.

Nur sah sie die Dinge nicht klar. Durch den hohen Druck, unter den sie sich selbst setzte, war es für sie unmöglich geworden, sich gehen zu lassen. Und darum ging es eigentlich, da war er sich sicher. Sie war nicht fähig gewesen, sich mit jenen Männern gehen zu lassen. Er würde herausfinden, warum das so war, und ihr über diese Barrieren hinweghelfen.

„Es geschah wieder und immer wieder genauso", sagte sie. „Gute Männer. Männer, zu denen ich mich hingezogen fühlte. Männer, bei denen ich zuließ, dass sie mich fesselten oder mir die Augen verbanden. Männer mit knackigen Hintern und starken

Muskeln und manchen mit großen . . ."

Schlagartig hörte sie zu sprechen auf, und er konnte seine Belustigung nicht mehr länger verbergen. Lachend umarmte er sie fester. „Weiße Zähne. Tolles Haar. Heiße Körper und große Schwänze. Ich hab's verstanden. Botschaft angekommen, Grace." Sie schüttelte ihren Kopf und fing an, sich zurückzuziehen, aber er hielt sie noch fester. „Du warst mit hochwertigen Männern zusammen. Sie waren mit einer hochwertigen Frau zusammen. Du musst dir keine Sorgen machen, dass ich nicht wüsste, wohin ich da hineingerate. Du hast mich gewarnt, dass es nicht leicht werden würde. Was ich jetzt brauche, ist, dass du diesen Scheiß aus deinem Kopf rausbekommst!" Er zog sich zurück und hielt ihrem Blick stand. „Hier geht es nicht einfach darum, dass ich dir einen Gefallen tue. Ich habe dich schon seit langer Zeit gewollt."

Als sie wegschauen wollte, hielt er ihr Kinn fest und ließ es nicht zu. „Ich finde dich wunderschön! Du machst mich mehr an als jede andere Frau es seit langer, langer Zeit geschafft hat. Ich brauche das, Dixie, genauso sehr wie du es brauchst. Irgendetwas hat mir immer in meinem Leben gefehlt. Ich weiß nicht, was es ist, aber was ich weiß, ist: die Vorstellung, mit dir zusammen zu sein, und ja, die Vorstellung, dir zu beweisen, dass keine einzige verdammte Sache mit dir nicht stimmt, haben mich in Schwung gebracht und auch aufgeregt. Sehr erregt", flüsterte er. „Kannst du mir folgen?"

„Max . . ."

„Kannst du mir folgen, Grace?"

Sie zögerte, Angst und Zweifel waren offensichtlich. Zögernd nickte sie dann.

„Gut", sagte er und fühlte sich, als hätte er eine Art Ziellinie überquert, obwohl das Rennen in Wirklichkeit gerade erst begonnen hatte. „Nun, ich nehme an, Lucy weiß, dass du mit mir zusammen bist und wird alleine zu eurem Hotel zurückfahren?"

Sie nickte wieder, schien stumm geworden zu sein. Er lächelte und küsste ihre Stirn. „Hast du jemals geparkt?", fragte er.

„Geparkt?", fragte sie mit einer Furche zwischen ihren Brauen. Sie sah zu seinem Auto hinüber, einem glänzenden, schwarzen Audi.

„Ja, wie in: schon mal in einem Auto Erfolg gehabt. Bis die Fenster ganz beschlagen sind. Bis du bereit bist, dir die Kleidung vom Leib zu reißen und es zu tun, ohne Rücksicht darauf, wer vorbeikommen könnte und dich entdecken könnte."

Sie schluckte schwer, und Max konnte nicht anders. Er langte zu ihr hinüber und liebkoste mit seinen Fingerkuppen leicht ihre Kehle. Sie erbebte.

Er biss die Zähne zusammen, um sein eigenes Stöhnen zu unterdrücken.

Sie reagierte so verdammt gut auf ihn. Er konnte es kaum erwarten, zu sehen, was sie sonst noch erbeben ließ. Und zittern. Und schreien.

„Im College", flüsterte sie, und bei der Erinnerung bekamen ihre Augen einen verträumten Ausdruck.

„Dann wollen wir mal einsteigen, Grace. Denn ich will noch mehr hören, wie du so im College warst. Einschließlich was dir damals gefiel, was dir heute gefällt und was du denkst, was dir vielleicht gefallen könnte, worüber du aber bis jetzt zu verlegen gewesen bist, es zuzugeben."

KAPITEL FÜNF

Max' Zauberregel Nr. 6:
Lass' sie immer so zurück, dass sie mehr wollen!

GUTER GOTT, DACHTE GRACE. ICH befinde mich in einem geparkten Auto mit Max Dalton. Und er hat mir gesagt, dass er mich braucht. Er will, dass ich die Kontrolle aufgebe, damit er mir das große O geben kann. Warum sitze ich also an die Beifahrertür gepresst da? Und warum langt er nicht über die Mittelkonsole herüber und berührt mich?

Max, der sein Auto gerade auf einem Aussichtspunkt mit einem fantastischen Blick über Las Vegas geparkt hatte, wandte sich ihr zu. „Die Einheimischen nennen diesen Ort LOVE WITH A VIEW (Liebe mit Aussicht). Ich bin noch niemals hier oben gewesen, aber ich hatte schon immer die Absicht, das mal zu sehen."

Sie bewunderte die glitzernden Lichter und die weitentfernte Wüstenlandschaft.

„Es ist hübsch", sagte sie. Sie versuchte, sich zu entspannen, und fing damit an, ihre Hände in ihrem Schoß auseinanderzufalten. Ihre Handflächen waren schweißnass, aber sie widerstand der Versuchung, sie an ihrem Rock abzuwischen.

Sie konnte sich nicht vorstellen, wie er anfangen wollte, damit sich die Fenster beschlugen, aber als er fragte: „Also, wie warst du so im College?", blinzelte sie vor Überraschung.

„Willst du wirklich darüber sprechen?"

„Ist doch ein guter Punkt, um anzufangen."

„Womit anfangen?"

„Anfangen zu sprechen, Grace", sagte er freundlich.

„Ich dachte, du wolltest Erfolg haben und dafür sorgen, dass sich ein paar Fenster beschlagen?"

„Wir werden uns dahin hocharbeiten. Du sagtest, dass du deine erste sexuelle Erfahrung mit deinem Freund vom College hattest. Wie hieß er?"

Grace starrte Max bloß an; ihr war nicht klar, warum sie sich überhaupt zu irgendetwas hin hocharbeiteten. Und ihr war echt nicht klar, warum sich hocharbeiten bedeutete, Max den Namen ihres Ex-Freundes zu sagen.

Sie bewegte sich unbehaglich in ihrem Sitz herum. „Der ist wirklich nicht relevant."

„Dann klär' mich zum Spaß auf!"

„Sein Name war Neil."

„Und du sagtest, Neil war ein guter Liebhaber. Dass du den Sex mit ihm . . . zwei Jahre lang genossen hast, nicht wahr?"

„Etwas weniger als das, in Anbetracht dass wir sechs Monate ausgingen, ehe wir wirklich Sex hatten, aber sonst stimmt's, ja.

„Da du bis zum College gewartet hast und mit Neil sechs Monate gewartet hast, findest du Sex sehr bedeutsam. Hast du aus religiösen Gründen gewartet?"

„Nein."

„Warum dann?"

Sie zuckte mit den Schultern. „Ich wollte mich nicht einfach irgendwem geben."

Er nickte, seine Augen verdunkelten sich, und sie fragte sich, was er wohl dachte. Sie war offenbar gewillt, sich *ihm* zu geben. „Davor und bevor du einen Freund hattest, hast du da mit Sex experimentiert? Erfolg gehabt in der High School?"

„Nicht wirklich", sagte sie.

„Hast du schon mal masturbiert?"

Sie fühlte ihr Gesicht warm werden, versuchte aber gelassen zu erscheinen. „Klar."

„Du hattest nie ein Problem damit, selbst zum Höhepunkt zu kommen, und das ist immer noch wahr?"

„Ja, das ist immer noch wahr. Aber ich muss dir etwas sagen, Max. Das hier fühlt sich an wie eine Routineuntersuchung beim Arzt. Und es macht mich überhaupt nicht an. Ich . . ."

Sie schnappte nach Luft, als Max hinüberlangte, seine Hand auf ihren Oberschenkel legte und sich näherbeugte. „Konzentrier' dich, Grace! Denn ich wette, wenn ich meine Hand in dein Höschen stecken würde, wärst du feucht. Soll ich es herausfinden?"

Sie schluckte schwer, konzentrierte sich und merkte, dass er Recht hatte. Sie war in Gedanken verloren, durchdachte die scheinbar weltlich-normalen Fragen, die er ihr stellte, aber ihr Körper reagierte offenbar so, wie Max es wollte. Sie war feucht. Es schmerzte sie beinahe. Aber das bedeutete nicht, dass sie mit ihm über Sex sprechen wollte.

Ihm zuzuhören, wenn er ihr sexy Sachen sagte, gut.

Aber sie? Während sie die Leute überraschen konnte mit ihrer Sexualität, ihren Piercings und anderen Geheimnissen, war es die eine Sache, in der sie niemals gut gewesen war, nämlich über Sex zu sprechen. Das Einzige, das während Sex wichtig war, war das eigentliche Tun, ob sie einen Typen sich gut fühlen lassen konnte und ob er dasselbe für sie tun konnte.

Sie bedeckte seine Hand mit ihrer eigenen. „Max . . ."

„Ich wollte noch etwas mehr Zeit darauf verwenden, die Geschichte deiner sexuellen Erfahrungen zu erforschen, aber ich will sicherlich nicht, dass dieses Treffen wie in einer Klinik wirkt. Also wechseln wir das Thema! Wodurch bekommst du einen Höhepunkt?"

Sie versuchte, sich zurückzubewegen, aber er packte ihre Hand. „Warum müssen wir über so mechanische Vorgänge sprechen?"

Ohne Vorwarnung schlüpfte seine freie Hand in die Spalte zwischen ihren Oberschenkeln. Seine Hand kam nicht sehr weit zwischen ihren geschlossenen Beinen, aber sie kam weit genug. „Weil es dich heiß macht, über Sex zusprechen."

„Nein, *dir* zuzuhören, wie du über Sex sprichst, macht mich heiß, aber ich bin nicht gut darin."

„Oder vielleicht fühlst du dich dadurch nur unbehaglich. Und das, was wir tun werden, hat nichts mit Behaglichkeit zu tun. Ich werde dich stoßen, viel stoßen. Im Gegensatz dazu, was du vielleicht denkst, bin ich kein Sexspielzeug; und Sex ist nicht nur körperlich. Er ist psychisch. Emotional. Es geht darum, in die Fantasievorstellungen der Frau einzudringen, auch wenn sie sie nicht kennt oder wenn sie nicht gewillt ist, sie sich selbst zuzugeben. Ich werde deine Fantasievorstellungen aufdecken, auch wenn ich sie aus dir herausziehen müsste. Also, was bringt dich zum Höhepunkt?"

„Mir . . . mir ist nicht klar, was du wissen willst. Und könntest du bitte deine Hand da wegnehmen", bat sie mit hoher, atemloser Stimme. „Ich . . . ich kann nicht klar denken, wenn du mich berührst."

„Ich werde dich noch eine ganze Menge mehr berühren. Gewöhn' dich daran! Jetzt lass' mich meine Frage umformulieren, damit du sie verstehst. Wenn du dir selbst Vergnügen bereitest, wie tust du es dann? Verwendest du ein Sexspielzeug?"

Also gut. Er wollte sie zum Sprechen bringen. Sie konnte das. „Manch . . . manchmal. Meistens."

„Was für Spielzeuge?"

„Ein Vibrator?" Oh nein! Fragte sie ihn oder sagte sie es ihm?

„Hast du jemals einen Dildo verwendet?"

„Nein."

„Warum nicht?"

„Ich . . . ich weiß es nicht. Ich brauche ihn nicht. Ich kann zum Höhepunkt kommen mit dem Vibrator und meinen . . . meinen . . .“

„Du benutzt deine Finger?“ Es war die unmerklichste Bewegung, aber er rieb an ihrem Zentrum. Sie keuchte und automatisch packte sie mit ihrer freien Hand sein Handgelenk. Sie zog ihn jedoch nicht weg. Sie hielt ihn nur fest. Wartend.

„Ja.“ Sie schloss ihre Augen, konzentrierte sich auf seine Berührung. Ihre Worte.

„Du konzentrierst dich also auf deinen Kitzler und fickst dich selbst mit deinen Fingern. Und wie lange dauert es, bis du auf diese Weise kommst?“

„Nicht lange. Vielleicht . . . zehn Minuten?“ Eher fünf, seit sie den Ring dort hatte, aber davon wollte sie ihm nichts sagen.

„Woran denkst du, während du das tust? An wen denkst du?“ Ihre Augen flogen auf.

„Max . . .“

„Jemals an mich gedacht?“

Mit einer kaum wahrnehmbaren Bewegung nickte sie.

„Ah, Grace! Das ist gut. Das ist verdammt fantastisch. In deinen Fantasievorstellungen, was mache ich da mit dir?“

Wieder versuchte sie, sich wegzubewegen. Wieder ließ er es nicht zu. „Was ist los? Warum bist du verlegen?“

„Wegen nichts.“ Wegen allem.

„Dann sag‘ mir, was ich mit dir mache. Verschlinge ich dich?“

Seine Worte verursachten so ein Aufwallen von Erregung, dass sie automatisch vor ihm zurückzuckte. Vielleicht war das alles doch eine echt schlechte Idee gewesen. „Warum bist du so ungehobelt?“, fragte sie. Er musste die Panik in ihrer Stimme wahrgenommen haben, denn er straffte sich und nahm die Hände von ihr. Sie konnte sich kaum davon abhalten, protestierend zu wimmern.

„Findest du, dass ich ungehobelt bin?“

„Bist du das etwa nicht?“

„Hat noch kein Mann zuvor mit dir unanständig gesprochen?“

„Doch, aber mit dir . . . ich weiß auch nicht . . . ich dachte einfach, du hättest mehr Finesse. Dass du irgendwie . . . romantischer wärst."

„Wenn es um Sex geht, Grace, bin ich genau so, wie die Frau es braucht, dass ich bin."

„Und du denkst, dass ich einen Mann brauche, der ungehobelt ist?"

„Schätzchen, ich denke, dass du einen Mann brauchst, der gewillt ist, mit dir Klartext zu reden. Einer, der gewillt ist, über das, was man erwarten könnte, hinauszugehen, und der zur Sache kommt, indem er dir das gibt, was du brauchst. Um zu erfahren, was du brauchst, muss ich Fragen stellen und darf nicht durch falsche Bescheidenheit deinerseits abgehalten werden, es herauszufinden. Ich will es für dich gut machen, Grace, und das bedeutet, zu erfahren, wodurch du zum Höhepunkt kommst."

„Durch nichts", sagte sie schnell. „Mit einem Mann komme ich durch gar nichts zum Höhepunkt, und es ist nicht so, als ob ich es nicht versucht hätte. Ich bin nie gut darin gewesen, über Sex zu sprechen, aber ich bin nicht prüde. Ich habe jede Menge Dinge mit jeder Menge Männer ausprobiert, und alles hat fehlgeschlagen."

Max grinste. „Du vergisst, dass du in Las Vegas bist. Und du vergisst, wie motiviert ich bin. Mach' keinen Fehler! Du bist dabei, Glück zu haben."

„Heißt das, dass wir jetzt tatsächlich aufhören, blöd herumzualbern, und endlich Sex haben werden?"

„Ich glaube, dass ich das, was du brauchst und wie wir das erreichen können, ziemlich gut im Griff habe."

„Und was genau brauche ich?"

„Du brauchst einen Partner, der spielen will. Einer, der gewillt ist, dich vorwärts zu stoßen, während er sich gleichzeitig zurückhält, dir seinen Schwanz zu geben, bis du ganz wild darauf bist. Einer, der dir beweisen wird, dass er sich nicht einfach damit begnügen wird, sondern der jede verdammte Sekunde dieser köstlichen Folter mit dir zusammen erleben und genießen wird. Es gibt kein endgültiges Ziel, weil du keine Kontrolle darüber haben wirst, wenn der Geschlechtsverkehr tatsächlich passieren wird. Er wird diese Kontrolle haben. *Ich werde sie haben.* Und mein Hauptziel wird sein, uns in die Dinge hineinzusteigern. Herauszufinden, wie weit wir gehen können, ohne zum Höhepunkt zu kommen. Für uns wird es darum gehen, zu experimentieren, zu fühlen und heiß gemacht zu werden, aber nicht nachzugeben. Wir werden den Zusammenbruch erst dann erleben, wenn einer von uns beiden die Kontrolle verliert und den anderen nimmt. Und nun verrate ich dir ein Geheimnis: *Du* wirst diejenige sein, die nimmt, aber *ich* werde derjenige sein, der die Kontrolle behält, wenn es geschieht."

Sie atmete so schnell, dass sie Angst hatte, bald ohnmächtig zu werden. Sie bemühte sich, zusammenhängende Sätze zu formulieren. „Also, was du sagen willst, ist, die Art und Weise, wie du mir einen Orgasmus geben willst, ist, indem du mir verweigerst, mich einen Orgasmus haben zu lassen?"

„Ihn aufzubauen und dann zu kontrollieren, wenn er geschieht. Für dich und für mich."

„Klingt frustrierend sowohl für dich als auch für mich, und ich hatte bis jetzt wirklich genug Frustration."

„Jegliche Frustration, die du während des Prozesses erleidest, wird es wert sein, mach' dir darüber mal keine Sorgen!"

„Mach' dir mal keine Sorgen, dich vollständig in meine Hände zu begeben?" Sie schnaubte. „Du bittest nicht gerade um wenig, findest du nicht?"

„Ich bitte um das, wovon ich glaube, dass es gut für dich ist. Und Grace, das schließt mit ein, dass du deinen morgigen Flug absagst."

MAX BEOBACHTETE, WIE GRACE SICH in ihrem Sitz wand. Er wusste, dass der Schein trügen konnte, aber verdammt wollte er sein, wenn sie jetzt gerade nicht so aussah, als ob sie mit Hilfe seiner Finger, seiner Zunge oder seines Schwanzes gleich kommen würde. Gott wusste, dass er selbst kurz davor stand, zu kommen.

Es machte mehr als Spaß, Grace aus der Fassung zu bringen und ihren inneren zänkischen Drachen herauszulocken, damit er mit ihm spielte, während sie sich gleichzeitig bemühte, die aufgeblasene Kontrolle über sich selbst zu behalten.

Die Kontrolle, an der sie immer noch festhielt.

„Und wie lang soll ich bleiben?", fragte sie.

„Eine Woche sollte reichen."

Sie lachte nervös. „Ich . . . ich kann nicht so lange in Las Vegas bleiben."

„Warum nicht? Melina sagte, du hast dir eine Zeit lang frei genommen."

Als sie still blieb, sagte er: „Grace, du hast doch einen Plan. Einer, der sich nicht auf Kalifornien oder deine Karriere bezieht. Du willst, dass ich dir etwas gebe, ehe du deinen Plan in die Tat umsetzt, aber du musst es mich schon auch erst wirklich versuchen lassen. Eine Nacht, um dir all das zu geben, wozu deine Liebhaber nicht in der Lage waren? Eine Nacht, in der du dich unter Druck gesetzt und als Versagerin fühlst, wenn es nicht geschieht? Keine Chance. Die Möglichkeit, dorthin zu kommen, wohin du willst, wird sein, dich im Dunkeln zu lassen, buchstäblich und im übertragenen Sinne."

„Also hast du vor, mich in einem dunklen Schlafzimmer einzusperren?"

„Ich weiß, was ich vorhabe. Im Gegensatz zu dem, was ich dir bereits gesagt habe, weißt du es nicht und wirst es auch nicht wissen. Das ist der Punkt. Wenn wir es durchziehen wollen, werden wir es ganz durchziehen. Und das bedeutet: dein völliges

Vertrauen in mich. Und völlige Offenheit allem gegenüber, was auch kommen mag."

„Ich weiß nicht, ob ich dir das geben kann. Völlige Offenheit? Komm schon! Ich habe keine Ahnung, worauf du aus bist." Sie bemühte sich offenbar, witzig zu sein, aber er ging nicht darauf ein.

„Ich bin auf viele Dinge aus. Aber das Einzige, was wir tun werden, oder was ich dir tun werde, ist, worauf du aus bist, welche ausgefallenen Ideen du auch im Kopf hast. Ich werde dich antreiben, deine Grenzen und Barrieren zu überwinden, aber ich werde niemals etwas tun, was du nicht willst, oder was dir Schmerzen verursacht. Falls ich das täte, musst du nur nein sagen, und ich werde aufhören."

„Also ist ‚nein' mein Sicherheitswort?"

Er hielt inne und begutachtete sie. „Klingt so, als würdest du ein oder zwei Dinge über ausgefallene Ideen oder Ticks wissen. Hast du jemals zuvor ein Sicherheitswort gebraucht?"

„Nein. Und ich meinte nicht . . ."

„Ich weiß genau, was du gemeint hast, und wir werden das später genauer erforschen, und zwar ganz gewissenhaft. Was ist deine Lieblingsfrucht?"

„Mango."

„Dann wird das dein Sicherheitswort sein."

Sie war versucht, nachzugeben. Das konnte er in ihren Augen sehen. In der Art und Weise, wie sie sich auf die Lippe biss und ihn anschaute, als ob er ein großes Stück Schokoladenkuchen wäre–und sie am Verhungern wäre. Doch sie hielt sich noch zurück. Aus Furcht. Aus Anstand und Ehrlichkeit. In Anbetracht ihrer Widerwilligkeit, unanständig zu sprechen und ihre Wünsche in Worte zu fassen, merkte er, dass für Grace Worte etwas bedeuteten. Sie benutzte sie nicht leichtfertig. Und sie wollte auch nicht *wirklich* sagen, dass sie ihm die völlige Kontrolle überlassen würde, wenn sie sich nicht sicher war, ob sie das auch tatsächlich konnte.

„Was sind deine Absichten?", fragte sie, um sich offenbar etwas Zeit zu erkaufen. „Im Haus . . . sagtest du, du müsstest mehr Aufmerksamkeit für deine Show erregen, indem du die Zeitungen zusammentrommeln würdest. Wie kannst du dafür und für mich Zeit haben?"

„Ich werde mir die Zeit dafür nehmen."

„Dabei würde ich mich nicht wohl fühlen. Das heißt, ich würde nicht wollen, . . ."

„Du würdest nicht wollen, dass ich dich berühre und dann zu einer anderen Frau ginge, um sie zu berühren?"

„Eher anders herum."

„Das ist kein Problem. Wie du selbst gesagt hast, es geht dabei nur darum, die Zeitungen zusammenzutrommeln. Das bedeutet, mit Frauen gesehen zu werden und nicht mit ihnen Sex zu haben."

„Trotzdem . . ."

„Du bist die einzige Frau, an der ich momentan interessiert bin, Dixie."

„Was ist, wenn sich das ändert?"

„Das wird es nicht."

„Aber wenn doch?"

„Dann werde ich damit umgehen. Und das bedeutet, ich werde mit dir sprechen, bevor ich dein Vertrauen missbrauche."

„Ich will keine Zeitungen", sagte sie. „Ich beschäftige mich mit Dingen, bei denen du dich nicht auskennst, Max. Dinge, bei denen ich absolute Privatsphäre brauche. Wenn du mir die nicht zusichern kannst, . . ."

Er wollte sie sogleich ausquetschen, über welche „Dinge" sie da sprach.

Doch eins nach dem anderen!

„Ich verspreche dir, ich werde dich da raushalten. Nur wir werden davon wissen, dass wir uns sehen. Durch meine Auftritte und meine Barbesuche werden wir nicht *die* Masse Zeit miteinander verbringen können, aber die Zeit, die ich habe, werde ich ganz dir widmen."

Sie dachte darüber nach und kam dann zu einer Schlussfolgerung. „Okay. Unter diesen Bedingungen werde ich versuchen, dir gegenüber offen zu sein, was du auch vorschlägst."

Er wünschte, er könnte es dabei bewenden lassen, aber er konnte es nicht. Sie quasselte, und er wollte absolut klarstellen, worum er sie bat. Und in was sie einwilligte. „*Zu versuchen*, offen zu sein, wird nicht genügen. Du begibst dich vollständig in meine Hände–mit Ausnahme der Dinge, die dir immer noch nicht gefallen, *nachdem* du mir eine faire Chance zugestanden hast, dich dazu zu überreden. Du musst einverstanden sein, mich alles tun zu lassen, was ich kann, um dir Vergnügen zu bereiten, und du musst mir vertrauen, dass ich weiß, wann der richtige Zeitpunkt gekommen ist, den ganzen Weg zu gehen."

Ihr Gesichtsausdruck wurde rebellisch. „Das ergibt keinen Sinn. *Ich* weiß bereits, was mir gefällt. *Ich* weiß bereits, was bei mir gut funktioniert. Es macht mir nichts aus, die Kontrolle aufzugeben, aber nur bis zu einem gewissen Punkt."

„Und das ist der Punkt, über den hinaus ich dich treiben muss, Grace! Ich habe kein Problem damit, wenn du die Kontrolle behalten willst, aber ich werde sicherlich ein Problem damit haben, wenn deine Kontrolle mich Schwanz-blockiert. Besser, wir finden jetzt eine Übereinkunft."

„Dich Schwanz-blockiert?", würgte sie praktisch hervor.

Er lehnte sich noch näher an sie. „Ja, weil in Anbetracht deiner Vergangenheit genau das passieren wird. Und mein Schwanz will genau das, worauf deine Kontrolle teuflisch-erpicht ist, es zu kontrollieren. Lass' mich das haben! Lass' mich alles von dir haben, oder sag' mir, wovor du Angst hast! Denn das sollte nicht allzu schwer sein."

Sie errötete, schaute weg, zwang sich dann, wieder seinem

Blick zu begegnen. „Leicht für dich, sowas zu sagen. Hast du jemals deinen Körper und deine Orgasmen jemand anderem übergeben?"

„Ich habe niemals solche Probleme gehabt wie du", sagte er ruhig. Darauf hatte sie keine Antwort. „Also, ziehen wir das durch oder nicht? Du weißt, ich werde dir nicht weh tun. Du weißt, was ich dir geben will. Das kann ich nur, wenn du mir auf eine Weise vertraust, wie du noch niemals zuvor einem deiner Partner vertraut hast."

Er sagte es geradeheraus, damit sie es nicht missverstehen konnte. Sie schaute Scheiß-erschrocken aus, versuchte aber ihre Kräfte neu zu mobilisieren. „Ich habe ihnen vertraut. Ich vertraue dir . . ."

„Worte sind einfach, Dixie. Du denkst vielleicht, du hast deinen Liebhabern vertraut, weil du dich ihnen unterworfen hast. Weil du dir von einem Mann die Augen verbinden hast lassen und dich fesseln ließest. Aber ich wette, du hast sogar dann noch die Kontrolle behalten, egal wie es aussah. Wenn du meinst, dass du ihnen völlig vertraut hast, liegst du falsch. Und es wird meine Aufgabe sein, dir das zu beweisen."

Er sah die widerstreitenden Gefühle in ihren Augen und fühlte ihren Schmerz. Die Tatsache, dass sie immer noch an der reinen *Vorstellung* von Kontrolle festhielt, zeigte ihm, dass sie sie mehr als mochte. Sie brauchte sie. Genau wie sie es brauchte, einen Teil von sich selbst für sich zu behalten, auch außerhalb des Bettes.

Sie schüttelte den Kopf, und er wusste, dass er sie verlor.

„Ich weiß nicht. Vielleicht ist das eine schlechte Idee. Lass uns bloß . . ."

„Wie wäre es, wenn ich dir gegenüber die Kontrolle aufgeben würde?", fragte er abrupt.

Sie blickte erschrocken-überrascht, dann in Versuchung geführt. „Wie bitte?"

Er zögerte. Verfluchte sich selbst. Was zur Hölle tat er da?

Aber er hatte ja bereits gesagt, er würde sich nicht selbst erlauben, zu kommen, wenn sie nicht käme. Warum nicht den ganzen Weg gehen, wenn sie sich dann besser dabei fühlen würde, wenn sie die Kontrolle aufgeben müsste? „Du hast gesagt, für mich wäre es ein Leichtes, von dir zu verlangen, die Kontrolle aufzugeben, obwohl ich es selbst noch nie getan habe."

Sie nickte.

„Bevor du dich also in meine Hände begibst, wie wäre es, wenn ich mich in deine begeben würde?"

„Was soll das bedeuten?"

„Du sagst, du bist abenteuerlustig. Zeig' es mir! Kontrolliere mein Vergnügen und entscheide, wann es für mich Zeit ist, zu kommen. Wer weiß, vielleicht ist es das, was dich zum Höhepunkt bringt. Wenn nicht, werden wir die Sache auf meine Art anpacken."

Stille breitete sich zwischen ihnen aus, während sie darüber nachdachte. Er sah förmlich, wie sich die Rädchen in ihrem Kopf drehten.

„Ich muss darüber nachdenken. Kann . . . kann ich eine Nacht darüber schlafen? Um mir sicher zu sein, um besser planen zu können, meine ich."

Enttäuschung brach über ihn herein, doch er nickte. „Klar, Grace."

Er fuhr sie zum Hotel zurück und begleitete sie zu den Eingangstüren. Zu seiner Belustigung hielt sie ihm die Hand hin. „Egal wofür, aber danke, Max. Wirklich!"

Seine Mundwinkel zuckten nach oben, und er schüttelte den Kopf. „Ich finde, wir können diese Nacht mit etwas Besserem als einem Händedruck beenden, oder nicht?"

„Ähm . . . klar", sagte sie.

Sie wartete darauf, dass er sich ihr nähern würde. Als er das nicht tat, beugte sie sich vor und küsste ihn.

So vielschichtig wie sie war, war auch die Art, wie sie ihn

küsste. Sie begann langsam und leicht, wie das Flüstern einer sanften Liebkosung, die ihn verlockte. Dann, als er anfing, sich zu entspannen, steigerte sie die Stärke. Kniff. Saugte. Verleitete ihn dazu, zu stöhnen und seine Hände in ihrem Haar zu vergraben und - ehe er wusste, was er tat - anzufangen, die Führung zu übernehmen. Er kippte ihren Kopf etwas zur Seite, um sich einen besseren Zugang zu ihrem Mund zu verschaffen und tauchte seine Zunge in sie. Er drängte sie rückwärts an sein Auto, umschlang sie und presste sich so stark an sie, bis ein Auto hupte und irgendjemand anerkennend pfiff.

Er zog sich zurück.

Ihr Atem stockte und traf stoßweise seinen Mund. Sie wollte mehr! Und er auch!

Es kostete ihn viel Überwindung, doch er trat mehrere Schritte zurück.

Sie hatte gesagt, sie bräuchte Zeit, und die würde er ihr geben.

„Lass' dir heute Nacht Zeit, Grace! Wenn du beschließt, dass du meine Bedingungen akzeptieren kannst, lass' es mich wissen! Wenn nicht, erwisch' morgen dein Flugzeug und sei dir sicher, dass ich dir alles Gute wünsche!"

KAPITEL SECHS

Max' Zauberregel Nr. 7:
Lass' dir von einer schönen Frau niemals die Schau stehlen!

„MELINA ERZÄHLTE MIR, DASS DU wegen Grace besorgt wärst. Hast du sie endlich aufgespürt und deinen ersten Zug gemacht?"

Max blinzelte. Weil er sich gerade auf der Ruderbank befand und zweihundertfünfzig Pfund wegstemmen musste, antwortete er seinem Bruder, der ihn gerade erspäht hatte, nicht. Vor weniger als vierundzwanzig Stunden hatte er Grace gesehen, aber soweit er wusste, war sie auf dem Weg zum Flughafen, um ihren Flug zu erwischen. Um sicherzugehen, dass er nichts Dummes tat, wie zum Beispiel zu versuchen, sie am Flughafen aufzuhalten, und auf die Knie zu fallen, um sie um eine weitere Chance anzubetteln, mit ihr ins Bett zu gehen, hatte er seinen Bruder angerufen, damit er sich mit ihm im Fitness-Studio traf. Wie er ihr bereits gesagt hatte, er brauchte das blinde Vertrauen von Grace, wenn er je die Hoffnung darauf setzte, ihr das geben zu können, was sie wollte. Ohne dem . . .

Nachdem er die freien Gewichte wieder an Ort und Stelle gebracht hatte, setzte er sich auf und sah Rhys mit gerunzelter Stirn an. Sein Bruder hatte schon zu verdammt viel gesehen. Falls der unwahrscheinliche Fall eintrat, dass Grace dieses Flugzeug heute doch nicht bestieg, musste er ihn von der richtigen Spur ablenken.

„Meinen Zug machen? Wo bist du, in der sechsten Klasse?", fragte er mit einem „als ob" Tonfall in seiner Stimme.

Rhys verdrehte die Augen. „Genau, als ob du nicht schon immer ein Stück von ihr haben wolltest, seit du ihre Stimme gehört hast. Sie ist wunderbar. Ihr Akzent ist unheimlich sexy. Und all diese kleinen südstaatlichen Ausdrücke, die sie so von sich gibt!" Er hielt inne, wartete offensichtlich darauf, dass Max die Pause füllte.

„Bewunderungswürdig", sagte Max. Das war nur eine weitere Seite, die er an Grace mochte. In der einen Sekunde wollte er sie an eine Wand stoßen und hart rannehmen, in der nächsten wollte er über die Verrücktheiten, die aus ihrem Mund kamen, lachen. Er fragte sich, wie viele südstaatliche Redewendungen sie noch in der Hinterhand hatte.

Sein Lachen erstarb, als sein Bruder ihn finster anblickte. „Ich verstehe dich nicht, Max. Du schlägst überall woanders zu, warum nicht bei Grace?"

Max nahm das Handtuch, das um seinen Hals lag, und trocknete sich die Stirn ab. „Sie ist Melinas Freundin. Wenn ich sie ficke, bringt das alles andere sehr durcheinander." Er zuckte die Achseln, täuschte damit erneut Desinteresse vor, anstatt rundweg alles abzustreiten.

Rhys ahmte sein Schulterzucken nach. „Was ist dann der Plan für heute Abend?"

Max runzelte die Stirn. Er hatte nicht erwartet, dass Rhys seine Ausrede so leicht akzeptieren würde. Er merkte, dass er weiter über Grace reden wollte. Nachzugeben und das zu tun, was er schon immer hatte tun wollen, aber niemals getan hatte–Rhys über alles auszuquetschen, was er über die Freundin seiner Frau wusste. Er wollte wissen, was sie für Hobbys hatte. Welche Filme sie mochte. Welche Sorte ihr Lieblingseis war. Alles, was er hatte, waren kleine Informationsbruchstückchen, die Melina über die Jahre in Unterhaltungen fallen gelassen hatte, und das, was er von Grace letzte Nacht erfahren hatte, was nicht genug war. Aber er gab sich mit dem Wissen zufrieden, dass er wahrscheinlich Dinge von ihr wusste, die Rhys nicht wusste–wie zum Beispiel die Tatsache, dass sie sich mit Jungs mit großen Schwänzen verabredet hatte. Und dass sie wie eine Pornokönigin Orgasmen vortäuschte.

Während er so an jene Lippen dachte, die sie letzte Nacht auf ihn gelegt hatte, wollte er schon wieder mehr, und das ließ ihn hart werden–was eigentlich nicht so gut war, da er hier nur mit einer dünnen, leichten Baumwollshort bekleidet war.

Er zwang sich, Rhys zu antworten. „Dasselbe wie immer. Probe. Show. Die Show vermarkten." Außer Grace hatte sich doch entschlossen, in der Stadt zu bleiben, und würde ihm die Gelegenheit geben, seinem Tagesprogramm etwas viel Spektakuläreres hinzuzufügen.

„Hast du etwas von Elizabeth gehört?"

„Nur eine Antwort auf dem Anrufbeantworter; sie bedankt sich nochmal und ist gut angekommen."

„Sie ist ein guter Kumpel. Glaubst du, dass jetzt, da ihr Ehemann von der Bildfläche verschwunden ist, zwischen euch wieder etwas geschehen könnte?"

Überhaupt nicht, dachte Max. Erstens, weil ihr Ehemann nicht von der Bildfläche verschwunden war. Nicht insofern ihr Herz betroffen war. Zweitens, weil die einzige Frau, für die Max sich momentan interessierte, Grace war.

„Hey", sagte Rhys und knuffte ihn mit seinem Ellbogen. „Schau doch mal, über wen wir gerade *nicht* sprechen!"

Max sah in die Blickrichtung seines Bruders und konnte sich kaum davon abhalten, die Fäuste in die Luft zu werfen.

Es sah so aus, als würde sich die Glücksfee immer näher heranmachen.

Beim Empfangsschalter stand Grace, bekleidet mit schwarz-glänzenden Leggings und einem blassrosa Sport-Top, das ein paar Zentimeter des unteren Teils ihres Rückens frei ließ. Ihr Kopf war über einige Papiere gebeugt, die sie gerade unterschrieb; durch ihren Pferdeschwanz waren ihr Hals und der obere Teil ihres Rückens freigelegt. Ober- und unterhalb ihres Tankshirts konnte Max die Tätowierungen sehen, die zuvor immer bedeckt gewesen waren. Es waren gebogene Linien, ungefähr zweieinhalb Zentimeter voneinander entfernt. Diese Linien ähnelten der Form einer halben Feder, zumindest so viel er sehen konnte. Er hatte keine Ahnung, ob sich all jene gebogenen Federn in der Mitte ihres Rückens trafen, um ein erkennbares Bild zu ergeben, doch das wollte er herausfinden. Mehr als das, er wollte dieses Muster mit seiner Zunge nachspuren, sich dann weiter nach unten bewegen, bis er das leicht geschwungene Fleisch ihres Hinterns küssen, ansaugen und beißen konnte und die butterweiche Haut zwischen ihren Beinen erforschen würde.

Die Tattoos waren nur eine weitere Facette von Grace. Kühn und dennoch geheimnisvoll. Ungestüm und dennoch gebändigt. Sie versteckte sie nicht, aber sie offenbarte sie auch nicht. Genau so wie sie ihr Verlangen nach einem Orgasmus auch nicht verbarg, dennoch–trotz der Tatsache, dass sie hier vor ihm stand - würde er wetten, dass sie nicht gewillt war, alles zu offenbaren, was sie war, alles zu *geben*, was sie hatte, um einen zu bekommen.

Nicht wenn er sie nicht weiterhin antrieb.

In diesem Moment straffte sie sich, wühlte in der großen Sporttasche, die über ihrer Schulter hing, herum und holte etwas zum Vorschein, von dem Max annahm, dass es eine Kreditkarte war. Das Mädchen am Schalter half ihr und zog sie durch den Kartenautomat.

„Sie bleibt noch eine weitere Woche in Las Vegas", sagte Rhys. „Aber das hast du sicher schon gewusst, oder nicht?"

„Was?", sagte Max geistesabwesend, während er mit seinen Augen Grace verfolgte, wie sie in Richtung Damenumkleideraum verschwand. Er fühlte, wie sich ein Grinsen über sein Gesicht auszubreiten versuchte.

Dann erinnerte er sich daran, dass er versprochen hatte, ihr die absolute Kontrolle zu geben, und dadurch wurden seine Gefühle von Siegesgewissheit und Vorfreude etwas gedämpft. Je länger Rhys ihn anstarrte, umso größer wurde Max' Unbehagen. Würde sein Bruder irgendetwas sagen oder ihn den ganzen Tag lang mit Laseraugen durchbohren?

Max drehte sich schließlich zu ihm um. „Sie bleibt noch eine Woche? Warum dachtest du, dass ich das schon wüsste?"

„Du hast Melina letzte Nacht angerufen, um herauszufinden, wo sie war. Das nächste, was ich weiß, ist, dass Grace sich entschlossen hat, ihren Aufenthalt zu verlängern. Hör' auf, mich verarschen zu wollen, Max! Ich muss wissen, ob du weißt, worauf du dich da einlässt. Denn irgendwie finde ich, dass du das nicht weißt."

„Ich lasse mich auf gar nichts ein." Außer in Grace' Höschen, dachte er. Aber Grace war nicht irgendeine Eroberung. Sie war eine der besten Freundinnen seiner Schwägerin. Er war entschlossen, mit ihr sorgsam umzugehen, und das bedeutete, dass er ihren Wunsch nach Privatsphäre respektierte. Zu schade, dass es für ihn zu kribbelig war, ihr zu folgen. Es würde Spaß machen, sie zu beobachten, wie sie Aerobic machte und dabei auf und ab hüpfte, oder wie sie ihren Hintern präsentieren würde, wenn sie einen Katzenbuckel machte.

„Max", sagte Rhys.

„Hast du nicht eine schwangere Frau, zu der du zurückkehren musst?"

Sein Bruder seufzte. „Klar muss ich. Und um dir die Wahrheit zu sagen, sie fühlt sich gerade nicht sehr wohl."

Max' gute Laune verschwand sofort. „Was ist los? Brauchst du mehr freie Zeit?"

„Sie und der Arzt versichern mir, dass es nur ganz normale Schwierigkeiten und Schmerzen sind. Und glaub' mir, ich nehme mir viel Zeit, um mit ihr zusammen zu sein. So viel, dass sie besorgt ist, dass sie mich bei der Arbeit stört."

„Lass' dich ja nicht davon aufhalten!"

„Natürlich nicht. Aber du kennst doch die Decken für die Babys, an denen Mam arbeitet. Sie ist schon früh fertig geworden und will, dass ich sie abhole, ehe sie nach Hawaii aufbrechen. Eigentlich hatte ich geplant, dass ich heute dort vorbeifahren würde. Bloß . . ."

„Kein Problem. Ich schau' schnell vorbei und hole sie für dich ab."

Rhys' Gesichtsausdruck wandelte sich zu Erleichterung. „Das wäre großartig. Ich düse nach Hause und werde mit Melina einen Film anschauen."

„Ist das alles?"

Als Rhys zögerte, verstand Max. „Warte mal! Bist du dermaßen besorgt? Hast du Angst, dass . . ."

Rhys schüttelte den Kopf. „Wir haben ausgemacht, so viel Sex zu haben wie wir wollen. Sie ist bloß so müde in letzter Zeit. So zerbrechlich . . ."

„Wenn Melina dich das sagen hören würde, würde sie dir in den Hintern treten! Außerdem, selbst wenn ihr die meisten ihrer Kleider momentan nicht mehr passen, wette ich, dass ein bestimmter Bikini doch noch passt. Hol' ihn hervor und keiner von euch beiden wird noch recht lang müde sein!"

Rhys lachte und rieb sich den Nacken. „Du hast Recht. Sie *würde* mir in den Hintern treten. Danke, Max."

„Keine Ursache. Jetzt lauf' schon los und hab' Sex mit deiner heißen, schwangeren Frau. Das ist der Befehl eines Zauberers!"

Die Hand, die Rhys auf Max' Schulter legte, sagte alles. Nachdem Rhys gegangen war, steuerte Max auf den Empfangsschalter zu.

Das Mädchen, das ein paar Minuten zuvor Grace geholfen hatte, lächelte ihn an und beugte sich vor an den Tresen, wobei sie nicht sehr verstohlen ihre Brüste mit ihren Ellbogen zusammendrückte. „Kann ich Ihnen helfen, Herr Dalton?"

Blitzartig schenkte er ihr ein Tausend-Watt-Lächeln. Auch Empfangsdamen erwarteten von ihm, dass er mit ihnen flirtete. Alle Frauen erwarteten das.

Doch gerade jetzt wollte er nur eines: seinen Seelenfrieden. Und das bedeutete, herauszufinden, warum Grace noch nicht aus der Damenumkleide herausgekommen war.

„Hallo du, Schätzchen", sagte er schmeichlerisch und lehnte sich an den Tresen, um nahe an das Mädchen heranzukommen, das nervös kicherte. „Ich suche meine Freundin Grace. Sie sollte mich hier treffen, aber ich weiß nicht, wo sie hingegangen ist. Vielleicht hat sie sich in der Uhrzeit geirrt?"

Das Mädchen–Kenya laut ihres Namenschildchens–zog sich etwas zurück, ihr Lächeln jedoch wurde breiter. „Ja, sie war gerade da. Sie sagte mir, dass Sie sich ihr eventuell anschließen würden. Dass Sie an irgendetwas für Ihre Show arbeiten wollten?"

Was zur Hölle? Warum sollte Grace ihr so etwas gesagt haben? „Klar. Etwas für die Show. Wo also wartet sie auf mich?"

Er sah sich um. Der größte Raum des Fitness-Studios mit verschiedenartigen Fitness-Geräten, Kraftmaschinen und einem Gewichthebe-Apparat war an drei Seiten von Räumen mit Glaswänden umgeben. Im ersten Raum sprangen und drehten sich schwitzende Frauen, im zweiten machte eine Gruppe von Männern und Frauen Yoga. Der dritte Raum war leer.

Kenya kicherte wieder, und der Klang zerrte an seinen Nerven. Er war sich nicht sicher, ob er Grace je kichern gehört hatte, aber er war ziemlich sicher, dass ihn das nicht stören würde. Alles an ihr faszinierte ihn. Das würde vermutlich nicht andauern, aber momentan . . .

„Sie ist in einem privaten Tanz-Studio. Hat wahrscheinlich die Hintertür durch die Damenumkleide genommen. Sie können durch diesen Gang dorthin gelangen." Sie wies mit einer halben

Drehung ihres Kopfes hinter sich. „Dort befindet sich alles, was Sie brauchen", sagte sie mit einem weiteren Kichern.

„Was meinst du damit?"

„Es ist ausgestattet für Poledancing, den Tanz an der Stange."

Durch Schock und Überraschung gleichzeitig verlor er beinahe das Gleichgewicht.

Grace befand sich in einem Studio, das für Poledancing hergerichtet war. Allein der Gedanke daran sandte pulsierendes Blut überallhin, nur nicht in seinen Verstand, wo er es am meisten gebraucht hätte. Stattdessen stand er in typischer Männerpose da, mit einem großen Steifen, und war ganz erpicht, vielmehr wollte mit riesengroßem Eifer an die Sache herangehen. Schon sprang er in Aktion und eilte zielgerichtet den Gang hinunter.

Das tat er mit einem riesigen Lächeln, und er fühlte sich, als folgte er der Straße über den Regenbogen, wo am Ende ein Goldschatz auf ihn warten würde.

᪣᪣᪣

EIN LEICHTER BLUES SPIELTE BEREITS auf Grace' Smartphone, und der Text gab ihre Hoffnung wieder, dass sie Max Dalton bald soweit haben würde, dass er um Gnade flehen würde.

Sie hatte keine Ahnung gehabt, dass er im Fitness-Studio sein würde. In dem Moment als sie ihn und Rhys gesehen hatte, wollte sie umdrehen und wegrennen. Ihre eigene Feigheit alarmierte sie. Es hatte nichts zu bedeuten, dass sie den Mut aufgebracht hatte, ihren Flug abzusagen. Sie hatte sich zittrig und unsicher gefühlt, und indem sie das Poledancing-Tanzstudio reserviert hatte, hatte sie gehofft, ihren Körper zu ermüden und ihren Geist frei zu bekommen, zumindest für eine Stunde.

Eine Minute nachdem sie Max gesehen hatte, so verdammt sexy in seinen Fitness-Klamotten, wie er Gewichte stemmte und dabei seine Muskeln anspannte, legte sich ihre ganze Aufregung.

Stattdessen entstand eine Idee in ihrem Kopf. Warum sollte sie nicht zulassen, dass er sie an der Stange beobachtete? Sicherlich würde sie dadurch wieder die Oberhand gewinnen in diesem kleinen Spiel, das sie spielten. Aber sie wollte Max nicht direkt einladen, nicht wenn Rhys auch noch da war. Sie schätzte ihn so ein, dass wenn er genug daran interessiert war, ihr nachzuspüren, dann . . .

Sie lugte aus dem Studiofenster, das aus Rauchglas bestand, sodass sie hinaussehen, aber niemand hereinschauen konnte. Ihr Pulsschlag beschleunigte sich, als sie Max den Gang heraufeilen sah, auf sie zu.

Sie umklammerte die Metallstange im vorderen Teil des Raumes. Während sie das tat, erblickte sie ihr Spiegelbild in der Spiegelwand. Sie sah gut aus in ihrer Fitness-Kleidung, aber nicht schrecklich verführerisch. Ihr Gesichtsausdruck jedoch? Sogar sie konnte die Aufregung darin entdecken. Sie sah jung, wagemutig und frei aus. Wie hatte es Max Dalton in einer Nacht geschafft, ihren Stress wegen Logan Cooper und ihre Ängste wegen ihres Baby-Planes so deutlich abzubauen?

Schon zu Hause hatte sie genug Kurse in Poledancing belegt, um genau zu wissen, was sie tat. Innerhalb weniger Sekunden war sie die Stange emporgeklettert, hatte sie mit ihren Waden umschlungen, sich hinuntergebeugt, bis ihr Oberkörper an die Stange gedrückt war, und sie kopfüber - sozusagen in einer Um-kehrstellung - herunterhing. Dann versteifte sie ihre Ellbogen und ergriff die Stange mit ihrer rechten Hand etwa sechzig Zentime-ter oberhalb ihrer linken. Ihre Trainer nannten diese Position ei-nen geteilten Griff.

Als sie draußen vor der Tür Schritte hörte, hielt sie sich mit ihrer rechten Wade weiterhin an der Stange fest, ließ jedoch das linke Bein los und drückte es hinter sich, dabei blieb ihr Knie ge-beugt, sodass die Zehen ihres linken Fußes zum Boden zeigten. Diese Stellung dehnte ihre Oberschenkelmuskulatur, und der

Stoff ihrer Leggings lag eng an ihrem Körper an, wodurch der Ring ihres Kitzlers stimuliert wurde. Es fühlte sich gut an. Es fühlte sich doppelt so gut an, weil sie wusste, dass Max kam.

Sie hörte, wie sich die Tür öffnete. „Grace? *Oh Gott!*"

Ein schneller Blick bestätigte ihr, dass er geschockt aussah . . . und erregt. Mit einem lauten Klicken schloss er die Tür hinter sich und sperrte ab.

Als Max zu ihr trat, sagte sie etwas atemlos: „Setz dich hin! Und schau einfach zu, Max! Nicht reden. Keine Hände!"

Er sah den Stuhl in der Ecke. Und setzte sich.

Und beobachtete dann den Ablauf der restlichen Übungen, die sie gelernt hatte. Das schloss mit ein, dass sie ihren Körper auf vielfach die Fantasie anregende Weise verdrehte. Sie würde wetten, dass auch seine Fantasie sehr angeregt wurde. Und das war der ganze Sinn und Zweck.

Sie wand sich und wirbelte um die Stange, bewegte sich wellenförmig daran entlang und tanzte darum herum, schaffte es sogar, einen Halbmond zu turnen–eine Bewegung, die für Fortgeschrittene war–die damit endete, dass sie mit ihrem Körper, der in Form einer Mondsichel gebogen war, an der Stange hinabglitt.

Als sie dann fertig war und mit beiden Füßen auf dem Boden stand, war sein Gesichtsausdruck angespannt. Die Lider schwer. Seine Fäuste geballt. Heiße rote Flecke auf seinen Wangen. Er sah wahrlich erregt aus. Und sie fühlte sich, als würde sie gleich losgehen wie ein Feuerwerkskörper.

Offensichtlich hatte er sich selbst nicht geglaubt, aber vielleicht hatte er doch Recht gehabt in der Nacht zuvor, als er gesagt hatte, dass das Kontrollieren seiner Erregung die Sache sein könnte, die sie zum Höhepunkt bringen würde. Sie hatte sich verletzt gefühlt, als sie letzte Nacht in ihrem Bett gelegen war. Sich nach ihm gesehnt. Und sogar nachdem sie sich selbst zum Höhepunkt gebracht hatte, hatte sie sich immer noch nach ihm gesehnt.

Und sie sehnte sich *jetzt* nach ihm. Ihr Körper pochte und

hämmerte, und sie konnte die Erregung beinahe in der Luft riechen–ihre und die von Max.

Mehr als jemals zuvor musste sie ihn überzeugen, dass sie keine Mimose oder Feigling war, wenn es zum Sex käme. Dass er ihr vertrauen konnte, dass sie ihnen beiden etwas Gutes geben konnte, auch wenn sie ihm nicht alles geben würde.

Er saß starr da, atmete hektisch, als ob er einen Marathonlauf hinter sich hätte und wartete darauf, was sie als Nächstes tun würde. Ihr Plan war gewesen, seinen Verstand wegzublasen, ihm dann einen Luftkuss hinüberzuwerfen und davonzugehen, ihn leiden zu lassen. Stattdessen leitete sie ihr Instinkt zu ihm.

Die Art, wie er da saß, leicht geöffnete Oberschenkel, auf sie gerichtete Augen, war so heiß, so in Versuchung führend, dass sie die Sache nicht hier enden lassen konnte. Nur musste sie die Oberhand behalten.

„Willst du mehr?", fragte sie, und ihre Stimme klang geheimnisvoll und rau.

Statt zu sprechen, neigte er leicht seinen Kopf, das Abbild eines Nickens.

„Gehst du in Striptease-Clubs?"

Er zögerte nur kurz. „Bin ich."

„Hast du schon mal einen Lapdance (Schoßtanz) gehabt?"

„Ja."

Sie mochte seine Ehrlichkeit genauso wie die Tatsache, dass er weder beschämt noch verlegen aussah. „Ich nehme an, du hast zugeschaut, aber nichts berührt?"

„Richtig. Aber . . ."

„Aber was?"

„Aber wenn du in meinem Schoß tanzt, Grace, bin ich nicht sicher, ob ich in der Lage sein werde, mich abzuhalten, dich zu berühren."

Seine Ehrlichkeit raubte ihr den Atem. Ließ Hitze durch sie hindurchrasen. Ließ sie sich mächtig, sexy und alles unter

Kontrolle habend fühlen. Siehste? Sie mochte das. Sie brauchte nicht die Kontrolle aufgeben, um angeturnt zu werden. Je mehr Kontrolle sie ausübte, desto heißer wurde sie. Das würde sie ihm beweisen.

„Aber du *wirst* dich davon abhalten, mich zu berühren. Ich habe hier die Kontrolle. Das hast du mir versprochen, und das ist es, was ich will.“

Eine Minute lang sah es so aus, als wolle er mit ihr diskutieren, doch dann schien die Anspannung aus ihm zu weichen. Er verkrümelte sich tiefer in seinen Stuhl und verschränkte seine Hände umständlich hinter seinem Hinterkopf. Die Stellung betonte seine muskulösen Schultern, Armmuskeln und Oberkörper, ließen sie an ein Raubtier denken. „Leg‘ los und hab‘ deinen Spaß, Dixie!“

Dixie. Sie liebte es, dass etwas so Einfaches wie ihre südstaatlichen Wurzeln ein intimes Band zwischen ihnen geknüpft hatte, auch wenn es nur ein Spitzname war.

Max redete weiter. „Denk‘ nur daran, dass du darum gebeten hast, als du diejenige warst, die kontrolliert wurde!“

Sie weigerte sich, anzuerkennen, wie sehr sich ihr Innerstes vor Sehnsucht zusammenzog. Das wird niemals geschehen, sagte sie zu sich selbst. Das darf nicht sein. Nicht, wenn ich das hier richtig mache. Sie warf einen verstohlenen Blick auf das getönte Fenster und die abgesperrte Tür. Könnte sie Max tatsächlich einen Schoßtanz geben und ihn hier und jetzt zum Höhepunkt bringen?

„Mach‘ dir keine Sorgen um mein Gedächtnis, Süßer! Sorg‘ dich um deines! Denn jetzt werde ich dafür sorgen, dass du alles um dich herum vergisst außer mich.“

Sie näherte sich ihm bis auf einen knappen Meter. Mit durchgebogenem Rücken, etwas mehr als hüftbreit auseinander stehenden Füßen und nach außen gewandten Zehen begann sie einen langsamen, immer enger werdenden Kreis zu tanzen. Max‘ Augen blieben auf ihre Hüften fixiert, während sie die Knie beugte und sich wieder aufrichtete. Sie wiederholte die Bewegung, ehe sie ihm ihren Rücken zuwandte. Mit durchgestreckten Beinen beugte sie sich leicht vor, schaute über die Schulter zurück zu ihm und schlug leicht zuerst auf die eine Pobacke, dann auf die andere. „Hast du jemals deinen Geliebten den Hintern versohlt, Max?"

Er schluckte sichtlich. „Wie ich dir bereits vorher gesagt habe, Grace. Ich habe das getan, was auch immer meine Geliebten brauchten. Genießt du es, wenn dir der Hintern versohlt wird?"

„Wie ich es dir hier demonstriere, bevorzuge ich es, die Leitung zu übernehmen."

Er lächelte dünn. „Rede dir das nur weiterhin ein, Schätzchen!"

Sie runzelte die Stirn. Sie brachte ihre Botschaft nicht rüber. Entschlossen tanzte sie in das Dreieck, das durch Max' geöffnete Beine gebildet wurde, Rücken immer noch ihm zugewandt, Füße zusammen. Während sie die Knie beugte, ihren Rücken jedoch aufrecht hielt, legte sie ihre Hände auf Max' Knie. Bei ihrer Berührung spannte sich sein Körper augenblicklich an. Langsam senkte sie ihren Hintern auf seinen Schoß, bis sie einen Kontakt herstellte. Während sie sich mit ihren Händen auf seinen Knien abstützte, um das Gleichgewicht zu bewahren, mahlte sie sich in kreisenden Hüftbewegungen weiter hinunter.

„Fühlt sich das nicht fantastisch gut an, Max? Wenn ich mit dir fertig bin", sagte sie, „werde ich in mein Hotel zurückkehren und mich so um mich selbst kümmern, dass ich garantiert kommen werde. Beim nächsten Mal, wenn du derjenige sein willst, der mir einen Orgasmus geben will, trau' mir, dass ich weiß, was ich brauche. Hör' auf, die Dinge für dich so kompliziert zu machen! Ob wir es Kontrolle nennen oder nicht, lass' mich dich dirigieren, damit du mich dorthin bringen kannst. Und ich verspreche, ich werde dir geben, was du auch brauchst."

Als er nicht reagierte, drehte sie sich und sah ihn über die Schulter hinweg an.

Er atmete wieder schwer. Er blieb ruhig, sah aber so aus, als würde er gleich explodieren. Er lächelte boshaft. „Oh ja, ich werde dir geben, was du brauchst, Grace. Das garantiere ich dir. Und wenn ich das getan habe, wirst du nochmal für mich tanzen. Bloß wirst du es *nackt* tun. Du wirst es tun, während ich meine Hände und meinen Mund auf dir haben werde. Und du wirst genau wissen, wer die Kontrolle hat."

Ihre Bewegungen stockten, ehe Grace wieder weitermachte. „Du bist verdorben. Zu sehr daran gewöhnt, es auf deine eigene Art zu machen. Doch ich kann sehen, wie gut es für dich funktioniert, Max."

„Es funktioniert definitiv für mich", sagte er. „Alles, was du machst, funktioniert für mich. Küss mich!"

Sie drehte sich wieder um, musste seinen sehnsuchtsvollen Blick abblocken, da er alles reflektierte, was sie auch fühlte. „Mm-Mm. Das ist mein Ding, erinnerst du dich? Ich darf die Anweisungen geben."

„Dann sag' mir, was du willst!"

„Ich zeig's dir stattdessen."

Sie wandte sich ihm zu, um ihm ins Gesicht zu sehen, kam näher, beugte sich leicht vor und platzierte ihre Hände rechts und links von ihm auf dem Stuhl. Langsam drückte sie ihre Brüste in Richtung seines Gesichts, strich dann von einer Seite zur anderen und streichelte das Ende seiner Nase mit ihren Brustwarzen. Der sanfte Druck auf ihre Piercings ließ ihre Brustwarzen sofort hart werden und sich wie markante Punkte aufrichten. Wie durch ein unsichtbares Band verbunden sandten ihre Nippel scharfe Stiche zu dem Piercing an ihrem Kitzler. Ihr Körper zuckte unfreiwillig, und sie rieb ihre Brustwarzen noch härter an ihn.

Er stöhnte auf, und sie fühlte den Rausch des Sieges durch sie hindurchfegen. Bevor sie es merkte, hatte er jedoch den Mund geöffnet und einen Nippel durch ihr Top gefangen genommen. Die Hitze und die Saugkraft waren so plötzlich und so verblüffend, dass sie aufschrie.

Ihre Blicke trafen sich und gaben ihr eine perfekte Aussicht auf seine durch das Ansaugen eingefallenen Wangen. Sie hätte sich zurückbewegen und ihn tadeln sollen, aber sie zögerte. Was er tat fühlte sich gut an. So sehr gut! Doch das Glühen vor Befriedigung in seinen Augen verriet ihr, dass er dachte, dass er gewonnen hätte, dass er ihr die Kontrolle gestohlen hätte.

Sie ließ seine Hand auf seine Lenden fallen und umfasste ihn durch seine Short. Seine Augen weiteten sich, während sein Mund locker ließ. Sie versuchte, sich wegzubewegen, doch seine Hände packten ihre Hüften.

Sie streichelte ihn härter. Enger. „Ich habe die Leitung", sagte sie atemlos. „Lass' los oder du und ich werden durcheinanderkommen!"

Er lachte. „Ist das ein Versprechen oder eine Drohung?"

„Beides. Lass' los, Max!"

„Nur wenn du versprichst, dass du nicht loslässt", sagte er.

Sie lächelte bei dieser nackten Dringlichkeit in seiner Stimme und ohne zu merken, was sie tat, stimmte sie zu. „Ich verspreche es."

Als er sie frei ließ, hielt sie ihr Wort und machte weiter, seine Länge und Steifheit zu erforschen.

„Zeig' mir deine Piercings!"

„Später", sagte sie, während sie sich an sein Gesicht rieb und ihn gleichzeitig eng und fest umfasste.

Er kippte den Kopf zurück, und sie konnte nicht widerstehen, an seiner Kehle zu lecken und zu knabbern. Immer wilder bog er seine Hüften in ihre Berührung hinein, aber sie konnte feststellen, dass er nicht nahe dran war, zu kommen.

Es wurde Zeit, die Dinge noch etwas mehr zu forcieren.

Sie ließ sich auf die Knie sinken.

Sein Kopf beugte sich nach vorn, seine Augen verengten sich, und er schaute zu, wie sie mit ihren Fingerspitzen neckend seinen

Hosenbund nachverfolgte.

„Willst du kommen?"

„Ich will dich", sagte er.

Diese drei Worte tropften von solcher Sehnsucht, dass sie beinahe nachgab. Ihm beinahe sagte, dass er nehmen könne, was auch immer er brauchte. Es wäre ihr egal, ob sie käme oder nicht. Es würde sich einfach so gut anfühlen, ihn zu halten. Ihn in sie hineingleiten zu fühlen.

„Ich will dein Tattoo sehen und deine Piercings. Ich will sehen, wo du noch gepierct bist. Ich will deine Brustwarzen-Piercings auf meiner Zunge spüren, während ich dich ficke. Aber es geht hier nicht darum, was ich will. Ich bin unter deiner Kontrolle, du erinnerst dich? Zu meinem Vergnügen und zu deinem Vergnügen. Du willst meinen Schwanz saugen? Sauge ihn! Aber nur, weil es dich heiß macht."

Sie war bereits heißer als blau lodernde Flammen, dennoch wusste sie, ihn zu saugen würde sie in der Tat noch heißer machen. Sie wollte ihn sogar noch mehr in ihrem Inneren spüren. Sie sehnte sich so sehr danach. Und er hatte gesagt, er würde ihr alles geben, was sie wollte. Nein, er hatte mit einbezogen, dass sie es sich nehmen könnte.

Ohne bewussten Gedanken setzte sie sich rittlings auf ihn und legte ihre Hände auf seine Schultern. Schnell begann sie, sich auf ihn hinunterzubewegen; ihre dünne Kleidung bot kaum Schutz vor der köstlichen Reibung, die kleine Wellen der Erregung durch ihre Adern fließen ließ. Sie war sicher, er konnte fühlen, wie nass sie war und um wie viel nasser sie mit jeder Sekunde wurde. Sie konnte kaum widerstehen, sich die Kleidung vom Leib zu reißen und ihn in sich hineinzustecken. Doch das würde erfordern, den Kontakt mit ihm zu unterbrechen, und gerade jetzt . . . gerade jetzt . . .

Zusammen atmeten sie stöhnend, laut und unregelmäßig. Sein tiefes Stöhnen mischte sich mit ihren hohen Lustschreien. Er gab ihr die Illusion von Kontrolle, er berührte sie nicht, aber die stechende Intensität seines Blickes hielt sie genauso sicher gefangen wie das Wahrnehmen seines Körpers.

Sie schloss die Augen, konzentrierte sich auf den Anstieg des Vergnügens in ihrem Inneren. Sie konnte fühlen, wie es sich aufbaute und aufbaute und aufbaute. Doch an einem Punkt stockte es, und sie schrie beinahe auf vor Verzweiflung.

„Kommst du, Schatz?", fragte er, so dass ihre Augen aufklappten. „Bekommst du so was du brauchst? Denn all das ist für dich."

Seine erhitzten Worte der Ermutigung ließen ihren Körper sich anspannen, und Verlangen durchströmte sie erneut. Ihre Bewegungen wurden beinahe wild, so sehr suchte sie die Erlösung.

Doch sie blieb außerhalb ihrer Reichweite.

Es würde nicht geschehen. Ganz gleich wie sehr sie es wollte, ganz gleich wie wild entschlossen sie gewesen war, ihn heiß zu machen und die Kontrolle über ihre eigene Sexualität zu übernehmen, sie würde wieder scheitern.

Mit einem leichten Wimmern hörte sie auf, sich zu bewegen und brach auf ihm zusammen, vergrub ihr Gesicht an seinem Hals. Ihre Finger verkrampften sich in seinem T-Shirt, als Frustration durch sie hindurchrauschte. Sofort legte er seine Arme um sie, umfasste mit einer Hand ihren Nacken und streichelte mit der anderen beruhigende Kreise auf ihren Rücken.

Sie war so frustriert und verlegen, dass sie weinen wollte, aber irgendwie schaffte sie es, es nicht zu tun. Minuten vergingen. Schließlich versuchte sie, sich wegzubewegen, aber er stoppte sie.

Sie weigerte sich, ihn anzuschauen, starrte stattdessen auf den Fußboden. Alles, woran sie denken konnte, war, seinem intensiven Blick zu entfliehen. Wenn sie nur an ihrem Plan festgehalten hätte, sein Vergnügen zu lenken und zu kontrollieren, würde sie sich jetzt nicht mit einem weiteren Gespräch über ihre sexuellen Mängel herumschlagen müssen. Vielleicht war es ja noch nicht zu spät . . .

Sie versuchte wieder, zu entkommen, diesmal um dorthin zurückzukehren, wo sie vorher gewesen war, auf ihren Knien. Seine Arme spannten sich an, wollten sie nicht gehen lassen.

„Schau mich an, Grace!"

Mit einem Seufzer tat sie es.

„Es ist okay . . ."

Sie lachte grausam. „Nichts ist okay."

Er schüttelte sie leicht. „Da gibt es nichts, was mit dir nicht stimmt."

„Wie kannst du so etwas sagen? Ich war kurz davor. Was wir taten war heiß. Ich hätte fähig sein sollen, . . ."

„In einem öffentlichen Fitness-Studio an mir weniger als fünf Minuten zu reiben und dich selbst kommen zu lassen?"

„Fünf Minuten, fünf Stunden, das wäre egal. Es wäre auch egal, wo wir sind. Ich war kurz davor. Ich bin immer *kurz* davor. Ich kann bloß die Ziellinie nicht überqueren."

Sie wendete mehr Kraft auf, um sich von ihm wegzuziehen, und diesmal ließ er sie gehen. Mit einem Seufzer und einem neckenden Lächeln stand auch er auf. „Fünf Stunden? Wirklich?"

Sie verdrehte die Augen, „Du weißt, was ich meine."

Mit verschränkten Armen lehnte er an der Wand. „Was ich weiß, ist: du hast es dir irgendwie in den Kopf gesetzt, dass wenn du nicht zum Orgasmus kommst, das sexuelle Vergnügen absolut nichts wert ist."

„Als ob du anders darüber denken würdest! Wäre es für dich okay, sich mit ein paar Brotkrümeln zufriedenzugeben, die dich hungrig auf eine volle Mahlzeit zurücklassen würden?"

„Das wäre für mich nicht okay. Aber ich hoffe, dass ich schätzen würde, was ich bekommen konnte. Und ich würde mich um mehr bemühen."

„Ich vermute, ich bin bloß nicht so aufgeklärt wie du."

„Nein. Du bist frustriert, weil du dich mit dieser Realität schon seit Jahren auseinandersetzt. Das verstehe ich. Aber du bist auch verlegen und bereit, aufzugeben. *Wieder*. Und ich sage dir, ich werde nicht zulassen, dass das geschieht."

„Es hat nichts mit dir zu tun. Schau, mir tut es Leid, deine Zeit verschwendet zu haben, aber ich kann das nicht nochmal tun. Mit niemandem. Aber danke für all deine Hilfe."

Sie bewegte sich zur Tür.

Er straffte sich, stellte sich davor und blockierte ihre Fluchtmöglichkeit.

Er starrte sie an.

Sie starrte zurück.

Sie wartete, dass er aufgab und beiseite ging.

Das tat er nicht.

„Max?"

„Die Kontrolle mir zu übergeben schreckt dich zu sehr ab, nicht wahr?"

„Max . . ."

Er trat auf sie zu, und sie wich instinktiv zurück. Er kam weiter auf sie zu. Sie wich weiter zurück. Bis ihr Rücken an die Wand stieß, und er sie mit seinen Armen zu beiden Seiten wie in einen Käfig einschloss. Er lehnte sich näher, bis sie nichts anderes mehr sah als die reine Vollkommenheit seiner grünen Augen. „Wir hatten einen Deal. Ich habe die Kontrolle aufgegeben, und du hast es genossen. Nein, du bist nicht den ganzen Weg gegangen, aber ich bin kein Feigling und du auch nicht, Dixie. Wir haben kaum angefangen."

Mit ihren Handflächen auf seiner Brust stieß sie ihn weg, konnte ihn aber nicht im Geringsten vom Fleck bewegen. Unter seinem Sportshirt war er muskulös. Stark. Köstlich. Sie ballte ihre Finger zu Fäusten. „Was ist der Zweck, anzufangen? Du willst, dass ich zugebe, dass ich dich will? Dass ich dich als mehr als ein Werkzeug betrachte, um mich zum Höhepunkt zu bringen? Gut. Ich will dich, Max. D. I. C. H. Aber das spielt keine Rolle. Sogar wenn du mir jedes und alles gibst, was ich will, kann ich nicht . . ."

Er packte ihre Arme und schüttelte sie leicht. „Ich habe dir noch nicht alles gegeben, was du willst, Grace, weil ich noch nicht herausgefunden habe, was es ist. Trotz deiner Versuche, dich selbst zu schützen, werde ich es herausfinden. Du willst mich? Gut, ich will *dich*", sagte er. „Ich will dich erforschen. Ich will dich auskosten. Und ich will, dass du dasselbe mit mir machst. Ich will dir beweisen, dass wenn wir diese Dinge tun, sie eine Belohnung in sich selbst darstellen, und jede Frustration wert sind, mit der du dich eventuell auseinandersetzen musst."

„Du drehst dich mit deinen Worten im Kreis. In der einen Sekunde sagst du, du würdest mich zum Höhepunkt bringen. In der nächsten sagst du mir, ich solle akzeptieren, dass ein Höhepunkt nicht notwendig ist, um Sex zu genießen. Du glaubst wirklich, dass du gut genug bist, um diese beiden Ansichten gleichzeitig zu jonglieren?"

„Ich denke, dass *wir* so gut sein werden. Du hattest deinen Versuch, mit der Kontrolle und so. Es ist nur gerecht, wenn du mir meine Chance lässt."

Sie starrte ihn an. „Ich weiß nicht, was du willst, dass ich sage. Alles, was ich sagen kann, ist, was ich bereits vorher gesagt habe. Ich werde es *versuchen*."

Er schien ihre Worte abzuwägen, ehe er zu irgendeiner mysteriösen Schlussfolgerung kam; danach ließ er sie frei, trat zurück und nickte. „Gut. Diesmal bin ich gewillt, diese Antwort zu akzeptieren."

„Warum jetzt und nicht vorher?"

„Weil ich erst jetzt anfange, den Grund zu verstehen, warum du in jener Nacht zu mir gekommen bist: nicht mein Ruf als Playboy war der Grund für deinen Besuch, sondern mein Ruf als Bad Boy, als schlimmer Junge."

„Was bedeutet das?"

„Das bedeutet: die Kontrolle aufzugeben ist nicht das, was du brauchst, Grace. Dass ich dir die Kontrolle entziehe, das wird es sein."

∽🙝🙟∾

„DU BIST VERRÜCKT, HIGH WIE im Drogenrausch!"

„Bin ich das?"

„Das bist du, wenn du denkst, dass ich zulasse, dass du irgendetwas von mir ‚nehmen' kannst. Ich bin nicht in der Sado-Maso-Szene, Max. Peitschen und Ketten sind nicht mein Ding."

„Woher weißt du das? Hast du es jemals ausprobiert?"

„Das weiß ich."

Er zuckte die Achseln. „Das ist sowieso nicht das, was ich meine. Ich brauche kein Leder und keine Fesseln, um das, was du brauchst, dass ich von dir nehme, von dir zu nehmen, Grace. Ein Zimmer für uns allein, du mit deinem Sicherheitswort bewaffnet und wir beide nackt, vorzugsweise in einem Bett–falls vorhanden–würde mir reichen."

„Und wenn ich nicht will, dass du das nimmst, worauf du so absolut erpicht darauf bist? Wirst du mich festhalten und mich dazu zwingen?"

„Angenommen, du benutzt dein Sicherheitswort nicht? Ja, ist richtig."

„Du *bist* verrückt."

„Und allein der Gedanke, dich festzuhalten und alles zu nehmen, was du mir geben kannst, alles, was du mir im Geheimen geben willst, hat dich jetzt angeturnt."

„Da liegst du falsch."

„Nein. Die Piercings, das verdammt sexy Tattoo auf deinem Rücken–das ich noch sehen werde, ehe der Tag vorbei ist–das ganze Gerede darüber, was du magst, und dass ein Teil davon Kontrolle ist, verdammt, sogar das Poledancing und der

Lapdance . . . das alles ist ein Teil von dir, ja, aber hauptsächlich ist es ein Deckmantel, um zu verstecken, was du wirklich willst. Worüber du wirklich am meisten beschämt bist. Du kannst versuchen, dich selbst auszutricksen, aber du trickst mich nicht aus. Viele Frauen bekommen ihren Höhepunkt, indem sie dominiert werden. Da gibt es nichts, was dir peinlich sein müsste."

„Es ist mir nicht peinlich, es ist einfach nicht wahr. Du kannst denken, was du willst, aber wenn du vorhast, mich festzuhalten und irgendetwas von mir zu nehmen, dann ändert das die Dinge. Ich gehe."

„Ich dachte, wir hätten bereits ausgemacht, dass du nicht gehst, bis ich bereit bin, dich gehen zu lassen."

Seine hartnäckige Unnachgiebigkeit erstaunte sie. Ihre eigene unleugbare Reaktion, die durch die Feuchtigkeit zwischen ihren Oberschenkeln und das beinahe-schmerzhafte Zusammenziehen ihrer Brustwarzen deutlich wurde, schockierte sie.

Diesmal ging sie nicht zur Tür. Sie stürzte sich darauf und rannte.

Bevor sie es merkte, hatte er sie an die Wand gedrückt, war mit seinem Köper auf ihrem und nagelte ihre Handgelenke zu beiden Seiten ihres Kopfes fest. Instinktiv kämpfte sie gegen ihn. Schlug aus und versuchte, ihn wegzustoßen. Doch er wich nicht von der Stelle, und sie wurde damit konfrontiert, wie stark er war. Wie sein verbindliches, gebildetes, zuvorkommendes Äußeres völlige und absolute Täuschung war. Tief im Inneren *war* er ein schlimmer Junge. Er brauchte bloß keine Lederjacke und keine Springerstiefel, um es der Welt zu verkünden.

Echte Angst durchrieselte sie, aber er hatte Recht-Erregung war auch da. So viel Erregung, dass sie die Angst eigentlich erst suchen musste. Aber sie fand sie und hielt sich verzweifelt daran fest. Das musste sie. Eine erwachsene Frau, die ihren Höhepunkt bekam, indem sie von einem Mann dominiert wurde? Von einem Man *gezwungen* wurde?

„Schau mich an, Grace!"

„Fahr zur Hölle!" Es lag ihr auf der Zunge, *Mango* zu sagen. Aber sie tat es nicht.

Weil sie ihn nicht wirklich gehen lassen wollte.

Er nahm ihre beiden Handgelenke in eine Hand, klemmte sie über ihrem Kopf fest, hob ihren Kopf mit seiner anderen Hand an, damit sie ihn anschaute. Sogar während er das tat, war ihr bewusst, wie sanft seine Berührung war. „Was habe ich dir gestern Nacht versprochen?"

„Du hast mir eine Menge Dinge versprochen", schoss sie zurück.

„Ich hab' dir versprochen, dass ich dir nicht wehtun würde und dass ich sofort aufhören würde, sobald ich etwas tue, das dir nicht gefällt, nachdem ich eine faire Chance gehabt hätte. Zu dem Zeitpunkt hast du mir vertraut, und du musst mir auch jetzt vertrauen."

„Ich werde dir vertrauen, wenn du mich auslässt. Das bist du nicht, Max. Du bist kein sexueller Wüstling."

„Ich hab' dir schon gesagt, Grace, ich bin das, was meine Geliebten brauchen, dass ich bin. Ein sexueller Wüstling ist vielleicht nicht das, was ich meistens bin, aber es ist auch ein Teil von mir. Genauso wie es ein Teil von dir ist, sexuell unterwürfig zu sein. Es definiert dich nicht. Außerhalb des Schlafzimmers bedeutet es verdammt nochmal gar nichts."

Was er sagte, ergab so viel Sinn, aber die Tatsache, dass er sie überredete, ließ sie nur umso mehr ausflippen. Sie kämpfte noch etwas weiter, doch ohne Erfolg. „Max, ich mache keinen Spaß. Du sollst aufhören! Wenn du weitermachst, schwöre ich dir, werde ich deine Geburtsurkunde verbrennen. Ich werde dir den Schwanz abschneiden. Ich werde dich schlagen, damit du schläfst, dann schlagen, weil du schläfst. Ich werde . . ."

Mit seinem an sie gepressten Körper fühlte sie, wie es ihn vor Lachen schüttelte.

„Das ist nicht lustig!", schnauzte sie.

Er bemühte sich, seine Belustigung aus seinem Gesichtsausdruck zu verbannen und schaffte es schließlich. „Beruhige dich und schau mich an!"

„Ich schaue dich an."

„Nein, Grace, schau mich *wirklich* an!"

Sie tat es.

„Tue ich dir weh?"

„Nein."

„Wovor hast du dann Angst? Außer davor, diese wertvolle Kontrolle zu verlieren, über die wir so viel geredet haben."

„Ich weiß es nicht. Ich bin nur . . . ich mag das nicht."

„Du hast Angst davor", sagte er. „Vor dem, was es dich fühlen lässt. Du kamst zu mir, Dixie, und jetzt verstehe ich, dass du kamst, weil du müde bist. Du willst, dass ich mich für dich um die Dinge kümmere. Also lass mich!" Er beugte sich zu ihr und küsste ihren Hals, knabberte dann an ihr, und der Schmerz, der daraus resultierte stand in starkem Gegensatz zu der Art und Weise, wie seine Zunge die schmerzende Stelle sofort wieder beruhigte.

Sie konnte nicht anders.

Sie stöhnte.

Er zog sich zurück, Aufmerksamkeit und Genugtuung in seinem Blick. „Das ist deine letzte Chance. Entscheide dich, ob du mir vertrauen wirst oder ob wir die Dinge jetzt beenden und gehen. Sage ein Wort, und es ist vorbei, und ich werde es niemals mehr zur Sprache bringen. Aber denk´ ausführlich darüber nach, ehe du mir deine Antwort gibst! Und untersuche das, was du momentan fühlst, genau! Ist es Angst oder ist es Verlangen, was deinen Puls so schnell schlagen lässt?"

Es war Verlangen. Reines Verlangen. Sie mochte das Gefühl, von ihm festgenagelt zu werden. Sie mochte die Vorstellung, keine Verantwortung mehr für ihr Vergnügen oder ihren verdammten Orgasmus übernehmen zu müssen. Aber sie konnte es noch nicht zugeben. Alles, was sie herausbrachte, war: „Sag' mir, was du damit meinst, dass du mich dazu bringen willst, das zu nehmen, was du mir zu geben hast."

„Ich meine damit, du wirst alles nehmen, was ich dir zu geben habe. Jeden Zentimeter. Jeden Tropfen. Und wenn die Zeit reif ist, wirst du kommen. Weil ich dir keine andere Wahl lassen werde."

Ihr ganzer Körper zitterte, ihre Muskeln spannten sich an, einschließlich der in ihrem Innersten. Sie fühlte sich leer. Sehnend. Sie fragte sich . . . ob er in diesem Moment in ihr war, ob sie . . . , wenn sie gegen die harte Länge seines Schwanzes scharf vorgehen würde, ob sie . . . *würde* sie kommen?

Ohne seinen Griff zu lockern oder den Druck, mit dem er sie festhielt, nachzulassen, tauchte er seine Zunge wieder und wieder in ihren Mund, bis sie sich berauscht fühlte. Seine weichen Lippen standen in so köstlichem Gegensatz zu seinem harten Kiefer, der nur leichte Anflüge von Bartstoppeln aufwies. Sie stellte sich diese Rauheit an der Innenseite ihrer Oberschenkel vor und fühlte, wie sich ihr Innerstes so stark verkrampfte, dass sie in seine Lippe biss. Er zuckte zusammen und küsste sie sogar noch fester. Sie verlor das Zeitgefühl, wie lange sie so weitermachten. Als er sich abrupt zurückzog, fühlte sie sich schwindelig und orientierungslos.

Vor Kummer und Erschöpfung wimmerte sie, und er küsste sie sofort wieder, wobei er diesmal nur leichten Druck ausübte. Genießerisch. Tröstend. Schließlich ging er dazu über, sanfte, leichte Küsse mit geschlossenem Mund über ihrem Gesicht und auf ihrem Hals zu verteilen.

Und endlich ließ er auch ihre Handgelenke frei. Er strich ihr Haar zurück und umfasste ihr Gesicht. „Bist du okay?"

Sie nickte.

„Hast du noch Angst?"

„Ein wenig", flüsterte sie.

Er trat zurück. „Zu viel Angst, um meine Hand zu nehmen?"

Er streckte seine Hand aus, womit eine klare Botschaft verknüpft war. Sie konnte es noch nicht sagen. Sie konnte nicht zugeben, dass sie das wollte, was er behauptete, dass sie wollte. Aber indem sie seine Hand nahm, würde sie es nicht sagen müssen.

Sie konnte es nicht vor sich rechtfertigen. Sie konnte es auch nicht rational betrachten. Es war bloß etwas, das sie tief in ihrer Seele fühlte. Wenn sie jemals jemandem die verborgenen, geheimen Teile ihres Selbst anvertrauen würde, wäre es ihm.

Jetzt oder nie.

Sie nahm seine Hand.

KAPITEL SIEBEN

Max Zauberregel Nr. 8:
Die besten Zauberer täuschen es
auf der Bühne vor, aber niemals im Bett!

NACHDEM GRACE SEINE HAND GENOMMEN hatte, gab ihr Max einen letzten leichten Kuss mit geschlossenen Lippen, murmelte dann, er würde duschen gehen, sich umziehen und sie am Eingang treffen. Grace wusch sich schnell, wechselte die Kleidung und jammerte stumm vor sich hin, dass sie kein Makeup und nichts Besseres als ein T-Shirt und eine Jeans mitgebracht hatte. Warum sollte sie? Sie hatte geplant, Sport zu machen und nicht mit Max ihre Runden zu drehen, doch jetzt, da sie das getan hatte, jetzt, da sie ohne-Platz-für-irgendwelche-Zweifel zugestimmt hatte, ihn das, was auch immer er wollte, nehmen zu lassen–nein, jetzt, da sie zugestimmt hatte, ihn das, was auch immer sie ihm im Geheimen geben wollte, nehmen zu lassen, und die Antwort darauf war *alles*–war sie ernstlich nervös und sehnte sich nach ein wenig weiblicher Rüstung für die Schlacht. Wenn sie etwas Wimperntusche und Lippenstift, Deo, ein LBD (Little Black Dress–ein kleines Schwarzes) und ernsthaft ins Wanken bringende, hohe Absätze hätte, würde sie sich etwas besser vorbereitet fühlen für was auch immer als Nächstes kommen würde.

Als sie es bis in den Empfangsbereich geschafft hatte, war Max nirgends in Sicht, und deshalb begnügte sie sich damit, sich hinzusetzen und durch ein paar Zeitschriften zu blättern. Es war eine traurige Auswahl. In der Bodybuilding-Zeitschrift gab es nichts Interessantes, auch nicht in der Zeitschrift über Triathlon. Sie dachte, dass *Cosmo* und einer dieser Artikel „Wie man im Bett furchtlos ist" ihr guttun würde. Stattdessen fand sie eine Zeitschrift über Elternschaft, mit Eselsohren und ziemlich zerfleddert, die aussah, als wäre sie herausgekommen, als Klapphandys noch Mode waren.

Für eine Sekunde war sie überrascht. Ließ sie erkennen, trotz des ganzen Geredes mit Melina und Lucy darüber, weiterzuziehen zu dem, was wichtig war–eine Familie–war sie einfach und ziemlich stark vom Weg abgekommen und wieder auf den Punkt zugesteuert, auf dem ihr einziger Fokus lag, auf Sex. Zugegeben, es war Sex mit Max, was ganz besonders ablenkend war, angesichts der auserlesenen Beispiele, mit denen sie zu tun gehabt hatte, aber sie musste vorsichtiger sein. Hoffentlich würde die Zeit mit Max gewinnbringend sein, damit sie ihr Ziel, ein Kind zu haben, mit wahrhaft frischem Mut und klarem Kopf verfolgen konnte. Doch sie durfte zwei Dinge nicht vergessen: Erstens, trotz unbestreitbar talentierter Hände, trotz seines Mundes und seines Körpers konnte sie nicht *sich selbst* aus der Gleichung entfernen, und das bedeutete, um tatsächlich einen Orgasmus mit ihm zu erreichen, war es noch ein weiter Weg. Zweitens, so oder so sollte sie auf das wahre Ziel fokussiert bleiben. Während sie in Las Vegas blieb, um mit Max Zeit zu verbringen, wäre er sehr stark auch mit anderen Dingen beschäftigt. Sie sollte dasselbe tun, damit angefangen, sich mit der Vormundschaftsstelle in Verbindung zu setzen wegen des Interviews, das für morgen geplant war. Das würde sie tun, sobald sie und Max damit fertig wären, was auch immer sie heute noch tun würden. Das konnte nicht länger als ein paar Stunden dauern.

Der Gedanke daran, mit Max noch mehr zu tun–und das ein paar Stunden lang–ließ sie vor freudiger Erwartung erzittern.

Sie holte tief Luft und öffnete entschlossen die Elternzeitschrift. Darin fand sie Hochglanzfotos von glücklichen Babys, lächelnden Babys, essenden Babys, mit matschigem Brei in den Haaren und Grinsen auf ihren Gesichtern. Tief in ihrem Körper wurde sie von etwas gepackt–als ob ihre Gebärmutter auf die Bilder reagiert hätte. In einem Artikel ging es darum, wie man ein Baby zum Einschlafen bringt. Der schlafende kleine Junge war süßer als ein geflecktes Hundebaby und erinnerte Grace daran, wie Max ausgesehen hatte, als sie ihn vor zwei Nächten in jenem kurzen Moment im Club erwischt hatte, als er gemeint hatte, dass ihn niemand sähe. Dieselbe Verwundbarkeit, die auf dem Gesicht des Babys lag, hatte sie auf Max' Gesicht gesehen.

Das erinnerte sie an etwas, das ihre Mutter zu sagen pflegte, bevor sie Grace' Vater einen Kuss gab. Dass ein Mann eigentlich nur ein kleiner Junge war, der größer geworden war. Max war nicht immer so ein selbstsicherer, anziehender Mann gewesen, wie er heute war. Zu einer bestimmten Zeit war er ein Kind gewesen. Wehrlos. Unschuldig. Sich nach Liebe sehnend. Als Erwachsener war er sicherlich nicht wehrlos oder unschuldig, aber konnte sie wirklich sagen, dass er sich nicht nach Liebe sehnte? Es war offensichtlich, dass ihm seine Familie wichtig war. Melina war ihm wichtig. Und Melina, die ihn kannte, seit er vierzehn Jahre alt war, glaubte, dass Max einen wunderbaren Vater abgeben würde.

Wer war dann der wahre Max Dalton? Wenn derjenige, den sie in jener Nacht gesehen hatte, der war, der seine Schutzwände hinabgelassen hatte, wie hoch würden dann diese Wände sein? Wie viel von sich selbst verbarg er vor der Welt? Und wie schwer war es für ihn, diese Teile geheim zu halten? Sie hielt auch gewisse Teile von sich geheim, und sie kämpfte oft mit dem Bedürfnis, so betrachtet zu werden wie sie wirklich war. Leider war sie sich nicht immer sicher, wer sie eigentlich war. Die Frau, die an der Stange tanzte und einmalige Sexabenteuer für eine Nacht hatte?

Oder die Universitätsangestellte, die selten fluchte und zu Hause Nächte vor dem Fernseher mit ihren Freunden Ben & Jerry genoss. Oh, sie wusste, dass sie beides war, genau wie Max sowohl der schlimme Junge als auch der gute Kerl war. Die Frage war, wo die Linie gezogen wurde.

Was Grace wahrlich wusste, war, dass sie einsam war. Beide Elternteile waren Einzelkinder gewesen, deren Eltern gestorben waren, bevor Grace geboren wurde. Keine Eltern, keine Großeltern, keine Tanten, Onkel, Cousins, Cousins zweiten Grades–nichts.

Von Kindesbeinen an hatte sie allein Entscheidungen treffen müssen. Sie sorgte für sich selbst. Jeden Tag trieb sie sich weiter an, weil sie keine Wahl hatte. In der Zwischenzeit gab es außer Melina und Lucy beklagenswert wenige Leute, denen sie vertraute. Und selbst dann teilte sie niemals alles mit ihren Freundinnen.

Doch das war nicht Max' Problem. Er war von Menschen umgeben, die ihn bewunderten; seine Familie, seine Anhänger und Fremde gleichermaßen. Er schien wahrlich sein Leben zu lieben. Die Bühne. Die Frauen. Den Ruhm.

Was auch immer sie in jenem Moment im Club gesehen hatte, als er verwundbar ausgesehen hatte, es bedeutete nicht, dass er sich alleine fühlte. Es bedeutete nicht, dass er sich nach Liebe sehnte. Nicht so wie sie. Und sicherlich bedeutete es nicht, dass sie je die Frau sein würde, die ihm das geben könnte.

Sie schaute noch einmal auf das Bild des schlafenden Babys und diese Sehnsucht, über die sie nachgedacht hatte, zerriss sie. Sie wollte ein Kind. *Brauchte* ein Kind. Sie würde nicht warten, bis sie älter war, um den perfekten Mann zu finden und zu hoffen, dass sie lang genug leben würde, um zu sehen, wie ihr Kind heranwuchs und erwachsen wurde. Sollten die anderen sie für närrisch halten, dennoch, ohne zu berücksichtigen, was sie für Max im Bett aufgab, war sie eine Frau mit Kontrolle und mit einem Plan.

Max zuerst, aber nicht für immer.

Ihr Kind, ihre Familie–das wäre etwas anderes.

Sie warf einen schnellen Blick zur Männerumkleide. Immer noch kein Max. Ungeduldig tippte sie mit ihrem Fuß, blätterte durch die übrigen Zeitschriften und nahm dann eine über Triathlon. Sie las gerade über die verschiedenen Möglichkeiten, sich auf ein Rennen vorzubereiten, und fragte sich nebenbei, ob dieselben Regeln auch galten, wenn man sich auf einen Sexmarathon vorbereitete, als . . .

„Bereit?" Die ruhige, tiefe männliche Stimme kam von hinter ihr.

Sie fuhr herum, ließ die Zeitschrift fallen und begutachtete Max. Enge Jeans, gerade richtig eng anliegend, ein weißes Oxford-Hemd mit bis zu den Ellbogen aufgerollten Ärmeln und Segeltuchschuhe. Lecker. Mit seinem Arm über der Rückenlehne beugte er seinen Körper leicht näher zu ihr, und sein ganz-männlicher Duft hüllte sie völlig ein. Kurz schloss sie die Augen und stellte sich diesen Duft überall auf ihrem Körper vor und all die herrlichen Möglichkeiten, wie er dorthin gekommen sein könnte. Mit einem lautlosen Stöhnen klappte sie die Augen wieder auf und schenkte ihm ein fröhliches Lächeln.

„Bereit", sagte sie und verfiel sofort in Panik. Er sah gut aus. Gut genug, um vernascht, geküsst, liebkost und genommen zu werden. Aber er hatte es ja klar gemacht, dass er derjenige wäre, der das Nehmen übernehmen würde.

Was wäre, wenn ich nicht dafür bereit bin? Wenn er wirklich etwas wahrhaft Ausgefallenes täte? Werde ich es zulassen? Werde ich ihn sehen lassen, wie sehr ich es genieße?

Plötzlich ging Max vor ihr in die Hocke und nahm ihre Hände in seine. „Atme, Dixie!", sagte er.

Sie hatte nicht einmal gemerkt, dass sie den Atem angehalten hatte, aber bei seinem sanften Befehl atmete sie aus und saugte dann wieder eine größere Dosis ein. Er grinste und fragte wieder: „Bereit?" Doch diesmal war es ein geheimnisvolles, raues Fast-Flüstern, mit Versprechungen angefüllt, die sie beinahe lauf aufseufzen ließen. Sie nickte, und gleichzeitig standen sie auf.

Während der zehnminütigen Fahrt zurück in ihr Hotel unterhielten sie sich über belanglose Dinge, wie zum Beispiel ob die Neunundvierziger dieses Jahr eine Chance hätten, den Super Bowl zu gewinnen, wie rund Melina geworden war und über die Zaubershow. Obwohl die Verkaufszahlen durch den Trick, den er mit Elizabeth durchgezogen hatte, gestiegen waren, glaubten weder Rhys noch er daran, dass so weitergehen würde. Gerade war er mitten im Erzählen von einem neuen Kunststück, das Rhys sich ausdachte, als er innehielt und fluchte.

„Was ist los?", fragte sie.

Er hielt vor ihrem Hotel an, parkte, ließ aber den Motor laufen und behielt den Sicherheitsgurt um.

„Es tut mir Leid, Grace, aber verdammt . . . mir fiel gerade ein, dass Rhys mich um einen Gefallen gebeten hat. Heute. Also jetzt. Zwischen deinem Auftauchen im Fitness-Studio, deinem Tanz für mich und meiner Vorfreude auf das, was als Nächstes passieren würde . . . vergaß ich komplett, was ich Rhys versprochen hatte, aber es ist wichtig." Er schloss die Augen und stöhnte dramatisch. „Oh Gott, warum konnte ich nicht als Einzelkind geboren werden?"

Trotz der Enttäuschung, die in ihrer Brust anschwoll, lachte sie. Es war so offensichtlich, dass er einen Scherz machte und dass er alles für seinen Bruder tun würde. „Das ist kein Problem. Ich bin eine ganze Woche hier, das weißt du doch? Wir werden jede Menge Zeit. . . ." und sie wedelte mit der Hand „ . . . für all das haben."

Auch Max lachte. „Du weißt schon, dass du diese Handbewegung immer dann machst, wenn du von Sex sprichst? Das wird es auf den Punkt bringen. Alles, was du tun musst, ist, mit deiner Hand zu winken, und schon bin ich dabei, hart zu werden."

Sie kräuselte die Nase. „So wie mit einem Zauberstab? Ich werde dir meinen zeigen, wenn du mir deinen zeigst?"

Seine Augen verschwammen, als wäre er plötzlich irgendwo anders hingegangen, und sein Lächeln verschwand. „Ja, klar. So-was in der Art."

Sie runzelte die Stirn. Warum sah er plötzlich so aus, als hätte sie ihn geschlagen? Ihre Hände verknoteten sich in ihrem Schoß. „Max . . ."

„Egal", sagte er. „Kann ich heute am späteren Abend bei dir vorbeikommen, nach der Show?" Er zog ihre linke Hand von ih-rer rechten Hand, hob ihre Handfläche an seine Lippen und küss-te sie. „Dann wirst du meine volle Aufmerksamkeit haben."

Sie nickte und stieß einen leisen Seufzer der Erleichterung aus.

„Wir werden da weitermachen, wo wir im Fitness-Studio an-gefangen haben. Ich kann dir nicht versprechen, dass wir es been-den, aber ich kann versprechen, dass die Fortsetzung erstaunlich sein wird."

Bei dem Gedanken durchrieselte sie ein Schauer aufgeregter Vorfreude. Sie versuchte sich vorzustellen, wie er sich mit noch mehr Aufmerksamkeit auf sie fokussierte. Würde sie in der Lage sein, damit umzugehen? Könnte sie ihm die totale Kontrolle geben?

Denn nach dem, was er vorher gesagt hatte, war er absolut sicher, dass sie dadurch den Höhepunkt bekommen würde. Und durch die Reaktion ihres Körpers zu genau jenem Zeitpunkt–sich beschleunigender Puls, sich verhärtende Brustwarzen, feucht werdender innerer Kern–war sie ziemlich nahe dran, es selbst zu glauben.

Seltsam, wie es nur ein paar Unterhaltungen zwischen ihr und Max gebraucht hatte–zugegeben, eine Diskussion hatte stattge-funden, während sie rittlings auf seiner Erektion saß–dass er so viel über sie herausgefunden hatte. Nun wollte sie mehr über *ihn* erfahren.

Was war es, was Max Dalton als einen „wichtigen Gefallen" betrachtete?

„Was musst du tun?", fragte sie und hoffte, dass er nicht dachte, sie wäre neugierig.

„Nach Cedar City in Utah fahren. Dann rechtzeitig für meine Show zurück sein. Der Trip wird ungefähr fünf oder sechs Stunden dauern."

Er zog die Linien ihrer Hand mit seinem Daumen nach, und obwohl sie die sanften Liebkosungen genoss, kribbelte die Hand noch davon, als er sie geküsst hatte. Sie starrte auf seinen Mund und wollte ihn unter ihrem haben. Wollte, dass dieser Mund jede Spalte und Vertiefung ihres Körpers erforschte.

„Was gibt es in Cedar City?", fragte sie und zuckte beinahe zusammen, weil ihre Stimme so heiser klang. Er ließ ihre Hand los, berührte ihren Mundwinkel mit der Kuppe seines Daumens, lächelte kurz und ließ dann seine Hand fallen, ehe er ihr antwortete.

„Meine Eltern leben da. Sie brechen auf für eine kleine Reise—zweite Flitterwochen. Wir hatten bereits ein Familienessen, um sie loszuschicken, aber Mam, naja, sie hat an etwas gearbeitet und es bereits fertig gestellt, eher als sie erwartet hatte. Es ist ihr wichtig, dass Rhys und Melina es bekommen, ehe sie abfährt."

Die Antwort überraschte sie, und diese Überraschung muss sich auf ihrem Gesicht abgezeichnet haben.

Max runzelte die Stirn. „Was dachtest du, dass ich sagen würde?"

„Ich . . . ich habe keine Ahnung . . . ," sagte sie stammelnd. „Ich dachte bloß nicht an . . . sowas."

Grace hatte seine Eltern nur einmal getroffen, bei der Hochzeit von Melina und Rhys, aber es war deutlich gewesen, wie sehr sie einander und ihre Söhne liebten. Deshalb hatte es sie sehr überrascht, dass sie bei der Zaubershow nicht mehr mitarbeiteten und ihren Söhnen nicht nach Las Vegas gefolgt waren. Melina war auch davon überrascht, meinte aber, es hätte etwas damit zu tun, dass sie ihren Söhnen mehr Freiraum geben wollten, den sie ihr Leben lang aufgrund des ständigen Herumreisens der Familie vermisst hätten.

„Würdest du dir wünschen, dass sie näher bei dir lebten?", fragte sie.

„Sie leben nahe genug, dass wir sie oft zu Gesicht bekommen. Sie hatten nie viel gemeinsame Zeit für sich allein, und sie hätten nie diese Reise gemacht, wenn Rhys und ich sie nicht damit überrascht hätten, bevor wir wussten, dass Melina schwanger war. Mam wollte die Reise mehrmals stornieren, aber wir haben sie herumgekriegt, es doch nicht zu tun. Wenn die Babys mal da sind, wird sie nichts auf der Welt von ihren Enkeln fernhalten können. Ich weiß, dass ich auch nicht weit wegfahren werde, das ist mal klar."

Grace dachte darüber nach, wie schön es sein musste, mit hingebungsvoll liebenden Eltern aufzuwachsen und wie sehr sie ihre eigenen vermisste, die sie auch geliebt hatten, wenn auch vielleicht nicht genauso hingebungsvoll, als Max' letzter Satz zu ihr durchdrang. Zu wissen, dass er nicht nur seiner Nichte oder seinem Neffen nah sein wollte, um Zeit mit ihr oder ihm zu verbringen, sondern auch noch davon begeistert war, brachte sie wieder mal zu dem Schluss, dass es mehr an Max gab als sie ihm zugestanden hatte.

Dann würde es auch überhaupt keine Mühe für ihn bedeuten, in Las Vegas zu bleiben. Er wäre nah bei seiner Familie. Nah bei seiner Zaubershow. Und er könnte seinen Ruf ausbauen, indem er sich mit einer Frau nach der anderen verabredete.

Zu wissen, dass sie nur eine in einer langen Reihe war, ließ ihr Herz schmerzen, doch schnell schob sie den Gedanken beiseite. Sie wusste, wohinein sie mit Max geriet, und sie konnte sich jetzt nicht darüber beklagen.

„Hättest du etwas dagegen, wenn ich mitkäme?"

Er sah überrascht aus, und sie wollte, dass sich ein Loch auftat, das sie verschlucken könnte. Hatte er gesagt, dass er Begleitung wollte? Nein, Grace, das hatte er nicht. Aber ihr Kopf drehte sich immer noch wegen seines Kommentars darüber, dass er den Babys nahe sein wollte. Sie wollte mit *diesem* Max mehr Zeit verbringen und hatte gesprochen, ohne nachzudenken.

„Nicht damit wir . . ." Sie wedelte mit ihrer freien Hand, wodurch Max' Grinsen sofort zurückkehrte. „ . . . wir können Zeug einladen oder irgend sowas. Lucy ist weg, Melina zuhause bei Rhys. Ich dachte bloß . . . Ach, weißt du was? Egal. Sieht so aus, als wärst du beschäftigter als eine Spinne im Netz . . . Ich muss nicht . . ."

„Ich würde mich sehr freuen, wenn du mitkämest."

Sie betrachtete ihn genauer. „Bist du dir sicher, Liebling? Vielleicht würdest du die Fahrt alleine genießen . . ."

Er schaute sie seltsam an, mit leuchtenden Augen.

„Was ist?"

„Du hast mich niemals zuvor „Liebling" genannt."

„Habe ich nicht?"

Er schüttelte den Kopf. „Du hast mich „Süßer" genannt, aber wie ich schon sagte, du tust das, um dich zu distanzieren. Außerdem habe ich gehört, wie du auch andere so nanntest. Niemals zuvor habe ich gehört, dass du jemanden ‚Liebling' genannt hast."

„Magst du es, . . . ‚Liebling' genannt zu werden?"

Er grinste. „Ich liebe es. Und Dixie, ich garantiere dir, ich ziehe deine Begleitung bei weitem vor statt alleine zu fahren."

Sie glühte noch durch die Tatsache, dass er es mochte, Liebling genannt zu werden. „Großartig! Ich muss nur schnell auf mein Zimmer rennen. Duschen, Haare waschen, umziehen, Makeup auflegen. Ist das okay?"

„Klar. Aber warum der Aufwand? Du siehst immer großartig aus, und das hier ist keine Ausnahme. Meinen Eltern ist es egal, ob du Makeup trägst oder nicht."

Seine Feststellung, dass sie immer großartig aussah, ließ sie sich innerlich noch wärmer und kribbeliger fühlen. „Danke, aber ich lege Wert darauf. Das einzige Mal, als ich deine Eltern sah, war bei Rhys und Melinas Hochzeit. Ich will nicht, dass sie mich ohne Makeup sehen, mit schlampigem Haar und vergammelter Kleidung. Ich würde mich nicht wohl fühlen."

„Du meinst, du willst nicht, dass sie dich ohne deine Rüstung sehen. Aber du hast es zugelassen, dass ich dich so sehe."

Es war nicht so, dass sie eine Wahl gehabt hätte. Sie waren sich zufällig im Fitness-Studio begegnet. Aber ihm schien es zu gefallen, sie so gesehen zu haben wie andere sie nicht zu Gesicht bekamen. Das ließ sie nochmal warm und kribbelig werden, aber diesmal erschreckte sie dieses Gefühl. Sie schaute weg, zog ihre Hand von seiner und zupfte ein nur in ihrer Vorstellung vorhandenes Fussel von ihrer Jeans. „Wir sagen einfach, dass ich Melina besuche, damit sie nicht die falschen Schlüsse ziehen."

„Die da wären?"

Ihr Blick traf seinen. Er klang nicht mehr erfreut, noch sah er so aus. „Nun ja . . . ich denke, . . . es ist wahrscheinlich besser, wenn deine Eltern nicht annehmen, dass ich eine deiner Frauen sei. Dadurch würden die Dinge kompliziert werden, wenn ich sie in Zukunft mal wieder sehe."

„Weil ich keine weiblichen Freunde habe? Weil meine Eltern annehmen werden, dass jede Frau, die ich zu einem Besuch mitbringe, eine Frau ist, mit der ich schlafe?"

Es überraschte sie, wie verletzt er durch ihre sorglos dahin gesprochenen Worte wirkte. Ein Schürzenjäger und aufreißender Draufgänger sollte sich nicht darum kümmern, was sie von ihm dachte. Dass er es doch tat, zerrte an ihrem Herzen. „Nein. Ich meine, offensichtlich hast du weibliche Freunde." Obwohl sie von nur einem wusste–Melina–und die war schon eher Teil der Familie. War sie immer gewesen. „Ich dachte nur . . . ich weiß nicht. Ich meinte bloß, du würdest nicht wollen, dass sie auf falsche Gedanken kämen."

Max starrte sie noch eine Minute länger an, lächelte dann leicht, ehe er die Achseln zuckte. „Sie werden so oder so den falschen Eindruck bekommen, egal was wir ihnen sagen, Grace. Aber wir können es auf deine Weise spielen, wenn du willst."

Etwas verwirrt von seiner kryptischen Antwort, wartete sie einen Moment lang ab. Als er nicht weitersprach, fragte sie: „Was meinst du damit, sie werden so oder so den falschen Eindruck bekommen?"

„Ich habe noch nie ein Mädchen zu ihnen mitgebracht. Niemals. Weder Freundin, Geliebte noch sonst irgendwas. Du bist die Erste. Und du weißt, was man sagt, Dixie. Niemand vergisst jemals seine Erste."

***

MAX WARF VERSTOHLEN EINEN LANGEN Blick auf Grace, ehe sie aus dem Aufzug in den Gang trat und auf ihr Hotelzimmer zusteuerte. Noch einmal wollte er ihr sagen, sich nicht darum zu sorgen, sich aufzudonnern. Sie sah ohne Makeup großartig aus. Jünger. Anziehender. Ohne Schutzmechanismen, auch wenn das nicht ganz stimmte.

Sie sah schön und entspannt aus. Wenn sie sich einmal nicht um ihre Fähigkeit, zu einem Orgasmus zu kommen, sorgte oder einen Vater für ihr Kind finden wollte. Wenn sie einmal nicht jeden Schritt in ihrem Leben zu kontrollieren versuchte, weil sie so verdammt viel Angst hatte, dass wenn sie nur im Hier und Jetzt lebte, es nicht der Mühe wert wäre.

Als er sich an sein Versprechen Rhys gegenüber erinnert hatte, war er verzweifelt gewesen, da er sich vorstellte, was er alles *nicht* mit Grace' wunderbarem Körper anstellen würde. Aber nun, da sie mitkam, hatte er die Gelegenheit, mehrere Stunden ununterbrochen mit ihr zu sprechen ... Klar, er hoffte, mehr über Grace zu erfahren, aber er wollte sie auch dazu bringen, ihren Babyplan noch einmal zu überdenken.

Dafür, dass sie eine vielschichtige Frau war, wollte sie einfache Dinge–Dinge, die die meisten Menschen wollten. Wer wollte denn nicht einen Höhepunkt, während er Sex hatte, und nicht dadurch, weil irgendein Vibrator dich dazu stimuliert hatte? Und obwohl er viele Leute kannte, die keine Kinder wollten, die Mehrheit wollte welche. Grace war nicht allein mit ihren Wünschen. Aber wer ging schon los und suchte eine andere Person aus dem einen besonderen Grund, ein Kind zu zeugen und aufzuziehen? Wer suchte jemanden, den er nicht liebte und niemals lieben würde, bloß weil er wollte, dass das Kind einen Vater hatte, und weil er gleichzeitig nicht die emotionalen Komplikationen wollte, die es mit sich brachte, wenn man ein Kind auf traditionelle Weise bekam?

Jemand mit genug Problemen, was Kontrolle betraf und diese aufzugeben, um ein Olympia-Schwimmbecken zu füllen.

Jemand wie Grace.

Sie öffnete die Tür ihres Zimmers und führte ihn hinein. Es war nicht schlampig, aber es war auch nicht wirklich aufgeräumt. Es sah so aus wie seine Hotelzimmer oft aussahen, was ihn aus irgendeinem Grund lächeln ließ. Es gab nur ein Bett in dem Zimmer, aber es war übergroß. „Hast du dein Zimmer mit Lucy geteilt?"

„Nein. Ich war ganz für mich allein", sagte sie und stellte ihre Sporttasche aufs Bett. „Warum?"

„Ohne Grund. Aber jetzt ruinierst du meine Fantasievorstellung von zwei Frauen, die miteinander schlafen", sagte er neckend. „Warum teilt ihr euch nicht ein Zimmer, während ihr hier seid?"

„Ich mag meine Privatsphäre. Und Lucy verabredet sich ständig mit Jericho. Sie neigen dazu, sich mit ihren Skype-Anrufen zu allerhand hinreißen zu lassen."

Er schnaubte. Da er Lucy kannte, konnte er sich schon

vorstellen, dass es für Grace die Hölle wäre, ertragen zu müssen, wie Lucy und ihre neueste Flamme im selben Zimmer Internet-Sex hatten.

„Was hältst du von diesem Typen Jericho?", fragte er.

„Er ist grüblerisch, leidenschaftlich und künstlerisch angehaucht. Scheint für sie perfekt zu sein."

Er hörte ein Zögern in ihrer Stimme. „Aber?"

Grace wühlte in ihrer Kommode und zog dann ein paar Kleidungsstücke heraus. „Ich werde jetzt erst mal duschen."

Er sah auf die Uhr. Es würde eng werden, aber sie hatten ungefähr eine halbe Stunde, ehe sie fahren mussten. Ohne ihre Einladung abzuwarten, streckte er sich auf ihrem Bett aus, Hände hinter dem Kopf und überschlagene Beine. „Lass' die Tür offen und rede mit mir!", sagte er, vor allem um zu sehen, wie sie reagieren würde.

Einen Moment lang zögerte sie, und er versuchte sie gedanklich zu zwingen, dass sie tat, worum er sie gebeten hatte. Sie hatte klar gemacht, dass sie im Allgemeinen nicht erlaubte, dass andere für sie Entscheidungen trafen, deshalb schätzte er, dass winzige Schritte nötig waren, um sie dorthin zu bringen, was er von ihr wollte. Und für sie wollte.

Sie nickte kurz, ging dann zum Badezimmer.

„Zieh' dich zuerst aus!"

Sie erstarrte und drehte sich um, um ihn mit offenem Mund und vor Entsetzen geweiteten Augen anzusehen.

Er unterdrückte ein Grinsen. Sie wollte, dass er sie zum Kommen bringen würde. Vor einer Stunde noch hatte sie sich mit ihrem ganzen Körper auf seiner Erektion gerieben. Dennoch war sie jetzt verlegen, sich vor ihm auszuziehen?

Kleine Schritte, erinnerte er sich selbst. Ganz kleine Schritte.

„Zieh' dich nur bis zu deinem BH und deinem Höschen aus! Wir heben uns den Rest für später auf, wenn wir mehr Zeit haben."

Sie holte tief Atem. „Deine Eltern. Du sagtest . . ."

„Wir haben Zeit. Jetzt mach', was ich gesagt habe, Dixie. Fang' mit deinem Oberteil an!"

Sie leckte sich die Lippen, schaute zum Badezimmer, als überlegte sie, hineinzulaufen, legte dann umsichtig ihre frische Kleidung auf die Kommode neben sich.

Während sie ihn ansah, zog sie ihr Top aus. Als sie es zu Boden fallen ließ, hob sie ihr Kinn und ließ die Hände an ihren Seiten.

Er begutachtete ihren himmelblauen, halbschaligen Spitzen-BH, der ihr Fleisch perfekt umschloss. Er sah gepolstert aus, dennoch konnte er die Spitzen ihrer Brustwarzen und die leichtesten Anzeichen ihrer Piercings durch den dünnen Stoff sehen.

„Hübsch", flüsterte er. „Jetzt deine Hose."

Sie bewegte unruhig die Beine, begann aber sogleich ihre Jeans aufzumachen. Sie zog den Reißverschluss herunter. Als er aufblickte, sah er ihre Augen auf sich gerichtet. Als würde sie seine Reaktion auf das, was sie tat, beurteilen. Als würde sie dadurch kommen.

Er wusste, dass er ihre Gedanken richtig gelesen hatte, als der Reißverschluss komplett unten war, sie aber ihre Jeans nicht entfernte. Stattdessen fuhr sie in einer kleinen, neckischen, verschlagenen Bewegung mit ihren Fingern über ihren Bauch und über den Bund ihres Höschens.

Er straffte sich und setzte sich auf, konnte nicht länger einfach so liegen bleiben. Nicht länger vorgeben, als sei das bloß ein Spiel. „Zieh' es aus!"

„Sonst?", sagte sie.

Er kniff die Augen zusammen. „Sonst werde ich dich bestrafen."

Sie schüttelte den Kopf. „Ich habe keine Angst vor dir. Du bist zu sehr Gentleman, als dass du einer Frau wehtun würdest."

Er stand auf, sah, wie sie sich versteifte, und hielt sich sichtlich davon ab, sich zurückzuziehen. Als er einen knappen Meter von ihr entfernt war, langte er zu ihr und befreite ihr Haar aus ihrem Pferdeschwanzgummi. Mit seinen Fingern durchstreifte er ihre goldenen Strähnen und liebte die Art, wie sie sich seiner Berührung ergab. Dann ließ er seine Hände sinken.

„Du kennst mich nicht, Grace. Wir kennen einander nicht. Aber wir werden uns kennen lernen. Und du wirst erfahren, dass ich der Typ Gentleman bin, der einer Frau wirklich, wirklich gut wehtut. Jetzt zieh' die Jeans aus!"

Sie leckte sich die Lippen. Schluckte schwer. Und tat dann, was er verlangte.

Ihr Höschen war ebenso aus blauer Spitze. Anders als die Haut auf ihrem Rücken, war ihr übriger Körper frei von Tinte, ihre Haut weich, hell und zart.

Mit einer Hand langte er hinter sie und öffnete ihren BH.

„Max", sagte sie mit stockendem Atem.

„Schsch. Lass' mich!", sagte er. „Ich will dich sehen."

Als sie ruhig blieb, nahm er ihren BH ab und ließ ihn zu Boden fallen.

Er sog den Atem ein. Ihre Brüste waren genauso anmutig wie ihr übriger Körper. Die perfekte Größe. Nicht groß und aufgeblasen, aber dennoch fraulich und üppig. Ihre Brustwarzen-Piercings waren goldene Ringe mit winzigen silbernen Kügelchen. Er zwang sich, seine Hände von ihr fernzuhalten, und lehnte sich vor. Küsste ihre Kehle. Bahnte sich mit Küssen einen Weg zu ihrer Brust hinunter. Saugte dann eine Brustwarze in seinen Mund. Fest.

Sofort vergrub sie ihre Hände in seinem Haar und bog sich näher. „Oh Gott. Oh Max!"

Wiederholt bewegte er das Silberkügelchen, das von dem Ringlein baumelte, mit seiner Zunge schnell hin und her, zog dann zur nächsten Brustwarze weiter, saugte stark daran, während sein Daumen und sein Zeigefinger mit der anderen spielte. Immer wenn er ihre Brustwarze zwickte, keuchte sie. Immer wenn er leicht an ihren Piercings zog, stöhnte sie.

Er wollte, dass sie schrie.

Wollte sich seinen Weg bis zu ihrem Bauch hinunterknabbern bis zu dem feuchten, köstlichen Fleisch zwischen ihren Beinen. Dort wollte er sein Gesicht vergraben. Ihren Schmelz über sich selbst verteilen, bis alles, was er sehen und schmecken konnte, nur noch sie war. Er wollte es so verdammt sehr, dass er zitterte.

Eine halbe Stunde, erinnerte er sich. Nicht genug für das, was er schon seit so Langem tun wollte.

Also zwang er sich, sich zurückzuziehen.

Sie streckte sich nach ihm, doch er packte sie, küsste ihre Hände und ließ sie dann los. Er ging zum Bett zurück, legte die Hände wieder hinter seinen Kopf. Stellte seine enorme Erektion zur Schau, damit sie nicht übersehen konnte, wie erregt er war.

„Tu, was du tun musst, Grace. Aber dreh' dich erst um!"

Sie war errötet und atmete schwer, ihre Augen wirkten verträumt. Zuerst schien es, als verstehe sie nicht, was er sagte.

„Zeig' mir dein Tattoo, Dixie!"

Langsam drehte sie sich um.

Er setzte sich auf, um einen besseren Blick darauf werfen zu können, stand wieder auf und trat hinter sie.

Sanft fasste er ihre Haare zu einem Pferdeschwanz zusammen und hob sie hoch, um sich einen ungehinderten Blick auf ihren Rücken zu verschaffen. Entlang ihrer Wirbelsäule verlief die schwarze Linie eines stilisierten Vogelkörpers. War das ein Schwan? Er war sich nicht sicher, aber die gebogenen Linien, die er im Fitness-Studio oberhalb ihres Tops gesehen hatte, bildeten einen der Flügel, der sich bis zu ihrem Nacken hinauf erstreckte. Jene, die er unterhalb des Tops gesehen hatte, ergaben den anderen Flügel. Diese Zeichnung war von schlichter Eleganz und Sinnlichkeit, vermittelte den Eindruck eines Fluges, auch wenn der Vogel sich in aufrechtem Zustand befand.

Er war fantastisch.

Sie war fantastisch.

Und in Anbetracht dessen, was er in der Nacht zuvor gesagt hatte, schien es schrecklich bedeutsam zu sein, dass das einzige Tattoo, das sie auf ihrem Körper hatte, ein Vogel war.

Steige nicht in dieses Flugzeug, Grace! Fliege stattdessen mit mir!

„Stellt es etwas Bestimmtes dar?", fragte er. Sie erbebte leicht, als er die Länge des Tattoos mit der Spitze seines Zeigefingers nachspurte. Ein langes, gedehntes Stöhnen entwich ihrem Mund, als er sich vorbeugte und begann, leichte Küsse überall auf ihrem Tattoo zu verteilen.

„Nicht wirklich", antwortete sie.

Und er wusste, es steckte eine Geschichte dahinter. Eine, die sie nicht teilen wollte.

Er würde ihr das heute noch durchgehen lassen.

Nach einem letzten Kuss auf ihren Rücken straffte er sich, ging zum Bett und lehnte sich wieder im Bett zurück. „Geh' dich jetzt duschen!"

Mit einem ruckartigen Kopfnicken begab sie sich ins Badezimmer und ließ die Tür offen, so wie er es gesagt hatte. Er hörte die Dusche angehen.

Er atmete hörbar aus, während er sich ihren Körper mit diesem verrückt fantastischen Tattoo vorstellte, wie er unter den Wasserstrahlen glitzern würde. Ächzend fasste er sich selbst durch seine Jeans an und stellte sich vor, dass sie ihn streicheln würde. Verdammt nochmal, als sie in diesem Fitness-Studio vor ihm auf den Knien war, musste er sich dermaßen zusammenreißen, damit er nicht . . .

Er hörte sie mit einer Flasche hantieren und grinste. Wenn sie nur halb so aufgedreht war wie er, würde sie vermutlich gerade seinen Arsch verfluchen. Das Beste wäre, ihre Gedanken auf etwas anderes zu lenken.

„Erzähl' mir von Lucy und Jericho!", sagte er.

Es schien nicht so, als würde sie antworten, doch dann rief sie über das Geräusch des laufenden Wassers zurück: „Nachdem sich Lucy und ihr letzter Freund Jamie getrennt hatten, kam sie mit dieser Theorie daher."

„Was für eine Theorie?"

„Dass Menschen mit unterschiedlichem Hintergrund, wie Arbeiter und Intellektuelle, oder Grundschullehrerin und Fallschirmspringer, sehr viel miteinander herumalbern können, aber wenn es zu langfristigen Bindungen kommt, dann sollte doch Gleich bei Gleich bleiben."

Das klang nicht nach der freigeistigen Lucy. Vielleicht hatte er sie falsch verstanden. „Gleich und Gleich? Bedeutet was?"

„Beide sollten Grundschullehrer sein. Oder beide Fallschirmspringer. Du weißt schon, dasselbe. In ihrer Persönlichkeit, wenn schon nicht im Beruf."

„Klingt langweilig", sagte er.

„Kann sein. Ich dachte eigentlich, Jamie und Lucy würden so gut zueinander passen. Sie waren komplett unterschiedlich, zwar sind beide Professoren, aber sie ist wild und er eher zurückhaltend. Und dennoch, sie leuchteten auf wie Weihnachtsbäume, wenn sie beieinander waren."

"Also hältst du ihre Theorie für falsch?"

Eine Zeitlang war nur das Geräusch der Dusche zu hören. Dann sprach Grace wieder mit leiser Stimme: „Wie ,passend' können sie gewesen sein, wenn er sich von ihr getrennt hat?"

„Willst du damit sagen, dass der Grund dafür, warum ihre Beziehung nicht andauerte, war, weil der eine nicht so war wie der andere?"

„Eigentlich . . ." Sie zögerte, dann hörte die Dusche auf.

Max bemühte sich, Visionen einer nackten und tropfenden Grace aus seinem Gehirn zu verbannen. Keine Zeit, erinnerte er sich wieder. „Lucy hat uns nie erzählt, warum Jamie sie stehen ließ", sagte Grace. „Nur, dass er es tat, und da brachte sie diese ganze „gleich und gleich gesellt sich gern" Theorie auf."

„Bist du sicher, dass sie nicht von gleichem Geschlecht gesprochen hat? Gleich mit gleich wie in eine Frau mit einer Frau? Ich meine, ich weiß, dass Lucy keine Lesbe ist, aber vielleicht ist sie bisexuell?", fragte Max.

Grace lachte. Der Klang war hell und perlend. „Geht das auf eine männliche Fantasievorstellung zurück, von der du vorher gesprochen hast?"

„Alles geht auf diese Fantasievorstellung zurück."

Sie erschien auf der Schwelle, trug ein fuchsienrotes Top und einen gewagten, schwarzen Rock und hatte ein Handtuch als Turban um den Kopf geschlungen.

„Hast du eigentlich jemals diese Fantasievorstellung erlebt? Im wahren Leben meine ich, nicht im Fernsehen oder auf dem Computer-Bildschirm?"

Die lockere Art, wie sie sich auf Pornofilme bezog, ließ ihn sich fragen, ob sie einen Höhepunkt bekäme, wenn sie so Zeug anschauen würde. Er hatte genug davon gesehen, aber konnte sich nicht an eine einzige Szene erinnern, geschweige denn an eine mit zwei Frauen. Alles, was er sehen konnte, war Grace.

„Max?"

„Was?"

„Hast du jemals zwei Frauen zusammen beobachtet? Bist du jemals mit zwei Frauen zusammen *gewesen*?"

Zum Teufel nochmal! Diese Unterhaltung hatte eine Wendung in Richtung interessant genommen. „Ja. Macht dich das an?"

„Überhaupt nicht."

Sein überdimensionaler Gradmesser wurde zu weit getrieben. Worüber sonst noch log sich Grace selbst etwas vor? „Nicht einmal vorgestellt, dass du eine dieser Frauen wärst?"

„Ich teile nicht gern", sagte sie.

Wenn nicht zwei Frauen, dann . . . „Wie wär's dann mit zwei Männern?", fragte er.

Anstatt irgendetwas abzustreiten, wurde ihr Gesichtsausdruck weicher, und ihre Augen funkelten. „Ist das nicht die Fantasie jeder Frau? Ein Mann innen, der andere Mann wendet sich dem zu, was auch immer es nötig hat, dass man sich dem zuwendet?"

„Jetzt reden wir von deinen Fantasievorstellungen."

„Damals sicher, da nehme ich an, dass es sich gut angefühlt hätte. Zwei Männer zu haben, die sich mir hingebungsvoll widmen. Meinem Vergnügen. Aber irgendwie glaube ich nicht, dass das sehr oft passiert. Zwei Heteros oder sogar bisexuelle Typen, die sich wohl genug dabei fühlen, sich im Bett zu duellieren? Ich wette, wahrscheinlich hast nicht einmal du so etwas getan."

„Diese Wette würdest du verlieren."

Das kokette Funkeln verschwand aus ihren Augen, die immer größer wurden, und sie schluckte würgend. Ha! Er hatte sie doch noch geschockt.

„Ich sage nicht, dass das mein Ding ist–mit einem anderen Kerl und einer Frau zusammen zu sein. Aber meine Geliebte hatte eine Fantasievorstellung, und ich stellte sicher, dass sie für sie wahr wurde. Ein Teil davon bestand darin, dass ich mich selbst dieser Fantasievorstellung hingab."

„Und?"

„Und ich war so sehr von der Tatsache angeturnt, dass *sie* so erstaunlich stark angeturnt war, dass ich stark genug kam, um mir einen Halsmuskel zu zerren."

„Willst du damit sagen, du wärst gewillt, sowas nochmal zu tun? Denn du solltest deinen Mund nicht einen Scheck ausstellen lassen, den er nicht einlösen kann."

Er dachte darüber nach. „Ist es das, was du willst?"

„Beantworte erst meine Frage!"

Seine Brust spannte sich, und er runzelte die Stirn. „Ich bin mir nicht sicher, ob ich es mit dir tun könnte."

Ihre Augenbrauen hoben sich überrascht. „Warum nicht?"

„Ich weiß nicht. Du machst, dass ich mich . . . besitzergreifend fühle. Ich würde dich nicht mit einem anderen Mann teilen wollen.“

Der Anflug eines Lächelns zeigte sich an ihrem Mundwinkel.

„Das bedeutet nicht, dass ich es letztlich nicht doch tun würde. Oder, andernfalls, dass ich mich nicht doppelt so stark anstrengen würde, sicherzustellen, dass du vollständig zufriedengestellt wirst.“

Grace nahm das Handtuch vom Kopf, schüttelte ihr Haar aus und trat zu ihm. „Ich muss dir ein Geständnis machen . . .“

Als sie nah genug vor ihm stand, berührte er sie absichtlich nicht. Sein Atem ging flach. „Und was für ein Geständnis wäre das?“

„Ich will nicht mit zwei Männern zusammen sein. Ich . . . ich will nur mit dir zusammen sein. Das wäre genug Fantasievorstellung, soweit es mich betrifft.“

„Verdammt, Grace!“

Als ob sie gerade bemerkte, wie verwundbar ihr Geständnis sie machte, lachte sie und trat zurück. Instinktiv folgte er ihr, doch sie hielt eine Hand hoch, um ihn abzuwehren. „Makeup. Haare. Ich werde schneller als eine Herde Schildkröten sein, und dann können wir zu deinen Eltern fahren, okay?“

Ehe er antworten konnte, flitzte sie ins Bad, und kurz darauf hörte er den Fön. Mit einem Ächzen fiel er aufs Bett zurück und rieb sich mit seinen Handflächen über das Gesicht, langte nach unten, um in seiner Hose wieder alles in Ordnung zu bringen, während ihre Stimme in seinem Kopf widerhallte.

Ich will nur mit dir zusammen sein. Das wäre genug Fantasievorstellung, soweit es mich betrifft.

Er starrte die Zimmerdecke an und grinste.

Er war keine Fantasievorstellung, und bald würde er ihr das beweisen.

Dafür hoffte er, dass er der Mann ihrer Träume wäre.

„Mach‘ dir Feuer unterm Arsch, Dixie!“, schrie er laut.

Er hörte sie kichern.

Er hatte Recht gehabt, vorher im Fitness-Studio. Ihr Kichern war fick fantastisch.

Es war sogar noch besser, sie wusste, was er meinte.

Er wollte, dass sie sich beeilte, denn je eher sie bei seinen Eltern und wieder zurück waren, desto eher würden sie wieder zu einander zurückkehren können.

KAPITEL ACHT

Max' Zauberregel Nr. 9:
Tu was nötig ist, damit das Publikum
noch lauter applaudiert!

IN GRACE' MAGEN HERRSCHTE STARKES Nervenflattern, während sie aus dem Autofenster starrte und die Landschaft vorbeifliegen sah. Max hatte seinen Fuß ständig auf dem Gaspedal, seit sie Las Vegas verlassen hatten.

Je weiter sie fuhren, desto nervöser wurde Grace.

Irgendwie fühlte es sich so an, als würde sie Max' Eltern zum ersten Mal begegnen. Besonders weil Max gesagt hatte, dass er niemals zuvor eine Frau zu ihnen mitgebracht hätte. Was hatte das zu bedeuten?

Wollte er einfach nicht seine Eltern einer Frau vorstellen, die– wie er wusste - nicht allzu lang in seinem Leben sein würde? Bedeutete das, dass er niemals irgendeine Art tiefergehende Beziehung gehabt hatte?

Sie wusste, wenn er mit seiner Mam und seinem Dad zusammen war, war er anders. Netter. Liebevoller. Dadurch wurden in ihren Gedanken all jene Schichten betont, die Max ausmachten. Und wie sehr sie diese Schichten auf ihrer Suche nach einem Orgasmus missachtete.

„Also", sagte Max und unterbrach ihre Gedanken. „Mit einem deiner Ziele haben wir schon Fortschritte gemacht. Hast du bei deinem Babyplan bereits Fortschritte gemacht?"

Überrascht, wie deutlich er das Thema aufbrachte, suchte Grace in seinem Gesichtsausdruck nach irgendeinem Anzeichen von Spott. Doch sie sah nur ehrliche Neugierde. Entspannt lehnte sie sich in ihrem Sitz zurück und war froh über die Ablenkung. „Ein wenig", sagte sie.

„Wirst du mir davon erzählen?"

„Wenn es dich wirklich interessiert, dann schon." Alles war besser, um ihre Gedanken woanders hinzulenken als darüber nachzudenken, ob seine Mutter einen Blick auf sie werfen und sofort wissen würde, dass sie ihren Sohn als Sexspielzeug benutzte. Bei diesem erbärmlichen Gedanken drehte sie sich zum Fenster.

Das Buschland der Wüste hatte sich farblich von tristem Khakigrün zu einem etwas helleren Grün verändert, während sie in die Ausläufer des Gebirges hinauffuhren. Wunderschön. Die Erhebungen und die Vegetation erinnerten Grace ein wenig daran, wo sie aufgewachsen war, an Georgia. Anders zwar, aber dasselbe Grün. Für einen Augenblick tauchte ein Bild ihrer Mama und ihres Papas vor ihrem inneren Auge auf, wie sie einander umarmten und wie ihre Mama ihren Kopf an die Schulter ihres Papas kuschelte.

Heiße Tränen wollten sich ihren Weg an die Oberfläche bahnen, doch sie drückte sie wütend weg.

Was tat sie hier eigentlich mit Max? Sie genoss ihre Zeit mit ihm, ja, aber dadurch wurde sie auch daran erinnert, was sie nicht hatte.

Das, was sie als kleines Kind gehabt hatte, war wertvoll gewesen. Die Ehe ihrer Eltern war erstaunlich stark und glücklich gewesen. Sie war nicht zu jung gewesen, um zu vergessen, wie sehr die beiden ineinander verliebt gewesen waren.

Mit einem Sohn oder einer Tochter könnte sie ihre eigenen Erinnerungen erschaffen–dazu brauchte sie keine Liebe und keine Romantik. Dazu brauchte sie gesunden Samen und einen

Mann, der gewillt war, ein Vater zu sein.

Und dieser Mann war nicht Max.

AUS EINEM AUGENWINKEL ERHASCHTE MAX einen flüchtigen Blick auf Grace. Sie schien entrückt zu sein, in ihrer eigenen Welt versunken. So sehr er auch überzeugt war, dass ihr Plan, auf diese Weise eine Familie zu gründen, Unsinn war, wollte er doch mehr über ihren Denkprozess und ihre Absichten erfahren. Wie könnte er ihr es sonst ausreden? „Grace?"

„Ähm . . . Was willst du wissen?"

„Ich glaube nicht . . . dass ich so eine Unterhaltung schon jemals geführt habe. Wie findest du einen Papa für ein Kind?"

„Ich habe mich mit einer Vormundschaftsstelle in Verbindung gesetzt, dass sie mir jemanden vorstellen, der ähnliche Werte und Wünsche hat. Im Wesentlichen ist es wie bei einer Partnervermittlung, bloß . . ."

„Bloß anstatt sich zu treffen mit der Absicht, ein Kind zu zeugen und dann davonzugehen, triffst du dich mit der Absicht, eine Scheinfamilie zu erschaffen."

„Das ist kein Schein", sagte sie mit einem Stirnrunzeln. „Das Baby hätte eine echte Mutter. Einen echten Vater. Sie müssen nicht verheiratet sein, um eine Familie zu sein. Schau dir doch all die geschiedenen Familien an, die ihre Kinder immer noch mit Stabilität und Liebe versorgen. Klingt, als ob du implizierst, etwas anderes als ein verheirateter Mann und eine verheiratete Frau seien keine Familie."

Max schüttelte den Kopf. „Überhaupt nicht. Das ist unfair, Grace. Eine Familie ist eine Familie, egal welche Struktur sie hat."

„Genau das ist mein Punkt. Solange das Kind Eltern hat, die es lieben, wie wichtig ist dabei schon, ob die Eltern verheiratet sind?"

„Und wie steht es damit, übereinzukommen, wie man das Kind aufzieht?"

„Es gibt Formulare, die man ausfüllt, um Übereinstimmung zu garantieren. Dann werden Verträge abgeschlossen, in denen die wichtigsten Felder abgedeckt werden, wie zum Beispiel impfen oder nicht impfen, in welcher Glaubensrichtung das Kind erzogen werden soll, private oder öffentliche Schulen, Sparpläne fürs College und so weiter."

Er riss das Steuer herum, um einem Schlagloch auszuweichen. Vor einigen Minuten waren sie von der Hauptstraße abgezweigt, und hier war der Straßenbelag nicht so gut ausgeführt. „Klingt, als würde es sich auf dem Papier gut anhören. Aber was ist, wenn die von dir gewählte Person zwar die gleichen, übereinstimmenden Werte hat wie du und dem Vertrag buchstabengetreu folgt, dich aber distanziert behandelt?"

Sie schüttelte den Kopf. „Ich bin noch leicht verwirrt."

Das war verständlich, in Anbetracht dessen, dass ihr ganzer Babyplan an sich auf Abstand zwischen ihr und dem Papa des Babys beruhte. „Was ist, wenn der Kerl dich nicht respektiert? Was ist, wenn er kommt, um das Kind abzuholen, und dich ignoriert oder einen abfälligen Kommentar abgibt über die Dreckpfütze im Hof."

„Welche Dreckpfütze?", fragte sie mit verwirrt hochgezogenen Augenbrauen.

„Immer wenn wir nicht auf Tour waren, ließ meine Mam manchmal Rhys und mich im Hof ein großes Loch buddeln. Wir füllten es mit Wasser aus dem Gartenschlauch und spielten da stundenlang. Bis wir völlig verdreckt waren, unsere Spielsachen ebenso, und es gab eine Dreckspur vom Hof bis zur Eingangstür. Dann kam unser Papa nach Hause und sah diese gigantische Sauerei. Als Mam dann herauskam, um ihn zu begrüßen, umarmte er sie und fragte, ob es wohl Dreckpasteten zum Abendessen geben würde."

„Ich verstehe es immer noch nicht", sagte sie langsam.

Er stieß einen Atemzug aus. „Was passiert, wenn du ein Dreckloch gräbst und der Papa des Kindes kommt, um das Kind abzuholen, und er dich dann ausschimpft, weil das Kind dreckig ist oder weil dein Hof ein Saustall ist? Was ist, wenn er das Kind schimpft, weil es einen perfekten Hof, die Kleidung und die Spielsachen versaut hat?"

Grace saß stumm da und starrte wieder aus dem Fenster.

„Mein Punkt ist", sagte er ruhig, „du wirst nicht wissen, wie der Kerl reagiert, wenn du eine Matschpfütze machst, und du wirst sicherlich nicht dabei mitreden können, wie er dich behandelt. Welches Vorbild er für dein Kind abgibt. Willst du das für dein Kind? Betrachtest du das als ‚Familie'?"

„Menschen heiraten die ganze Zeit, ohne alles von einander zu wissen. Ich könnte Hals über Kopf in jemanden verliebt sein, der mich nicht auch eines Tages deswegen ausschimpfen würde, weil meine Kinder sich dreckig gemacht haben. Mit jemandem Kinder zu haben ist immer ein Risiko. Ich bin gewillt, dieses Risiko auf mich zu nehmen, wenn schon du nicht."

„Wer sagt, dass ich nicht gewillt bin? Meinst du, dass ich eines Tages nicht auch Vater sein will?"

Ihr Kopf wirbelte herum, um ihn anzuschauen, und sie sah geschockt aus, was ihn anpisste. Himmel nochmal, was war so Besonderes an ihm, dass Frauen nicht nur sein Potential, ein Vater zu sein, so leichtfertig in den Wind schlugen, sondern vor allem auch seinen Wunsch, selbst einer sein zu wollen?

„Du scheinst mit deinem Leben recht zufrieden zu sein, so wie es ist, Max. Du kannst nicht wissen, wie es ist, eine Leere zu fühlen, die nicht gefüllt werden kann."

Seine Brust zog sich schmerzhaft zusammen.

Sie hatte Unrecht. Er fühlte diese Leere. Jeden Tag.

Es schien ihm, als würde er sie sogar stärker als zuvor fühlen, seit er diese ganze Sache mit Grace angefangen hatte. *Außer,* wenn er mit ihr zusammen war.

War das nicht der Grund, warum sie ein Baby wollte? Um sich ganz zu fühlen. Vollständig? Egal wie wahr es war, das war eine Riesenverantwortung, die da einem Kind aufgeladen wurde. Sie musste das erkennen.

„Du denkst also, ein Baby zu bekommen würde dich glücklich machen, aber was ist, wenn es das nicht kann? Was ist, wenn der Grund dafür, warum du dich leer fühlst, ist, dass dir die Leidenschaft und Liebe eines Mannes fehlen, Grace?"

„Die Zeit dafür wird kommen. Danach", sagte sie. „Aber um ein Baby zu bekommen? Da ist meine Zeit begrenzt. Jede Frau weiß das."

„Normalerweise sind das nicht neunundzwanzigjährige Frauen."

„Du kennst Frauen, aber du weißt nichts darüber, wie es ist, eine Frau zu *sein*. Also bitte wechseln wir das Thema."

Einige Minuten lang fuhren sie in Ruhe, ehe Max eine Hand auf Grace' Bein legte und es drückte. Dankenswerterweise legte Grace ihre Hand auf seine und drückte zurück. Er ließ nicht los, und sie auch nicht. „Also was da im Hotelzimmer geschehen ist . . .", begann er, um sie auszutesten.

„Was ist damit?"

„Ich hatte es nicht beabsichtigt, aber es war definitiv in Einklang mit meinem Plan, die Dinge voranzutreiben, hochzusteigern und dich weiter über die O-Zeit Vermutungen anstellen zu lassen, glaubst du nicht?"

„O-Zeit", sagte sie. „Was ist das? Sowas wie Zirkel-Zeit? Nickerchen-Zeit? Snack-Zeit?"

Gerade hatte er wieder etwas über sie erfahren, was ihm gefiel–sie hielt sich nicht lange mit Verärgerung auf. Er hatte getan, was sie verlangt hatte, und hatte das Thema gewechselt, und statt ihn weiter zu erhellen, konnte sie es auf sich beruhen lassen und Scherze machen. Er wackelte mit den Augenbrauen. „Zeit für ein

Nickerchen? Auf keinen Fall. Zeit für einen Snack?" Er blickte sie an und lächelte boshaft. „Um genau zu sein, ich plane, mich an dir satt zu essen."

Sie sog den Atem ein. „Mach' weiter!", sagte sie. „Worauf willst du hinaus? Mit diesem . . ." Sie wedelte mit der Hand, was ihn wieder zum Lachen brachte. „ . . . Dinge vorantreiben und hochsteigern."

„Wenn man anfängt, die Sexualität zu erforschen, fängt man im Allgemeinen damit an, herumzualbern. Du hast das auf dem College getan, ehe du Sex hattest, richtig?"

Sie warf ihm einen schnellen Blick zu. „Ja. Zweite Stufe. Dritte Stufe. Sowas in der Art."

„Was hast du betrachtet als Grund, eine Umarmung zurückzuweisen? Das, was ich getan habe?"

„Du meinst, meine Brüste zu küssen?" Sie räusperte sich. „Nein. Ich würde sagen, wenn ein Kerl meine . . ." Ihre Hand zuckte, als würde sie wedeln, aber sie sparte sich die Handbewegung, dennoch musste er grinsen. „Weiblichen Teile."

„Dich mit den Fingern zu berühren?"

Sie schluckte und nickte.

„Erinnerst du dich, wie sich das anfühlte? Zu experimentieren. Zu sehen, wie weit du die Dinge vorantreiben konntest. Bis an den Rand zu gehen, aber keinen von beiden weiter gehen zu lassen. Hast du dich nicht mächtig gefühlt? Hattest du irgendeinen Zweifel, dass wenn es geschähe, es für dich nicht unglaublich wäre?"

Sie schien seine Frage ernsthaft zu durchdenken, ehe sie antwortete. „Ich erinnere mich, dass ich mich verzweifelt gefühlt habe. Als ob ich verhungerte. So, dass wenn ich ihn nicht in mir spüren könnte, ich explodieren würde. So, als würde ich in der Minute, in der er in mich käme, den Höhepunkt haben. Aber auch, dass ich nicht wollte, dass es aufhörte. Ich meine, ich wusste, dass es aufhören würde. Ich wusste, wir würden dorthin kommen, aber . . .“

„Aber es fühlte sich so gut an, an der Kante zu sein. Denn du konntest alles genießen, ohne Angst zu haben, dass du dort kleben bliebest.“

„Ja“, sagte sie. „Es fühlte sich gut an. Intensiv. Aber das war, weil ich unerfahren war. Ich kann nicht die Zeit zurückdrehen. Niemand kann das.“

„Du hast Unrecht, Dixie. Wir können an den Punkt zurückgehen, wo du nur fühlst und nicht denkst. Dorthin, wo du mit meinem Körper und deinem in Einklang bist. Wenn du so in dem Vergnügen, das wir einander geben, vertieft sein wirst, dass ein Orgasmus eine Selbstverständlichkeit sein wird.“

„Entweder das, oder wir bringen mich an den Punkt zurück, wo ich seitdem war. Wo ich eine ganze Menge Frustration fühlte. Frustration, die du übrigens auch fühlen wirst. Nicht nur körperlich, sondern . . .“

„Sondern was?“

„Du wirst genug davon haben, es zu versuchen, das ist alles, was ich sage, Max. Aber glücklicherweise hast du eine Frist. Eine Woche. Wenn du . . . wenn du findest, du hast schon eher genug davon, dann musst du es mir nur sagen. Bitte sag es mir! Ich würde die Vorstellung hassen, dass du . . .“

Ihre Stimme brach, und sie schaute aus dem Fenster.

„Ich werde nie genug haben, es zu versuchen, Grace. Oh Gott, ich weiß nicht, wie du überhaupt so etwas denken kannst.“

Sie lachte bitter. „Und ich weiß nicht, wie du so etwas mit einem aufrichtigen Gesicht sagen kannst.“

„Ich schätze, ich werde einfach mich selbst dir beweisen müssen. Wie wär’s, wenn wir jetzt gleich damit anfangen?“

„Womit?“

„Dir hat gefallen, was wir vorher getan haben.“

„Ich glaube, das war ziemlich offensichtlich.“

„Gut.“

„Warum gut?"

„Weil wir eine lange Fahrt vor uns haben. Könnten wir daraus vielleicht einen Vorteil ziehen?"

⁓✦⁓

„WORAUF BEZIEHST DU DICH DA bloß? Weil ich nicht gerade scharf darauf bin, in einen Autounfall verwickelt zu werden und eines jener Paare zu sein, die einem Notarzt erklären müssen, wie es dazu kommen konnte, weil bestimmte Dinge nicht dort waren, wo sie sein sollten."

Er lachte, doch alles, was Grace denken konnte, war: *Habe ich uns gerade als Paar bezeichnet? Reiß dich zusammen!*

„Es spielt wirklich keine Rolle, worauf du scharf bist. Ich habe alles unter Kontrolle."

Als sie nicht reagierte, weckte er sie: „Grace?"

Sie streckte ihm die Zunge heraus. „Ja, du bist jetzt gerade der hinter dem Steuerrad."

Er schaute zu ihr rüber und grinste. „Ich wette, es war schwer für dich, das zu sagen."

Der Bereich zwischen ihren Oberschenkeln heizte sich auf, und sie spürte, wie sie feucht wurde. „Du hast keine Ahnung."

„Dir würde es gefallen, wenn ich rüberlangen und dich streicheln würde, nicht wahr?", fragte er.

Großer Gott, das würde es! „Nein."

„Diese Lüge wird dich etwas kosten. Versuch's nochmal!"

„Gut. Es hat mich angeturnt. Mir würde es gefallen, wenn du mich streicheln würdest. Wirst du es also tun?"

„Keine Chance."

Sowohl sexuell als auch von der Unterhaltung frustriert, wandte sie ihre Aufmerksamkeit wieder dem Ausblick auf die Straße zu. „Vergiss deine Theorie von wegen Dinge vorantreiben und hochsteigern! Ich glaube, du bist nur einer, der unheimlich gern Späße macht", sagte sie.

„Willst du wissen, wie ich die intensivsten Orgasmen bekomme?", fragte er.

Sie stieß einen lauten Atemzug aus und begutachtete angestrengt die Landschaft. „Nicht unbedingt."

„Das ignoriere ich und sage es dir trotzdem. Ich halte mich zurück und halte mich zurück, manchmal den ganzen Tag lang . . ."

„Einen ganzen Tag lang bedeutet für dich Zurückhalten?"

Er schoss ihr einen warnenden Blick zu, redete aber weiter. „ . . . bis ich so viel sexuelle Energie in mir habe, dass ich praktisch explodiere, wenn ich dann wirklich komme."

Sie blickte finster drein. „Treffer für dich."

„Schmollst du?"

„Nein. Ich bin jetzt nicht nur sexuell frustriert, ich werde auch noch neidisch."

Darüber musste er laut lachen, und sie merkte, wie sie sich wieder lockerte. Sie liebte es, ihn zu necken und wenn er sie neckte, und es hatte nichts mit Sex zu tun. Dennoch wanderten ihre Gedanken dorthin. Ihr hatte es gefallen, ihn im Tanzstudio zu reizen, an der Stange und ohne sie, und das wollte sie wieder tun. Diesmal jedoch, wollte sie den ganzen Weg gehen. Um ihn zu testen, legte sie ihre Hand auf die Innenseite seines Oberschenkels. Sofort spannten sich seine Muskeln an, und sein Blick traf ihren.

„Du solltest deine Augen wahrscheinlich lieber auf die Straße richten, meinst du nicht, Süßer?"

Sofort starrte er wieder aus der Windschutzscheibe. „Sieht so aus, als hättest du bereits vergessen, wer die Leitung hat."

Noch mehr Neckerei, allerdings mit viel rauerer Stimme gesprochen als zuvor. „Ich habe meine Hände frei, Max. Und ich sehe eine weitere Gelegenheit, die Kontrolle zu übernehmen."

„Das haben wir nicht vereinbart, Grace."

„Das verstehe ich, aber du wirst heute Abend hart arbeiten. Vielleicht sogar die ganze Woche. Willst du dich nicht zuvor ein wenig entspannen?"

„Mit dir zu reden entspannt mich."

„Ich kenne einen Weg, wodurch du dich entspannst, ohne ein Wort zu sagen." Sie öffnete ihren Sicherheitsgurt.

„Das ist nicht sicher", sagte er ziemlich schwach.

„Ich wette, das sagst du zu allen Mädchen, die dir einen blasen wollen, während du fährst." *Nicht!* In Gedanken schnaubte sie.

„Es ist mir ernst." Aber er klang nicht ernst. Er klang in Versuchung geführt, trotz allem. Versucht. Und neugierig, ob sie wirklich das tun würde, worauf sie anspielte.

„Wenn es dir ernst ist, dann fahr' rechts ran und halte das Auto an. Ich verspreche, ich werde den Sicherheitsgurt wieder anlegen und ein braves kleines Mädchen sein."

Sie wartete. Als er einfach weiterfuhr, grinste sie. „Gute Entscheidung, Max."

Sie blickte sich kurz um, sah, dass sie ziemlich einsam auf dem Wüsten-Highway dahinfuhren, nur ein Auto kam hinter ihnen näher und eines auf der rechten Seite. Max war beträchtlich langsamer geworden, und das andere Auto würde sie bald eingeholt haben. Seine Scheiben waren nicht getönt. Wenn sie sich hinunterbeugen würde, würde der Fahrer des anderen Wagens das bemerken? Die Vorstellung davon ließ sie erbeben.

Sie beugte sich zu seinem Schoß, keuchte, als er ihr Haar mit einer Hand packte und ihren Kopf hochzog.

„Welches Spiel spielst du, Grace?"

„Kein Spiel. Ehrlich, ich will das tun. Und du sagtest, ich dürfte, erinnerst du dich?"

Er runzelte die Stirn, erinnerte sich offensichtlich nicht.

„Du sagtest: ‚Du willst meinen Schwanz saugen? Sauge ihn! Aber nur, weil es dich heiß machen wird.' Also, ich bin schon heiß, aber das würde mich noch heißer machen."

Er schluckte schwer und schien mit sich zu ringen, was er als Nächstes sagen sollte. „Bist du sicher, dass du mich nicht nur foltern willst und mich unvollendeter Dinge zurücklassen willst, um mir heimzuzahlen, dass ich versucht habe, dir deinen Babyplan auszureden?"

„Ich glaube, dass es viele Leute gibt, die mir diesen Plan ausreden wollen. Und ich garantiere dir, meine Antwort wird nicht sein, ihnen ein glückliches Ende in einem fahrenden Auto zu verschaffen."

Er lockerte seinen Griff an ihrem Haar und legte seine Hand wieder ans Steuerrad. Sie fasste das als Stichwort für sich auf, weiterzumachen. Er sog zischend den Atem ein, als sie seine Jeans öffnete, wobei sie bemerkte, dass der Wagen plötzlich an Tempo verlor, ehe Max ihn wieder im Griff hatte. Sanft hob sie ihn heraus.

Er war mit einem Wort köstlich.

Oder vielleicht war prächtig das passendere Wort.

Majestätisch?

Großer Gott, welches Wort auch immer, Maxwell Dalton enttäuschte sie in keinster Weise.

Er war fest und lang und glatt, hauchfeine, helle Härchen am unteren Ende und eine pflaumenförmige Spitze. Mit einem leisen Seufzer des Bedürfnisses beugte sie sich vor und gab ihm einen Kuss mit geschlossenem Mund. „Oh Gott, Grace!"

„Bau keinen Unfall!", sagte sie, und er entgegnete: „Wenn du wirklich besorgt bist, musst du stoppen, weil ich auf gar keinen Fall dich stoppen werde."

Sie schüttelte ihren Kopf, erlaubte ihrem Haar dabei, sanft über ihn zu streichen. Fasziniert beobachtete sie, wie er noch härter wurde. Sie streichelte ihn leicht, dann fester, brachte ihn dazu, zu keuchen und sich auf die Lippe zu beißen. Der Anblick seiner starken, weißen Zähne, die sein eigenes Fleisch trafen, stachelte ihren Hunger weiter an. Schnell tauchte sie mit ihrem Kopf nach unten und nahm ihn in ihren Mund. Wieder begann sie leicht, mit sanftem Lecken und federleichten Küssen, ehe sie ihn härter saugte und immer weiter in sich aufnahm.

Damit war sie mehrere Minuten beschäftigt, ehe sie nicht widerstehen konnte, aufzublicken. Sein Blick war auf die Straße gerichtet, aber seine Gesichtsmuskeln waren angespannt, die Adern an seinem Hals traten hervor, sein Atem ging schleppend. Als sie ihren Mund mit ihrer Hand und einer kleinen sinnlichen Drehung kombinierte, ächzte er, als hätte er Schmerzen, warf seinen Kopf zurück und nahm seine rechte Hand vom Lenkrad, um ihren Hinterkopf leicht zu umfassen. Dort ließ er sie ruhen, während sie sich mit ihm beschäftigte. Als sie begann, ihn zu necken, weniger und immer weniger von ihm zu nehmen, bis er beinahe vollständig aus ihrem Mund herausrutschte, spannten sich die Finger in ihrem Haar wieder an, zeigten ihm sowohl sein Vergnügen als auch seine Frustration an. Eine Zeitlang ließ er das so weitergehen, stieß aber schließlich ihr Gesicht weiter vorwärts und zwang sie damit, mehr von ihm aufzunehmen. Sie kämpfte nicht mit ihm, liebte vielmehr seine reuelose Zurschaustellung von Dominanz.

Durch seine grobe Berührung wurde ihr mehr als sein Schwanz in ihrem Mund und seine Reaktionen darauf bewusst. Die Vibrationen des Motors liefen durch ihren Körper, ließen sie erzittern und etwas ersehnen. Und wie sie ihm gesagt hatte, wurde sie so heiß, dass es ein Wunder war, dass sie nicht schon in Flammen stand. Sie begann, ihren Mund schneller zu bewegen, ihn stärker zu saugen, richtete sich dabei nach dem ständigen Stöhnen, das die Luft nun durchzog.

„Oh Grace! Schatz . . . ich glaube, ich komme."

Das hatte sie bereits vermutet durch die Art, wie seine Hüften begannen, sich zu biegen, ihr mehr und mehr von ihm geben wollten, fast mehr als sie schaffen konnte, aber irgendwie fand sie einen Weg, alles zu nehmen, was er ihr zu geben hatte. Zu hören, wie er zugab, dass er nah dran war, zu kommen, war berauschend. Das war ihrer beider kleines, intimes Geheimnis!

Sie murmelte ermutigend, saugte härter, und mit ein paar weiteren Hüftstößen und einem gedämpften Seufzer, zuckte er und ergoss sich mit einem heftigen Aufbäumen in ihren Mund, während er erzitterte. Sie schluckte, genoss seine Essenz wie sie es noch nie mit einem anderen Mann erlebt hatte.

Als er fertig war, legte sie ihre Wange auf seinen Oberschenkel, leckte sich die Lippen und lächelte dann. Irgendwie hatte er es geschafft, weiterzufahren, während sie sich zu überwältigt fühlte, um sich zu bewegen. Nicht weil sie so etwas in einem fahrenden Auto getan hatte–das hatte sie schon vorher getan–sondern wie nahe sie sich ihm fühlte. Wie stolz sie war, dass sie fähig gewesen war, ihm Vergnügen zu bereiten. Wie gänzlich desinteressiert sie daran war, ob er sich vielleicht verpflichtet fühlen könnte, ihr etwas dafür zurückzugeben. Die Wellen der Empfindungen, die durch ihren Körper rasten, waren sich selbst genug und ließen sie vor Behagen schnurren wollen. Es war, als hätte sie diese Tat in Wahrheit nur für ihr eigenes Vergnügen begangen, und wie viele Menschen könnten das mit aufrichtigem Gesicht von sich sagen?

Auch als sie sich wieder in der Lage sah, sich wegzubewegen, wollte sie es nicht. Seine Hand blieb auf ihrem Kopf, seine Handfläche streichelte ihr Haar, und sein Daumen strich in sanften Kreisen über ihre Wange oder zog Spuren über ihr Ohr. Als sich sein Atmen normalisiert hatte und das Auto ruhig dahinfuhr, zwang sie sich, ihn wieder in die Hose zurückzustecken, ließ aber den Reißverschluss offen. Sie richtete sich auf, setzte sich ordentlich in ihren Sitz zurück und legte den Sicherheitsgurt an.

Sie fühlte sich freudetrunken. Sie fühlte sich mächtig. Sie fühlte sich, als würde sie von innen heraus leuchten.

Aber sie konnte ihn nicht anschauen. Sie war sicher, dass, wenn sie es täte, er merken würde, wie schwer es ihr gefallen war, sich von ihm loszureißen.

Er langte zu ihr, nahm ihre Hand und legte sie wieder auf seinen Oberschenkel.

„Grace, schau mich an!"

Sie biss sich auf ihre Lippe, während sie sich wünschte, es wäre seine, und tat, was er sagte.

„Das war fantastisch. Ich danke dir."

„Du brauchst mir nicht zu danken." Sie räusperte sich, bemühte sich, etwas Geistreiches zu sagen. „Also wie hab' ich abgeschnitten?"

Er schaute wachsam. „Abschneiden womit?"

„Mit jenen Orgasmen, von denen du mir erzählt hast, die so intensiv waren, weil du dich zum Abwarten gezwungen hast."

Er grinste. „Kein Vergleich. Das war der beste verdammte Orgasmus, den ich jemals hatte. Bis jetzt." Er hob ihre Hand an seinen Mund und küsste sie. „Die einzige Art und Weise, wie er noch besser werden könnte, ist, wenn ich in dir eingesperrt sein werde und fühle, wie du mit mir zusammen kommst. Und ich schwöre dir, Grace, ich will das. Ich brauche das. Und ich werde verdammt nochmal sicherstellen, dass es für uns beide geschieht."

Anstatt die Augen zu verdrehen, zu schnauben oder mit ihm zu diskutieren, wie sie es normalerweise tun würde, ploppten die Worte „Ich freue mich darauf" aus ihrem Mund.

Und sie meinte es tatsächlich so. Ein Teil von ihr fing wahrlich an, daran zu glauben, dass Max sie soweit bringen würde.

„Und ich freue mich darauf, dass du dich selbst berührst. Genau hier und jetzt!"

⁓♲⁓

„ES SIND KEINE GEGENLEISTUNGEN NÖTIG, Liebling. Ich hab's dir gesagt, das war nur ich, und ich wollte genau das tun, was ich tat."

„Und das weiß ich zu schätzen, Schatz. Aber du hast mir die Kontrolle entzogen. Es wird Zeit, dass ich sie zurückbekomme."

„Es ist nicht garantiert, dass ich auf diese Weise mich selbst kommen lassen kann. Ich konnte es noch niemals zuvor tun, während ein Mann zusieht." Sie fühlte sich dumm, diese Worte zu sagen. Sie vermittelten etwas, das sie lieber abstreiten wollte. Sie vermittelten, dass ihre Unfähigkeit, einen Orgasmus zu haben, offensichtlich nicht so sehr eine Frage der Biologie war, sondern eher Frage fehlenden Vertrauens. Mann oder Frau. Das spielte keine Rolle. Sie könnte auch ein Schild hochgehalten haben mit der Aufschrift: „Kontroll- UND Vertrauensprobleme".

Aber die Art, wie er sie anschaute, machte ihr klar, dass sie ihm nichts sagte, was er nicht schon wusste.

„Da, schon wieder, konzentrierst du dich auf den Orgasmus als Ziel! Ich sagte nicht, ich will, dass du dich selbst zum Kommen bringst. Ich sagte, ich will, dass du dich berührst."

Er war zurück bei seiner halte-dich-vom-ultimativen-Ziel-ab-und-lebe-sattdessen-ein-wenig Theorie. Was bedeutete . . . „Mich einfach nur berühren?" Das klang für sie nach Zeitverschwendung . . . außer, sie erinnerte sich selbst daran, Max säße ja neben ihr und würde sie beobachten.

Als sie sich das vorstellte, begann ihre Haut ziemlich Feuer zu fangen.

„Um dich selbst gut zu fühlen. Und um mir etwas fick Fantastisches zum Betrachten zu geben, während ich fahre."

Da, schon wieder, aber wie immer, wenn es geschah, dass er sein Verlangen nach ihr so kühn ausdrückte, erschreckten sie seine Worte, auch wenn sie ihr gefielen. Automatisch wollte sie die Situation aufheitern. „Du meinst, die Landschaft genügt dir nicht, Süßer?"

Er fand sie nicht witzig. „Zieh' dein Höschen aus!"

Langsam öffnete sie wieder ihren Sicherheitsgurt, hob ihren Rock, langte darunter und zog ihr hellpinkes Höschen aus. Es war irgendwie seltsam, aber sie schaffte es, ohne ihn kurz anzublicken.

„Jetzt schieb' deinen Rock hoch, bis ich dich sehen kann!"

Sie hob etwas die Hüften an, schob ihren Rock hoch und

stoppte, als sie das kalte Leder an der Unterseite ihrer Oberschenkel spürte. „Max . . ."

„Tu es!"

Als sie ihm vollständig nackt ausgeliefert war, langte er hinüber und liebkoste sie genau oberhalb ihres Innerstem, schob dann ihre Oberschenkel noch weiter auseinander.

„Verdammt schön", sagte er, während sie leicht stöhnte.

Er zog seine Hand zurück und schaltete das Radio ein, suchte in den Sendern, bis er ein Lied mit weichem, sexy Rhythmus fand. Er drehte die Lautstärke auf und legte dann wieder beide Hände ans Lenkrad. „Jetzt stell' deinen Sitz zurück und berühr' dich!"

Ohne ihren Blick von ihm abzuwenden, berührte sie als erstes ihre Oberschenkel. Sie wusste, er dachte wahrscheinlich, sie neckte ihn damit, obwohl die Wahrheit war, dass sie immer so anfing. Als sie schließlich mit ihren Fingern über ihre empfindsamste Stelle strich, erbebte sie. Max' Augen schossen zur Windschutzscheibe zurück für einen kurzen Kontrollblick, dann fielen sie wieder auf sie.

Das erinnerte sie daran, dass sie sich in einem fahrenden Auto befanden. Wieder etwas taten, was sie wahrscheinlich nicht tun sollten.

Doch es war ihr egal. Um es sich selbst und ihm zu beweisen, bearbeitete sie ihren Kitzler. Ihr Atem raste. Wieder schaute er durch die Windschutzscheibe. Dann wieder zurück zu ihr. Es wurde ein kleines Spiel. Sie wartete darauf, dass er die Straße kontrollierte, um zu garantieren, dass sie sicher waren. Sie wartete *wirklich* darauf, dass er zu ihr zurückschaute. Sie wollte, dass er länger auf sie schaute, deshalb begann sie, die Dinge zu forcieren. Sie stieß einen Finger in sich hinein. Dann zwei. Sie fügte ihre andere Hand hinzu, damit sie sowohl stoßen als auch reiben konnte.

Großer Gott, das fühlte sich gut an. So gut!

Er schaute weg.

Er schaute zurück.

Schaute weg.

Zurück.

Und es ließ sie nicht kalt, dass je mehr Zeit verging, er umso größere Schwierigkeiten hatte, seinen Blick von ihr loszureißen, um die Straße zu kontrollieren.

Als er beim nächsten Mal wegschaute, schloss sie die Augen, weil sie nicht anders konnte. Sie glaubte beinahe, sie *würde* tatsächlich kommen. Nur irgendetwas stimmte nicht. Sie konnte es nicht ganz erreichen.

„Heb' deinen rechten Fuß und stelle ihn auf den Sitz! Spreize deine Oberschenkel, damit du wirklich dahin kommen kannst!"

Ihre Augen klappten auf, und mit leichtem Schreck merkte sie, dass sie nicht mehr fuhren. Er war an den Straßenrand gefahren. Gelegentlich konnte sie ein Auto vorbeifahren hören.

Sie zögerte und wollte schon ihre Finger wieder von sich wegziehen, aber er lehnte sich zu ihr, ergriff ihre Handgelenke und hielt sie genau dort, wo sie waren.

Sie schaute über seine Schulter. Ein Auto fuhr vorbei. Dann noch eines. Wenn die Fahrer langsamer wurden und vielleicht sogar wenn sie nicht langsamer wurden, würden sie einen Blick auf sie ergattern können.

„Tu was ich sagte, Grace! Jetzt!"

Ihr ganzer Körper zuckte, nicht vor Angst oder Überraschung, sondern vor zum-Schreien-schöner Erregung.

Während er mit seinen Händen immer noch ihre festhielt, tat sie, was er gesagt hatte. Sie hob ihr rechtes Bein und platzierte ihren Fuß auf den Sitz.

Seine Hände drängten die ihren dazu, sich wieder zu bewegen. Zwangen ihre Finger sanft dazu, wieder zu stoßen und zu reiben. Die Musik spielte immer noch, und seine Finger führten sie nicht mehr, sondern hielten sie bloß. Er beugte sich nah zu ihr, starrte ihr einen Moment in die Augen und schaute im nächsten

Moment nach unten. Gab ihr seinen Blick und nahm ihn wieder weg, genauso wie er es getan hatte, als er noch fuhr. Das Spiel war wieder in vollem Gange, und sie wartete und wartete darauf, dass sein Blick zu ihr zurückkam . . . und ging . . . zurückkam . . .

Das Vergnügen hüllte sie in einer sie fast erdrückenden Umarmung ein. Durch das, was sie tat. Durch das, was er tat. Sie und er. Es fühlte sich gut an.

Sie fühlten sich gut an.

Ohne Vorwarnung war sie beinahe da. Ihr Körper begann zu zittern. Sich anzuspannen. Sie erkannte die Anzeichen. Sie würde gleich kommen. Mit Max, der sie beobachtete. Sie würde . . .

Ihr Blick traf seinen, als ihre Finger erstarrten. Ihr Geist rebellierte.

Nein!

Sie durfte nicht kommen! Wenn sie käme, wäre ihre gemeinsame Woche vorbei. Sie würde nicht mehr Zeit mit ihm verbringen können. Sie würde ihn nicht besser kennen lernen können. Und das wollte sie. Sie wollte mehr Zeit mit Max, und es war ihr egal, ob er sie zum Kommen brachte oder nicht.

Er hatte so Recht. Es gab so viel Vergnügen während der Reise, und nicht erst bei der Ankunft.

Sie wollte nicht, dass ihre Reise mit Max schon endete.

Sie versuchte, ihre Hände wegzuziehen, aber er ließ es nicht zu.

„Du bist da, Schatz", sagte er, und seine Hände führten sie wieder, und diesmal strichen auch seine Finger über sie, bis sie einen Schrei zurückhalten musste. „Nimm es!"

„Stopp!", sagte sie. „Bitte hör auf!", würgte sie hervor, und auch sie konnte die Panik in ihrer Stimme hören. Doch nur sie wusste den wahren Grund für ihre Panik.

Er zögerte, und sein Griff lockerte sich etwas, gab ihr die Gelegenheit, sich zurückzuziehen, schnell ihre Beine und ihren Rock an Ort und Stelle hinzurichten und sich Richtung Fenster zusammenzurollen. Sie presste ihre Stirn an die kühle Glasscheibe, so wie sie auch ihre Oberschenkel zusammenpresste.

Sie wollte ihn in sich. Sie sehnte sich so sehr danach. Aber diesmal war es ihr egal. Sie war nicht bereit, ihn gehen zu lassen.

Noch nicht.

Sie hörte, wie er sich bewegte und die Musik abstellte.

„Bist du okay?"

Sie nickte.

„Du warst da, Grace. Warum hast du aufgehört?"

Sie drehte sich nicht um, um ihn anzuschauen, und sie antwortete ihm auch eine lange Zeit nicht. Er drängte sie nicht. Er gab ihr die Zeit, die sie brauchte. Er hatte es ihr vorher gesagt, aber nun *verstand* sie es: als ihr Liebhaber würde er ihr *alles* geben, was sie brauchte, und wenn es Raum wäre.

„Du sagtest, das Vergnügen voranzutreiben und hochzusteigern würde es am Ende besser machen."

„Das ist wahr, aber du warst *da* . . ."

Wegen seiner offensichtlichen Verwirrung zwang sie sich, ihn anzuschauen. Sie versuchte, eine weitere Ausrede zu finden, um sich selbst zu schützen. Irgendwie schaffte sie es, stattdessen eine Riesenportion Zutrauen zu fassen. „Du hast mir etwas versprochen, Max, und ich will es. Keine halben Sachen! Wenn ich das nächste Mal komme, will ich, dass es deshalb ist, weil du mich berührst. Wenn ich das nicht haben kann, dann will ich es nicht."

KAPITEL NEUN

Max' Zauberregel Nr. 10:
Hab' immer einen weiteren Trumpf im Ärmel!

GRACE LIESS MAX BEI DER nächsten Tankstelle anhalten, damit sie sich waschen konnte. Sie nutzte die Gelegenheit, um ein paar tiefe Atemzüge zu holen und sich selbst etwas zu beruhigen, damit seine Mutter nicht sofort wüsste, was sie während der Fahrt getan hatten. Seit ihrem Geständnis, einen Orgasmus nur zu wollen, wenn Max sie berührte, war Max schweigsam geworden. Vielleicht legte er zu viel in ihre Worte hinein. Vielleicht dachte er, sie würde am Ende ihrer gemeinsamen Woche anhänglich werden. Um ihn zu entspannen, erzählte sie von den Anforderungen, die sie an den Vater ihres Kindes stellte, einschließlich eines festen Arbeitsplatzes, der kein Reisen beinhalten würde sowie eine große, verzweigte Familie. Obwohl er dann und wann nickte und reagierte, blieben seine Antworten spärlich.

Schließlich bog er in eine Gegend ab, wo die Häuser große Gärten mit breiten Rasenflächen und vielen Bäumen darin hatten. Da sie aus Kalifornien war, wo die Häuserpreise überteuert waren und Raum nur begrenzt zur Verfügung stand, hatte sie nicht erwartet, dass Rentner an so einem Ort leben würden. Nachdem sie aus dem Auto ausgestiegen waren, rannte ein rehbrauner Cockerspaniel mit langhaarigem Fell an Brust und Beinen auf sie zu, um sie mit einem Ball im Maul zu begrüßen. Er ließ den Ball vor Max' Füße fallen und machte Sitz, wobei er wie verrückt mit dem Schwanz wedelte.

Max lachte, ging in die Hocke und tätschelte den Hund. Es schien ihm nichts auszumachen, dass der Hund sein Gesicht mit nassen, labberigen Küssen bedeckte. „Das ist Houdini. Meine Eltern nahmen ihn zu sich, als sie hier einzogen."

Grace beugte sich hinunter, um den Hund hinter den Ohren zu kraulen, lachte, als er ihre Hand leckte und dann den Ball mit seiner Nase anstupste.

„Werden sie ihn in einen Zwinger sperren, während sie weg sind?"

„Sie beauftragen einen Hundesitter, der ins Haus kommt." Max hob Houdinis Ball auf, wedelte damit vor dem Hund, der aufgeregt bellte und wild herumsprang. Max schleuderte den Ball in Richtung eines weiter entfernten Baumes, und Houdini jagte hinterher. Max wandte sich Grace mit einem Lächeln zu. „Ich hätte ihn gern genommen, aber mit all den Auftritten . . ." Er zuckte mit den Achseln.

Trotz der abschätzigen Handbewegung, ließ sie sich nicht zum Narren halten. Nicht in der Lage zu sein, auf Houdini aufzupassen–nicht in der Lage zu sein, Zeit für den Hund zu haben–war nicht etwas, was für Max okay war.

Als Houdini den Ball zurückbrachte, warf Max ihn nochmal. Er sah so sorglos aus, dass Grace sich automatisch fragte, was er sich sonst alles nicht erlaubte wegen seiner Verpflichtungen durch die Show. Welche anderen bedauerlichen Tatsachen versuchte er noch hinter einem Lächeln und einem Achselzucken zu verstecken?

„Max!", rief eine Frauenstimme.

Seine Eltern kamen auf der langen Auffahrt auf sie zu. Jack war sportlich, großgewachsen und gut aussehend trotz der Tatsache, dass er immer weniger dunkles Haar hatte. Das, welches er noch hatte, schien in zerzausten Büscheln von seinem Kopf abzustehen. Rachel war wunderschön, mit einer Wespentaille und recht glatter Haut, die sie eher wie vierzig als wie sechzig aussehen ließen. Sie hatte das gleiche helle Haar wie ihre Söhne und ebensolche Augen. Grace schenkte ihr ein–wie sie hoffte–nicht allzu nervöses Lächeln.

Nachdem Max sowohl seine Mutter als auch seinen Vater umarmt hatte, drehte er sich zu Grace um und forderte sie auf, sich ihnen anzuschließen. „Mam. Dad. Ihr erinnert euch an Grace. Sie war in der Stadt, um Melina zu besuchen und bot sich dankenswerterweise an, mich auf der Fahrt hierher zu begleiten."

Grace übersah den Blick nicht, den Rachel kurz mit Jack austauschte, ehe beide sie umarmten.

„Natürlich erinnere ich mich an Melinas schöne Freundin, die auch auf der Hochzeitsfeier war", sagte Jack.

„Wunderbar, dich wiederzusehen", sagte Rachel. „Und sehr nett, Max zu begleiten. Wir wissen, dass es eine lange Fahrt ist." Sie wandte sich an Max. „Es tut mir Leid wegen der Umstände, Herzchen. Ich weiß, es war in letzter Minute, und ich bin sehr froh, dass du die lange Fahrt auf dich genommen hast. Ich wollte einfach, dass Melina die Decken für die Babys schon bekommt, ehe wir abfahren, und wegen der ganzen Vorbereitungen für die Reise . . ."

„Ganz zu schweigen von den Vorkehrungen, die wir hier für Houdini treffen mussten", sagte Jack. „Ich sage dir ja, Rachel, wir hätten ihn niemals zu uns nehmen sollen." Im Gegensatz zu seinen Worten tätschelte Jack Houdini jedoch und übernahm es nun, dem Hund den Ball zu werfen.

Rachel klopfte ihrem Ehemann auf die Schulter. „Du bist nur besorgt, dass du deinen treuesten Fan verlierst, während wir weg sind. Ich werde dafür sorgen, dass du ständig angemessen beschäftigt bleibst, damit das nicht geschieht." Sie zwinkerte Max zu.

Anstatt   zusammenzuzucken   angesichts   der   sexuell

aufgeladenen Anspielung seiner Mutter, grinste Max. „Lass bloß die Handschellen diesmal zuhause, bitte! Wir wollen nicht, dass nochmal so ein Unglücksfall mit deinen Händen passiert."

Grace' Augen weiteten sich, und ihre Wangen erhitzten sich. Sie wusste, dass Max und seine Eltern sich einander nahestanden. Sie war ihren Eltern auch nahegestanden, aber sie konnte sich nicht vorstellen, mit ihnen Anzüglichkeiten auszutauschen, egal wie alt sie wäre.

Rachel stieß Max am Arm. „Max, hör auf! Du bringst Grace in Verlegenheit."

Max legte einen Arm um Grace' Rücken und zog sie nah an seine Seite heran. „Grace ist nicht so leicht zu schockieren wie ihr vielleicht glaubt. Außerdem sagte ich schon, wenn du mit Dad vor meinen Augen flirtest, werde ich dir die Schau stehlen müssen. Das liegt in meiner Natur."

Ohne ihre Augen von Max' Arm zu nehmen, der immer noch Grace umschlungen hielt, sagte Rachel: „Ich bin deine Mutter, Maxwell. Mittlerweile kenne ich deine Natur. Und ich weiß auch, dass du einen guten Geschmack hast. Meine beiden Jungs haben guten Geschmack." Ihr Blick löste sich, und sie zwinkerte Grace zu.

„Das stimmt." Max drückte Grace' Schulter, ehe er seinen Arm sinken ließ.

Miteinander gingen sie den gepflasterten Weg zum Haus, das im Stil eines Cottage gebaut war, hinauf. Die hellblauen Fensterläden und die überdachte Veranda, die sich um das Haus herum zog, fügten sich einmalig gut in die Landschaft ein–so harmonisch, und alles war so anders als die grellen Lichter und die hektische Atmosphäre von Las Vegas. Max sah vollkommen zufrieden aus. Einen Moment lang erschütterte es Grace. Ließ sie sich wieder fragen–wer war Max Dalton wirklich?

„Wie geht es Melina?", fragte Rachel, und ihr Gesichtsausdruck wandelte sich von Fröhlichkeit zu Besorgnis.

Grace runzelte die Stirn. „Fühlt sich Melina nicht wohl?" Gab es da etwas, das die anderen ihr nicht sagten? Klar, Melina schien ziemlich erschöpft zu sein nach der langen Einkaufstour, aber . . .

„Sie fühlt sich etwas zerschlagen", räumte Max ein. „Deshalb wollte Rhys den Tag heute mit ihr verbringen. Er sagte, dass einige wichtige Treffen vor der Tür ständen und dass er ihr deshalb etwas extra Zuwendung (TLC = Tender Loving Care) geben wolle."

Rachel blieb gleich vor der Eingangstür stehen und wandte sich an Jack. „Es ist nicht zu spät, um unsere Reise noch abzusagen. Wenn sich Melina nicht gut fühlt, . . ."

Max legte seine Hände seiner Mutter auf die Schultern und drehte sie sanft zu sich, damit sie ihn anschauen konnte. „Mam, Melina geht's gut. Ihr freut euch schon seit einem Jahr auf diese Reise . . ."

„Das war, bevor Melina schwanger . . ."

„ . . . und es gibt keinen Grund, warum ihr nicht fahren könnt. Die Babys kommen frühestens in zwei Monaten auf die Welt. Ihr werdet in zwei Wochen wieder zurück sein. Genießt die Zeit jetzt, denn wie ich Grace vorher schon sagte, ihr werdet nicht mehr reisen wollen, wenn die Babys erst einmal da sind."

Rachel biss sich auf die Lippe. Als sie ihren Ehemann wieder ansah, kam Jack auf sie zu und nahm sie in die Arme. „Wir sind nur ein paar Flugstunden entfernt, wenn sie uns brauchen, Rachel", sagte er.

Sie nickte. Seufzte. „Okay. Es fällt mir schwer, mich nicht zu sorgen. Um meine Jungs. Und um Melina." Sie tätschelte Max' Wange. „Ich werde mich auch um deine Frau sorgen, wenn die Zeit gekommen ist."

„Ich weiß." Er küsste ihre Wange. „Also wo sind jetzt diese Decken, an denen du so lange gearbeitet hast?"

Seine Mutter hakte sich an seinem Arm unter. „Lasst uns reingehen!"

Sie gingen ins Haus, das in Größe und Einrichtung einfach und bescheiden war–etwas rustikal, und an den Wänden hingen viele Fotos von Max und Rhys, als sie Kinder waren und bis sie erwachsen wurden. Für Grace war klar, welcher Zwilling auf den Bildern Max war–immer derjenige, der für die Kamera besondere Gesichter machte. Rachel bat sie in die Küche und schenkte eine Tasse Kaffee ein, die sie Jack hinhielt. Grace musterte einen Moment lang die zahlreichen Zeitungsausschnitte, die mit Magneten am Kühlschrank hafteten. Jeder berichtete etwas von Max oder Rhys oder beiden. Viele zeigten Max mit jungen Frauen, die ihn bewundernd anhimmelten oder an seinem Arm dahinschmolzen.

„Rachel", kreischte eine junge Mädchenstimme, kurz bevor ein wirbelndes Energiebündel durch die Hintertür hereinplatzte.

„Grace, Max", sagte Rachel und lächelte, während sie das ungefähr vier Jahre alte Mädchen in ihren Armen auffing. „Das ist Chloe. Sie ist die Tochter von Donna, unserer Haushälterin, die für die nächsten zwei Wochen auch auf Houdini aufpasst."

Eine junge Frau mit dem gleichen strohblonden Haar und Sommersprossen wie ihre Tochter kam hinter Chloe in die Küche; sie hatte einen kleinen Jungen auf der Hüfte sitzen und ein breites Lächeln auf ihrem Gesicht. Das Baby hatte nicht viele Haare, aber die er hatte, waren dunkel. „Entschuldigung, sie ist etwas außer Kontrolle. Chloe, was sollst du tun, wenn du zu Rachels und Jacks Haus kommst?"

„Anklopfen und auf die Erlaubnis warten, hereinzukommen", antwortete das Mädchen, das Rachels Wangen tätschelte und Rachel voll Bewunderung anstarrte. „Das hab' ich auch getan. Gestern."

Max lachte laut auf und erregte damit Chloes Aufmerksamkeit. Das Mädchen, das immer noch in Rachels Armen war, konzentrierte den Blick nun auf ihn, drückte sich aber näher an Rachel heran, und das große Grinsen verschwand.

„Chloe", sagte Rachel, „erinnerst du dich, wie ich dir erzählt habe, dass ich zwei Jungs habe? Das ist Max."

Das kleine Mädchen schaute erst Max an, dann Grace, dann wieder Max, und schmiegte sich noch näher an Rachel, da es sich offensichtlich unbehaglich fühlte. „Er ist kein Kind. Er ist ein Erwachsener."

„Entschuldigung", sagte Donna wieder. „Sie fühlt sich nicht so wohl mit Fremden."

„Das ist schon okay", sagte Max. „Chloe, du hast Recht. Ich bin definitiv kein Kind mehr. Beide Kinder von Rachel und Jack sind erwachsen. Aber bloß weil wir erwachsen sind, heißt das nicht, dass wir nicht auch Spaß machen können. Tatsächlich . . ." Er machte einen Schritt auf seine Mutter zu und streckte die Hand aus, als wollte er Chloe übers Haar streichen.

Grace hielt den Atem an. Auch wenn sie schon älter war, als ihre Eltern starben, hatten fremde Personen, die sich ihr näherten, sie immer erschreckt. Max sollte es besser wissen und einem Kind nicht so direkt nahe kommen, vor allem wenn dessen Mutter ihn schon darauf hinwies, dass das Kind sich vor Fremden fürchtete.

Aber dann strich er mit seiner Hand seiner Mutter über den Kopf, zwickte ihr ins Ohr und hatte plötzlich einen großen Silberdollar in der Hand, den er Chloe zeigte. „Überprüf' den mal, Chloe! Wusstest du, dass Rachel einen Dollar in ihrem Ohr hatte?"

Chloe starrte den Silberdollar intensiv an, dann kehrte ihr Blick mit einer Mischung aus Ungläubigkeit und Konzentration zu Max' Gesicht zurück. „Sie hatte kein Geld in ihrem Ohr. Du hast das gemacht."

Max schmunzelte. „Ja. Weißt du wie?"

Chloe schüttelte den Kopf.

„Zauberei!"

Bei diesem Wort runzelte das Mädchen die Stirn und kniff die Augenbrauen zusammen. „Sowas wie Zauberei gibt's nicht."

„Bist du dir da sicher? Hier", sagte Max, „steck' mal deine

Finger in deine Ohren! Schau nach, ob dort Geld versteckt ist!"

Sofort steckte Chloe ihre Finger in ihre Ohren und zog sie dann mit einem zufriedenen Ausdruck auf ihrem Gesicht wieder heraus. „Kein Geld."

„Ich wette, du hast Unrecht."

Das Mädchen grinste. „Kein Geld!", schrie sie aufgeregt.

Max streckte seine Hände aus, mit den Handflächen nach oben, zeigte Chloe, dass er nichts in den Händen hielt. Dann schwebten seine Hände über ihre Ohren und holten einen Dollar hervor, in jeder Hand einen. „Und wie nennst du das?", fragte er.

Ein großes Lächeln breitete sich über Chloes Gesicht aus. Sie packte die Silberdollars, wand sich aus Rachels Armen und rannte zu ihrer Mama hinüber. „Max hat gezaubert. Er hat Geld in meinen Ohren gefunden. Darf ich es behalten?"

Donna wollte gerade den Kopf schütteln, aber Rachel sagte schnell: „Natürlich. Max hat es als Geschenk gemeint. Und ein Geschenk von Max ist das Beste, was ein Mädchen bekommen kann, weil er Geschenke nicht einfach irgendjemandem gibt. Nur denen, die etwas Besonderes sind. Und du bist besonders", sagte Rachel, während sie Chloe in die Nase zwickte. Rachel schaute auf Grace und lächelte, als ob sie sowohl zu ihr als auch zu Chloe sprechen würde.

Donna lachte und sagte: „Okay, also was sagst du, wenn jemand dir ein Geschenk gibt?"

„Danke", sagte Chloe süß, ehe sie ihre Arme um Max' Knie legte und sie fest drückte. Grace fühlte, wie sich Wärme in ihrer Brust ausbreitete. Sie war gerührt durch das, was Max getan hatte, aber auch durch die deutliche Zuneigung von Chloe, sowie durch die Botschaft, die Max' Mutter dem kleinen Mädchen mitgegeben hatte. Und auch Grace.

Rachel öffnete eine Schublade, nahm ein gefaltetes Blatt Papier heraus und reichte es Donna. „Hier sind alle Notfallnummern für dich, Donna, einschließlich Hotel und Tierarzt. Vielen

Dank nochmal, dass du auf Houdini aufpasst."

„Jederzeit gern, Rachel", erwiderte Donna und setzte das Baby auf ihre andere Hüfte. Sie wandte sich an ihre Tochter. „Chloe, es ist Zeit, auf Wiedersehen zu Rachel zu sagen."

„Und zu Max", sagte Chloe prompt und umarmte dann Max nochmal, der schmunzelte und ihr Haar zerzauste.

„Ich hoffe, ich sehe dich bald wieder, Chloe", sagte er.

Nachdem Donna es geschafft hatte, ihre Tochter aus dem Haus zu bekommen, schenkte Rachel eine weitere Tasse Kaffee ein. „Würdest du deinem Vater helfen, die Terrassenmöbel aufzuräumen, Max?"

Grace bemerkte einen stummen Blick, der zwischen Max' Eltern hin- und herging, der klar machte, dass Rachel mit Grace allein sein wollte. Anspannung kroch ihre Wirbelsäule herauf, und Grace fühlte, dass sie wieder errötete, und fragte sich, ob Max' Mutter einen Verdacht hatte, was die „Geschenke" betraf, die Max Grace bis jetzt gegeben hatte.

„Kein Problem", entgegnete Max, drehte sich aber zu Grace um und zwinkerte. „Willst du mitkommen? Ich kann dir den Hof zeigen. Meine Mutter ist auch eine großartige Gärtnerin."

Gesegnet sei Max' großes Herz! Er bot ihr einen Ausweg an für den Fall, dass sie nicht mit seiner Mutter allein sein wollte. Schnell blickte sie verstohlen zu Rachel, die mit sich kämpfte, ihr Lachen zurückzuhalten. Grace wollte auch beinahe lachen.

„Geh' und hilf deinem Vater!", sagte Grace schnell, „und vielleicht zeigt mir deine Mutter ja diese Babydecken, die sie gemacht hat."

„Sie sind im Gästezimmer", sagte Rachel.

Während Max mit seinem Vater nach draußen ging, wies Rachel mit einer Geste Grace an, ihr in ein Hinterzimmer zu folgen, wo zwei große Geschenkschachteln auf dem Bett standen. Als Rachel eine gesteppte Babydecke aus einer der Schachteln zog, hielt Grace den Atem an. Sie war wunderschön. Handgearbeitet, mit winzigen Stichen, die Rachel Stunden über Stunden gekostet haben mussten. Die Decke trug die Namen von Rhys und Melina sowie ein riesiges, noch unausgefülltes Herz, das Rachel mit einem Finger nachspurte.

„Da Rhys und Melina noch warten, bis das Geschlecht ihrer Babys bekannt ist, werden die Namen der Babys erst eingesetzt, wenn sie geboren sind", sagte Rachel.

„Du hast das gemacht?", fragte Grace. „Das muss ja Monate gedauert haben."

„Eigentlich Jahre", sagte Rachel.

Grace sah erstaunt auf. „Jahre?"

„Die Liebe einer Großmutter beginnt, wenn sich die Vorstellung eines Babys in den Gedanken ihres Kindes bildet. Nicht wenn das Baby empfangen wird. Oder geboren wird. Rhys liebte Melina seit Jahren, und ich wusste, Melina fühlte genauso. Sie träumten davon, eine Familie zu sein, lang bevor sie tatsächlich schwanger wurden."

Grace unterdrückte ein Schluchzen und kämpfte gegen die aufsteigenden Tränen an.

Rachel hatte Recht. Melina hatte Rhys geliebt, seit sie vierzehn Jahre alt war. Sie hatte nur nie geglaubt, dass Rhys ebensolche Gefühle für sie hatte. Der Tag, an dem sie heirateten, war der glücklichste ihres Lebens–bis zu dem Tag, an dem sie entdeckten, dass sie schwanger war. Nun hatte Melina, die schon recht eng mit ihren eigenen Eltern verknüpft war, gleich doppelt so viel Familie. Einschließlich Max.

Grace hatte Freunde, gute Freundinnen, aber sie hatte keine Familie. Wie würde ihr Leben aussehen, wenn ihre Eltern und deren Eltern noch leben würden? Wenn ihre Großmutter sie bereits geliebt hätte, als sie noch ein Traum im Herzen ihrer Mutter war?

Mit ihrem Daumen verfolgte sie die Spur der Stiche, die das komplizierte Muster der Umrandung des Herzens bildete. „Sieht die andere Decke genau gleich aus?"

„Identisch", sagte Rachel mit einem Lachen. „Wunschdenken vermutlich."

Dieser Kommentar ergab Sinn, angesichts der Tatsache, dass Rhys und Max genau gleich aussahen. Lustigerweise empfand Grace das normalerweise nicht so. Max schien einfach Max zu sein. Nicht ein Zwilling, sondern völlig einzigartig.

„Die Babys werden glücklich sein, in Steppdecken eingewickelt zu werden, die offensichtlich mit so viel Liebe gemacht wurden. Melina und Rhys können sich auch glücklich schätzen. Ich bin sicher, sie werden dankbar sein. Erwarten sie die Decken oder sind sie eine Überraschung?"

„Rhys und Melina wissen davon, aber Max weiß nichts von seiner. Noch nicht."

Grace' Augen weiteten sich. Ihr erster Gedanke war: *Wird die nicht so nutzlos wie ein Aschenbecher auf einem Motorrad sein?* „Du hast für Max eine Decke gemacht?"

Zum ersten Mal runzelte Rachel die Stirn. „Ich habe für meine beiden Jungs Decken gemacht."

„Es tut mir Leid", sagte Grace schnell. „Ich wollte damit nicht sagen . . . ich meine, natürlich hast du auch für Max eine Decke gemacht. Warum solltest du nicht?"

Rachels Gesichtsausdruck glättete sich, und sie lächelte leicht. „Ich bin sicher, Max würde mehrere Gründe anführen können. Und ich kann deine Reaktion verstehen, Grace. Wirklich. Trotz der Tatsache, dass er sich mit beträchtlich vielen Frauen verabredet hat und sich mehr als wild ausgetobt hat, erwarten die meisten Menschen, dass Rhys der großartige Vater werden wird, und ich bin mir sicher, das wird er. Doch Max wird jeden überraschen, wenn er mal soweit ist, Vater zu werden. Er wird ein fantastischer Onkel sein, aber ein noch besserer Vater. Auch wenn er das selbst nicht so recht glauben will."

Grace konnte sich nicht vorstellen, dass sich Max über irgendetwas unsicher sein könnte, ganz zu schweigen darüber, ob er ein guter Vater wäre. Doch sie hatte schon mehrere Male die immer gleich Sache durchblicken lassen. Sie hatte den Ruf, den Max als Playboy innehatte, und seinen Status als Berühmtheit benutzt, um ihn zu beurteilen; auch als sie selbstsüchtig versucht hatte, genau diese für ihr eigenes Vergnügen auszunutzen.

Grace gab die Steppdecke Rachel zurück, die sie aus den Augenwinkeln musterte. Warum? Weil sie wollte, dass Grace ihr half, Max zu überzeugen, dass er einen guten Vater abgeben würde? Oder weil sie wollte, dass Grace Max überzeugen sollte, dass er der Vater *ihres* Kindes sein sollte?

Offensichtlich hatte sie eine ganz falsche Vorstellung von ihnen beiden, genau wie Max vorausgesagt hatte.

„Weißt du, wir sind nur Freunde", sagte Grace schnell.

„Oh, ich weiß, meine Liebe. Und manchmal ist das der beste Weg, um anzufangen. Freunde zuerst, dann Liebende. Bei Jack und mir war es genau anders herum. Wir waren zuerst Liebende, dann Freunde, und es stellte sich heraus, dass es eine fantastische Beziehung wurde, die nun schon vierzig Jahre andauert. Was auch immer du mit Max hast, unterschätze es nicht! Ich werde es sicherlich nicht unterschätzen."

Bevor eine völlig verblüffte Grace überhaupt reagieren konnte, drückte Rachel ihren Arm. „Jetzt lass uns gehen und schauen, was die Kerle gerade machen!"

♾

WENIGER ALS EINE STUNDE SPÄTER waren Max und Grace wieder auf dem Rückweg nach Las Vegas. Je mehr Meilen sie hinter sich brachten, umso intensiver wurde das Summen in Grace' Magen. Sie wand sich in ihrem Sitz, fühlte sich kribbelig und heiß. Max mit seinen Eltern, aber auch mit Houdini und Chloe gesehen zu haben, ließ sie spüren, dass ihr ein seltenes Privileg zuteil geworden war. Genau die Art von „Geschenken", auf die Rachel zuvor angespielt hatte. Grace vermutete, dass sie eine recht persönliche Nahaufnahme des „echten" Max Dalton zu Gesicht bekommen hatte, wie es die meisten Menschen niemals erlebten.

Und was sie gesehen hatte, gefiel ihr wirklich, wirklich gut.

Respektiert.

Erwünscht.

Sie konnte ihre Augen nicht von Max losreißen. Ihr Blick verweilte auf der starken Säule seines Halses. Auf der anmutigen Kompetenz seiner Hände am Steuerrad. Wie sein Haar an seinen Ohrmuscheln herumflatterte, so dass ihre Finger es zurückstreichen wollten, sein Fleisch freilegen wollten, damit sie daran nach Herzenslust knabbern und lecken könnte.

Großer Gott, sie war angeturnt. Noch angeturnter als in dem Moment als sie ihm einen geblasen hatte. Angeturnter als damals, als sie sich selbst berührt hatte und er ihr zugesehen hatte. Mit Max schien es kein Ende der Höhen zu geben, zu denen er ihre Libido klettern lassen konnte.

Sie schaute auf die Uhr am Armaturenbrett. Seine Proben begannen gewöhnlich eine Stunde vor seiner ersten Show, die um acht Uhr anfing. Mit der Zeitmenge, die sie für die Fahrt einrechnen mussten, hatten sie vielleicht maximal eine Stunde Luft.

Überhaupt nicht lang genug, aber doch Zeit, die sie nicht vergeuden wollte.

Das Summen in ihrem Inneren wurde zu einem Klingeln, und ihre Atemzüge wurden flacher. Sie fühlte sich plötzlich leicht verrückt, als ob sie sterben würde, wenn er nicht seinen Mund auf sie legen würde. Überall auf sie.

„Max", sagte sie. „Kannst du rechts ranfahren?"

Er schaute zu ihr rüber und runzelte die Stirn. „Ist alles okay, Dixie?"

„Ich will nur einfach, dass du rechts ranfährst." Sie atmete so schnell, dass sie beinahe hyperventilierte.

Sie merkte, wie der Wagen langsamer wurde, aber nicht an-hielt. „Du siehst erhitzt aus. Wir suchen etwas, wo wir einen Drink nehmen können. Wahrscheinlich gibt es . . .”

„Ich will keinen Drink, Max. Ich will einfach, dass du anhältst.“

„Grace . . .”

„Willst du, dass ich bettle? Denn das werde ich tun, wenn es das ist, was du willst. Ich werde alles tun, was du willst, wenn du mich bloß küsst. Denn ich will dich jetzt wirklich gerade küssen. Ich *brauche* es, dass du mich küsst.“

Sein Körper zuckte zusammen, und seine Knöchel wurden weiß, während er das Steuerrad immer noch fest umklammert hielt. „Ist Küssen alles, was du willst?“, fragte er langsam und mit tieferer und rauerer Stimme als noch Sekunden zuvor.

„Ich will was auch immer du mir geben willst.“

Sein Kinnmuskel zuckte. Das Auto kurvte nach rechts. Max verlangsamte die Geschwindigkeit, brachte es an den Rand der Autobahn und kam in einer Staubwolke zum Stehen. Er schaute sich um, bis sein Blick auf einen Feldweg fiel, der ungefähr zwei-hundert Meter vor ihnen abbog. „Warte!“ Er trat fest ins Gas und ließ den Wagen vorwärtsspringen. Sie bogen in den Feldweg ein und folgten ihm ein paar Minuten, bis Bäume und Sträucher sie verbargen. Max hielt an, stellte auf Parken und schaltete dann den Motor ab. Erst dann drehte er sich um und schaute sie an.

Seine Augen glänzten wild.

Seine Brust hob sich.

Sein Kiefer war angespannt.

Schneller als ein heißes Messer durch Butter schnitt löste sie ihren Sicherheitsgurt und warf sich praktisch auf ihn.

Innerhalb von Sekunden waren sie aus dem Auto draußen, an die Motorhaube gepresst, sein Mund auf ihrem, seine Hände in ihrem Haar vergraben, den Winkel ihres Kopfes justierend, damit er sie tiefer küssen konnte. Sie zerrte sein Hemd aus seiner Hose und schlüpfte sofort mit ihren Händen darunter, stöhnte vor

Erleichterung, während sie die harten Muskeln seiner Brust liebkoste und seine Brustwarzen mit ihren Daumenballen streifte. Er hielt sich nicht damit auf, ihr irgendetwas auszuziehen, schob einfach ihren Rock hoch und riss ihr pinkfarbenes Höschen weg. Sie keuchte, und er hielt inne, hob seinen Kopf, um sie mit gierigen Augen anzustarren.

„Wenn du etwas Romantischeres als das willst, dann sag es mir jetzt!"

Schnell und wild, dachte sie, und sie erinnerte sich daran, was die Brünette bei Lodis Bar ihr gesagt hatte.

„Hast du . . . hast du eine Decke in deinem Auto für solche Sachen?"

Sie hatte genau das Falsche gesagt. Er zerrte ihren Rock herunter, trat zurück und fuhr sich mit seinen Händen durchs Haar. „Verdammt, Grace, dessen ungeachtet, was du von mir denkst, es ist nicht meine Gewohnheit, an den Straßenrand zu fahren und mit Frauen Sex zu haben. Tatsächlich ist das hier mein erstes Mal."

Er hatte einen flotten Dreier gehabt, aber nie . . . ? Sie trat näher und legte ihre Handflächen auf seine Schulter. Hob sich auf die Zehenspitzen, um ihn weich zu küssen. „Also gut, ich fühle mich geehrt, deine Erste zu sein. Nochmal. Fick mich jetzt, Max! Mit deinen Fingern. Mit deiner Zunge. Mit allem, was du hast."

„Du meinst das wirklich? Du wirst alles nehmen, was ich dir zu geben habe?"

„Ja."

„Dann sag mir, wie dein Sicherheitswort heißt, Grace! Ich muss sicher sein, dass du es noch weißt."

„Mango", flüsterte sie.

Schlagartig drehte er sich von ihr weg. Ihr Herz krampfte sich vor Enttäuschung zusammen.

Bis er den Kofferraum öffnete und eine schick aussehende Sonnenschutzplane hervorzog, die die Größe einer kleinen Decke hatte.

Während er sie anlächelte, packte er ihre Hand und führte Grace tiefer zwischen die Bäume, bis er einen Fleck fand, der ihm gefiel. Er legte die Sonnenschutzplane auf den Boden.

Dann nahm er Grace in seine Arme und legte sie sanft darauf.

„Was willst du als Erstes tun, Schatz?"

„Ich dachte, du hättest die Führung?"

„Habe ich. Und ich entscheide, dich zu fragen, was du als Erstes tun willst."

„Naja, in einem solchen Fall, das Erste, das mir einfällt, ist, du küsst mich . . . an mehr als nur einer Stelle."

Es begann mit heimlichen Bewegungen, sanft und langsam, die aber mit fortschreitender Zeit intensiver, länger und härter wurden, bis sie an seiner Kleidung riss und an ihrer eigenen. Bald war nichts mehr zwischen ihnen außer der Sonne und einem Lächeln, er auf seinem Rücken, und sie über ihm positioniert, so dass ihre Münder aufeinander waren.

So nackt da draußen dazuliegen, mit seinen Fingern und seiner Zunge in ihr, mit seinem Schwanz in ihrem Mund, hätte sie sich seltsam fühlen müssen. Befangen. Doch sie fühlte sich einfach nur gut. So gut, dass sie wollte, dass es niemals enden würde.

Aber das würde es.

Bald, wenn das Anspannen ihres Körpers ein Anzeichen war. Sie war nah dran.

Und dann wieder nicht.

Ihr wurde kalt. Sie konnte nicht atmen. Sie zog sich von ihm zurück. „Max, warte! Du musst aufhören."

Aber er hörte nicht auf. Er hielt seinen Kopf zwischen ihren Oberschenkeln vergraben und bearbeitete sie mit seinen Fingern, seiner Zunge und seinen Zähnen.

Die Kälte begann zurückzuweichen. Ihr Kopf fiel zurück. Sie wusste, es gab einen Grund, dass sie diese Kälte brauchte. Einen Grund, sich von diesem Mann fernzuhalten, der die Macht hatte, ihr mehr wehzutun als je ein anderer Mann zuvor.

Sie verdrehte sich, langte nach unten, griff mit ihren Fingern in sein Haar und zog fest daran. „Max! *Hör auf!*"

Er drehte sich herum, so dass er über ihr kniete und sein Gesicht über ihrem war, packte ihre Handgelenke und nagelte sie oberhalb ihres Kopfes mit einer Hand fest. „Ich werde nicht aufhören, Grace, weil du nicht willst, dass ich aufhöre."

„Du musst . . ."

„Du hast Angst. Du ziehst dich in dein Schneckenhaus zurück. Aber ich werde das nicht zulassen. Ich werde dich zum Kommen bringen."

Wild schüttelte sie ihren Kopf, obwohl eine Stimme in ihrem Kopf flüsterte: *Ja, bring mich zum Kommen! Lass nicht zu, dass ich dich stoppe! Gib mir, was ich wirklich will, Max! Gib mir dich!*

Als ob er ihre Gedanken lesen könnte, sagte er: „Ich werde dich zwingen, zu kommen."

Ihre Vagina zog sich bei seinen Worten zusammen, und ein Schwall Flüssigkeit lief ihre Oberschenkel hinunter.

Er sah es. Er fühlte es, als er seine Hand zwischen ihre Oberschenkel schob und anfing, sie zu liebkosen. „Es gibt nichts, was du tun kannst, um mich zu stoppen, Grace. Weißt du warum? Weil es das ist, was du willst, aber auch weil es das ist, was ich will. Was ich für dich will. Und du wirst es mir geben."

Den letzten Satz sagte er in kurzen Staccato-Schlägen, während er seinen Griff um sie am Ende lockerte. Dann ließ er ihre Handgelenke langsam völlig los, forderte sie mit den Augen auf, sie zu bewegen. Sie tat es nicht. Es war, als ob seine Worte und allein die Macht seines Blickes und seiner Nähe sie weiterhin unbeweglich festhielten. Ihr von der Taille abwärts nackter Körper war für ihn offen ausgebreitet, und sie hatte nicht die Energie oder die Willenskraft, das zu bekämpfen, was geschehen würde. Er warf sich auf ihren Körper, hielt aber ständigen Augenkontakt mit ihr.

„Spreize deine Beine weiter!", befahl er, blies dann auf ihren nackten Bauch und ihren Schambereich. Sie zuckte zusammen und wimmerte, tat aber, was er sagte, und bot sich ihm dar.

Er starrte auf ihr Fleisch, bis sie sich auf die Lippe biss, um sich abzuhalten zu schreien. Dann bewegte er sich, vergrub sein Gesicht wieder zwischen ihren Oberschenkeln, und sie schrie wirklich.

Dann tat er genau das, was er geschworen hatte, dass er tun würde.

Er tat alles, was sie brauchte.

Er saugte und knabberte an ihrer Klitoris. Leckte mit langen, starken Strichen seiner Zunge und drang mit tiefen, langsamen Stößen seiner Finger in sie ein. Während er das tat, ächzte er und flüsterte ihr Worte zu, verband seine schöne Stimme mit den Geräuschen von rauem, urtümlichem Sex.

Ihr Geist wurde völlig frei, ihr Körper verwandelte sich in einen Feuerball reinen Gefühls.

Sie vergaß alles außer ihren momentanen Empfindungen und der Tatsache, dass es Max war, der sie dies alles fühlen ließ.

Bevor sie überhaupt merkte, dass es geschehen würde, stieß er sie über die Klippe.

Er brachte sie dazu, ihre Vergangenheit und ihre Unsicherheiten zu vergessen, und die vielen Male, in denen sie sich gesagt hatte, sie sollte Dinge, die normale Menschen nicht wollten oder brauchten, selbst auch nicht wollen oder brauchen. Er brachte sie dazu, alles zu vergessen außer ihn und das Vergnügen, das sich aufbaute und aufbaute und aufbaute, bis sie schließlich in eine Million Teile explodierte.

Später, als sie wieder fähig war zu atmen und sich zu bewegen, entrang sie sich Max' Umarmung. Er ließ sie gehen, beobachtete sie aufmerksam, wie sie sich ihre Kleidung anzog. Als sie fertig war, ging sie zum Auto. Plötzlich waren seine Arme um ihre Taille geschlungen, zogen sie nah heran, so dass ihr Rücken an seine Vorderseite gedrückt wurde. Sein nackter Körper drückte sich in heftiger Begierde an ihren, und sie hielt sich kaum davon ab, vor gepeinigtem Entzücken aufzustöhnen.

„Bist du okay?", fragte er mit sanfter, zögernder Stimme.

Sofort fühlte sie sich wie ein Miststück.

„War ich zu grob? Hab' ich . . . hab' ich etwas getan, das du nicht wolltest?"

Sie verdrehte sich, um ihn über die Schulter anzuschauen. „Du hast nichts Falsches getan. Du hast mir genau das gegeben, was ich wollte, Max, und es war wundervoll. Ich bin nur . . . ich fühle mich nur etwas mitgenommen, das ist alles. Du hast einen ziemlich harten Schlag."

Als sie sich umdrehte, um wieder geradeaus zu starren, seufzte er und legte sein Kinn auf ihren Kopf.

Sie legte ihre Arme über seine, nahm dann eine seiner Hände, führte sie an ihre Lippen und küsste sie.

„Du hattest Recht", sagte sie ruhig. „Auch wenn wir die Dinge nicht gerade in die Länge gezogen haben, war es doch das Warten wert."

„Da kann ich dir nur beipflichten", sagte er. Er küsste Grace hinter ihrem rechten Ohr und hielt sie weiterhin fest. „Dixie . . ."

„Ich schätze, ich kann nach Kalifornien eher zurückfliegen als ich dachte."

Er versteifte sich. Dann drehte er sie in seinen Armen um, damit sie ihn ansah. „Wir sind noch nicht fertig, Grace."

„Was meinst du?"

„Du hattest vor, die Woche zu bleiben. Es gibt keinen Grund, warum du nicht bleiben solltest."

„Aber du hast mich zum Kommen gebracht", sagte sie.

Er strich ihr das Haar aus ihrem Gesicht, berührte dann ihre Lippen mit seinen Fingerspitzen, die immer noch nach ihr rochen und schmeckten. „Ich habe dich mit meinen Fingern und meiner Zunge dazu gebracht, zu kommen. Aber ich habe meine Aufgabe noch nicht erledigt, solange ich dich nicht auf jede erdenkliche

Art und Weise zum Kommen gebracht habe, die es gibt. Das hat sich nicht halb so gut angefühlt wie es sich anfühlen wird, wenn mein Schwanz in dir ist."

KAPITEL ZEHN

Max' Zauberregel Nr. 11:
Perfektioniere die Kunst, glücklich auszusehen,
auch wenn du unglücklich bist!

ZU DEM ZEITPUNKT ALS MAX vor Grace' Hotel anhielt, hatte er weniger als fünfzehn Minuten, um zum Theater zu kommen und sich für die Show vorzubereiten. Das war wahrscheinlich sowieso das Beste. Grace starrte stumm aus dem Seitenfenster, so wie sie es die ganze restliche Fahrt über getan hatte. Zugegeben, sie hatte es getan, während er ihre Hand gehalten hatte–hauptsächlich weil jedes Mal wenn sie versuchte, sie wegzuziehen, er es nicht zuließ–aber obwohl sie diese körperliche Nähe erlaubte, war sie zutiefst erschrocken und kämpfte mit aller Kraft darum, all die Wände wieder aufzurichten, die er teilweise einreißen hatte können.

Teilweise, dachte er, weil er nicht einmal angefangen hatte, Grace' Wände niederzureißen oder alles von ihr zu aufzudecken.

Verdammt, heute Morgen hatte er noch nicht einmal eine Ahnung davon gehabt, dass er sie sehen würde, dennoch hatte sie seitdem für ihn getanzt, an der Stange und auf seinem Schoß, sich in angekleidetem Zustand an seinem Körper gerieben bis er fast gekommen wäre, ihm einen geblasen, sich selbst in seiner Gegenwart berührt und zugelassen, dass es ihr mit dem Mund besorgte, bis sie kam. All das erlebte er mit einer Frau, die nicht

nur noch niemals zuvor mit einem Mann einen Orgasmus gehabt
hatte, sondern auch behauptete, dass Sex nicht das Alleinseligma-
chende wäre–und die entschlossen war, all ihre zukünftige Zeit
und Energie darauf zu richten, lieber ein Kind zu bekommen als
einen Mann zu finden, der sie sexuell, emotional, auf romantische
und jede andere Art und Weise, die zählte, befriedigen könnte.

Also was nun?

Im Gegensatz zu dem, was er ihr gesagt hatte, hatte er keine Ahnung. Außer darüber, dass er mehr Zeit mit ihr verbringen
wollte–um sie auf jede erdenkliche Art und Weise zum Kommen
zu bringen, und vielleicht auch noch auf einige Arten, die noch
nicht erdacht worden waren–war sich Max nicht sicher, welche
Rolle er in Grace' Leben spielen würde.

Aber eines wusste er.

Wenn er etwas zu sagen hätte, würde er verdammt nochmal
eine wichtigere Rolle in ihrem Leben spielen als den Schwager
ihrer besten Freundin.

Er veralberte sich nicht selbst. Das, was sie jetzt hatten–die
Leidenschaft und den Rausch, den er fühlte, sobald er mit ihr
zusammen war–das würde nicht anhalten. Ihre intensive sexuelle Verbindung würde irgendwann erlöschen, so wie es ihm mit
jeder anderen Frau ergangen war, mit der er zusammen gewesen
war. Aber er mochte und respektierte Grace. Wenn die Woche
vorüber war, wollte er nicht dazu zurückkehren, sich wie Fremde
gegenüberzustehen, die sich ein paar Mal im Jahr sahen und dann
höflich Nichtigkeiten austauschten. Er wollte eine Beziehung mit
ihr haben, auch wenn diese Beziehung Freundschaft wäre. Das
hatte mit Melina geklappt, ehe sie Rhys geheiratet hatte. Das
könnte auch mit Grace klappen.

Sie hätte schon längst eine gute Freundin sein können, wenn
er nicht so verdammt entschlossen gewesen wäre, sich von ihr
fernzuhalten. Und als ihr Freund war er mehr als je zuvor entschlossen, sie erkennen zu lassen, dass das Projekt Baby der

Ausweg eines Feiglings war.

Was wäre, wenn er versagte? Wenn er zusehen müsste, wie Grace mit dem Baby von jemand anderem schwanger werden würde, und er wissen würde, dass dieser Mann die nächsten Jahrzehnte mit ihr verbringen und wunderbare Momente mit ihr teilen würde? Daran wollte er nicht denken.

Denn daran zu denken regte ihn absolut auf. Es machte ihn auch traurig. Und er konnte sich nicht erlauben, weder das eine noch das andere zu fühlen.

Vor ungefähr einer halben Stunde, als er vorgeschlagen hatte, nach seiner Vorführung zu ihr ins Hotel zu kommen, hatte sie ihm gesagt, dass sie müde wäre und viel Schlaf bräuchte, um für die Skype-Verabredung mit dem Kandidaten für den Kindesvater vorbereitet zu sein. Sein erster Einfall war gewesen, zu fragen, ob sie verrückt war. *Sogar nachdem ich dir bewiesen habe, dass du mit einem Mann einen Orgasmus haben kannst, machst du dennoch mit deinem blöden Plan weiter?* Sein zweiter Gedanke war, sie zu fragen, warum sie ihm nicht schon eher von dieser Verabredung erzählt hatte, aber er stellte keine dieser beiden Fragen. Wenn er die erste stellen würde, wäre sie angepisst, und das würde sie wahrscheinlich veranlassen, davonzulaufen, etwas, das sie offensichtlich viel zu gerne tun wollte. Was die zweite Frage betraf, so wusste er bereits, warum sie es nicht erwähnt hatte. Entweder hatte sie gar keine Verabredung oder sie hatte eine, die sie nicht erwähnen wollte, hatte aber ihre Meinung geändert und sie doch erwähnt, denn indem sie es tat, würde sie sich die Zeit erkaufen, die ihre Panik brauchte.

Letzteres ergab am meisten Sinn. Da er auch dermaßen stark unter Schock stand, was zwischen ihnen geschehen war, schien es momentan das Richtige zu sein, ihr Freiraum zu geben. Aber nur für heute Nacht. Morgen würde er ihr wieder gegenüberstehen, und das schloss mit ein, vor dieser Skype-Unterhaltung mit ihr zu sprechen.

Grace verdiente etwas Besseres als einen online-bestellten Kindesvater. Sowohl Grace als auch das Kind oder die Kinder, die sie jemals haben würde, verdienten einen Mann in ihrem Leben, der da sein wollte, weil er sie liebte und sie sich wünschte–nicht wegen irgendeines im Voraus arrangierten, kalt geplanten Unsinns. Er sollte das wissen. Er war mit den besten Eltern der Welt gesegnet. Sie waren für ihn das Vorbild für die Art von Beziehung, die Max selbst haben wollte, wenn er jemals die richtige Frau finden würde. Die gleiche Art von Beziehung, die auch Rhys und Melina hatten.

Grace drehte sich um, schaute ihn an und lächelte zögerlich. „Danke für alles, Max. Es hat Spaß gemacht." Sobald die Worte ihren Mund verlassen hatten, verdrehte sie die Augen und lachte. „Nun ja, ich glaube, wir wissen beide, dass es mehr als Spaß war. Morgen werde ich mehr beschäftigt sein als eine Katze auf einem heißen Blechdach, sonst würde ich heute mit dir ins Theater gehen."

„Du hast die Show an dem anderen Abend gesehen."

„Du bist echt so gut, Sü . . . ich meine, Liebling." Sie hob eine Hand und berührte seine Lippen, lächelte, als er sie küsste. „Jedenfalls musst du dich beeilen. Alles Gute für eine großartige Show heute Abend!"

„Ich werde es versuchen", sagte er. „Normalerweise liebe ich es, auf der Bühne zu sein, aber irgendetwas sagt mir, es wird sich mit nichts vergleichen lassen, was ich heute bereits getan habe."

Sie öffnete die Autotür, aber als er sich bewegte, um dasselbe zu tun, legte sie ihre Hand ihn davon abhaltend auf seinen Arm. „Nicht nötig, auszusteigen. Gute Nacht, Max!"

„Gute Nacht", sagte er ruhig. Er sah ihr nach, bis sie im Hotel verschwunden war, ehe er sich zwang, wegzufahren.

Später, zurück in seinem Garderobenraum hinter der Bühne, duschte er sich schnell und zog seinen speziell für die Show angefertigten Smoking an, konnte aber seine Gedanken immer noch nicht von Grace losreißen. Er spielte alles nochmal in seinen Gedanken durch, was sie gesprochen hatten und in und außerhalb seines Wagens getan hatten. Wie scheu und wehmütig sie beim Haus seiner Eltern ausgesehen hatte. Wie sehr sie danach vor Sehnsucht nach ihm buchstäblich geschüttelt wurde. Und wie sie anfänglich gegen ihren Orgasmus angekämpft, sich ihm dann aber doch so machtvoll ergeben hatte.

Sie war explodiert wie das Feuerwerk am vierten Juli (am amerikanischen Unabhängigkeitstag)–strahlend, schön, hochfliegend und Funken über Funken. Er war so verdammt angeturnt gewesen durch die Intensität, in der sie kam, dass er beinahe selbst gekommen wäre. Aber so erstaunlich ihr Höhepunkt auch gewesen war–und obwohl er derjenige gewesen war, der ihn ihr gegeben hatte–so konnte er es dennoch nicht erwarten, ihr einen zu geben, wenn er in ihr war. Klar, Münder, Finger und Spielzeuge konnten jemanden zum Höhepunkt bringen, aber was Grace wollte, was sie brauchte, war, mit einem Schwanz, der tief in ihrem Inneren verwurzelt war, zu kommen. Sie musste auf die Weise kommen, wie sie von der Natur gebaut worden war, zu kommen.

Und er auch.

Er musste nur durch die Vorstellungen heute Abend durch, und dann war sie die Seine.

⁕

LICHT STACH GRACE IN DIE Augenlider und weckte sie. Murrend merkte sie, dass sie vergessen haben musste, die Verdunklungsrollos ihres Hotelzimmers zu schließen. Sie rieb sich die Augen und setzte sich in ihrem Bett auf.

In ihrem leeren Bett, das eigentlich nicht leer zu sein bräuchte.

Max könnte hier bei ihr sein und endlich schlafen, nachdem er in der Nacht alle möglichen wundervollen Dinge mit ihr und für sie getan hätte.

Natürlich hatte er das nicht getan, und das war ganz allein ihre Schuld.

„Ich bin dümmer als ein Maikäfer an einem Faden", murmelte sie, während sie aufs Bett zurückfiel.

Doch nicht wirklich, erinnerte sie die Stimme der Vernunft in ihrem Kopf. Sie hatte Recht, ihnen etwas Freiraum voneinander zu geben. Nach den Geschehnissen des gestrigen Tages brauchte sie den. Sie war verwirrt. Zweifelte daran, was sie hier tat und sogar an dem, was sie danach tun würde, wenn sie gegangen war, einschließlich Projekt Baby.

Hatten Melina, Lucy und Max Recht? War es eine schlechte Idee, gerade jetzt ein Kind zu bekommen?

Nein. Sie brauchte sich nur daran zu erinnern, wie sie sich im Hause der Daltons gestern gefühlt hatte, als sie Max mit seinen Eltern, und Chloe mit Donna beobachtet hatte. Sie wollte auch so eine Beziehung mit einem Kind. Sie wollte eine Familie, und egal wie viel Vergnügen Max ihr diese Woche bereiten würde, das konnte er ihr nicht geben.

Es lag an ihr, es wahr werden zu lassen.

Es klopfte an der Tür. Mit ihren Gedanken schon bei Max geriet ihr Herzschlag sofort ins Stottern, bis sie sich darauf besann, dass sie Frühstück aufs Zimmer bestellt hatte.

Sie holte das Tablett herein, duschte kurz und setzte sich dann im Schneidersitz in die Mitte des Bettes, um zu essen. Neben ihrem Bagel und dem Weichkäse lag eine der örtlichen Zeitungen. Sie strich Streichkäse auf ihren Bagel, schlug dann die Zeitung bei der Gesellschaftsrubrik auf.

Dort fand sie Max, der breit in die Kamera grinste. Es war ein Foto von ihm und Elizabeth in der Nacht vor Lodis Bar. Elizabeth sah fantastisch aus, wilde Augen und verführerischer als die Sünde, ihre Brüste an seinen Arm gepresst, enges, offenherziges Kleid. Beinahe zeigte sich ein Nippel, zwar doch nicht ganz, aber nah dran.

Und da war Grace, eingefangen im Hintergrund, und ihre Enttäuschung und Verwirrung waren deutlich erkennbar.

Grace schluckte den großen Klumpen Bagel, der in ihrer Kehle steckengeblieben war.

Sie sah aus, als wäre ihr Herz gebrochen worden.

Wenn das nicht ein Weckruf war, mit Max auf emotionale Distanz zu gehen, dann wusste sie nicht, was sonst.

Ihr Handy gab einen Piepston. Sie nahm es vom Nachttisch und las den Text von der Vormundschaftsstelle. Der potentielle Vater ihres Babys wollte ihr Skype-Interview vorverlegen–auf jetzt in einer halben Stunde.

Sie blickte sich um. Es würde nicht lange dauern, ihr Hotelzimmer aufzuräumen, aber ihr Haar sah schrecklich aus, und sie brauchte etwas Makeup.

Dreißig Minuten später saß sie, das Haar in einem französisch geflochtenen Zopf zurückgebunden, und mit ihrer besten, hochgeschlossenen, strengen Bluse und einem grauen Rock bekleidet vor ihrem Laptop mit aufgeklapptem Bildschirm und wischte sich nervös die schweißnassen Handflächen auf ihren Oberschenkeln ab. Automatisch stellte sie ihr Handy auf Vibration. Der Bildschirm gab ein Signal, dann erschien das lächelnde Gesicht von Robert Montgomery.

„Du musst Grace sein", sagte er.

Sie musterte ihn: festes, blondes Haar, professionell gestylt, ein hellblaues Hemd, und er schien in irgendeiner Art Büro zu sitzen. Auf den Wänden hinter ihm waren verschiedene, gerahmte Zertifikate oder Diplome. Also ein Geschäftsmann. Wahrscheinlich einer, der bei jedem unbedeutenden Spiel der Schulmannschaft oder jeder Tanzaufführung anwesend wäre. Der mit seinem Sohn Ball spielen würde, wenn er nach der Arbeit nach Hause käme, oder der Fahrer der Fahrgemeinschaft wäre.

Nicht einer, der ständig auftrat. Immer im Licht des

öffentlichen Interesses stand und jede Minute davon genoss.

Bloß dass es nicht mehr so schien, dass Max jede Minute seines Lebens genießen würde. Es hatte den Anschein gehabt, dass er glücklicher war, als er für Houdini den Ball geworfen hatte und mit ihr Zeit verbracht hatte, als sie ihn jemals auf der Bühne erlebt hatte.

Dennoch . . .

Sie sollte *nicht* an Max denken.

In diesem Moment ging es um Robert. Und um das Projekt Kindesvater.

„Hallo, Robert! Es ist schön, deine Bekanntschaft zu machen." Sie sprachen ein paar Minuten lang, tauschten Höflichkeiten aus– Karrieren, wo sie lebten, Lieblingsfilme.

Eine Vibration ihres Handys zeigte eine neue Nachricht an. Da sie an Melina dachte und wie besorgt Rhys wegen ihr war, überprüfte sie verstohlen die Nachricht.

Willst du heut Abend nackt sein? Es war Max.

Sie konnte nicht anders. Sie lächelte, auch wenn sie gleichzeitig ihren Blick zurück auf den Bildschirm zwang, wo Robert gerade ausführlich von seiner Zeit im Ruderteam von Harvard erzählte.

Schnell schrieb sie zurück: *Klar.*

Langweilige Antwort. Schreib mir was Heißeres.

Robert sprach von seiner Kindheit, und Grace kämpfte um Aufmerksamkeit.

„Würdest du zustimmen, dass Beständigkeit wichtig ist?", fragte er.

Ja, dachte sie. Beständigkeit wäre großartig. Gestern Nachmittag hatte sie schließlich einen Orgasmus mit den Fingern und der Zunge eines Mannes in ihr gehabt. Wenn sie und Max heute Abend nackt zusammen sein würden, hoffte sie auf das gleiche Ergebnis–nur wollte sie, dass sein Schwanz auch darin verwickelt sein würde. Während sie auf den Computerbildschirm starrte, sagte Grace: „Wenn du eine gemeinsame Elternschaft mit geteiltem Sorgerecht meinst, dann ja. Ich denke, ein Kind sollte mit beiden Elternteilen gleich viel Zeit verbringen."

Robert runzelte die Stirn. „Ich meinte Beständigkeit wie jede Nacht rechtzeitig ins Bett zu gehen, auch an Wochenenden. Wöchentlich dieselbe ausbalancierte Diät zu essen. Eine genau festgelegte Form der Bestrafung und der Konsequenzen in jedem Zuhause."

Dieselbe Diät jede Woche essen? Sie würde verrückt werden, wenn sie das tun müsste. Wie viel Spaß wäre es, wenn es nicht hin und wieder Pfannkuchen als Abendessen geben könnte? Oder einen Burger zum Frühstück? Und was war das nochmal mit der Bestrafung?

Trägst du wieder ein Spitzenhöschen?

Ihre Wangen röteten sich, und ihr Atmen beschleunigte sich. Sie durchlebte den Augenblick als Max ihr Spitzenhöschen heruntergerissen und es ihr mit dem Mund gemacht hatte noch einmal. Die Tatsache, dass Robert immer noch die Stirn runzelte und sie musterte, als könne er ihre Gedanken lesen, veranlasste sie, in ihrem Sitz herumzurutschen, um den sehnsuchtsvollen Schmerz zu lindern, der sich kontinuierlich zwischen ihren Oberschenkeln aufgebaut hatte.

Sie konnte sich Max nicht vorstellen, ganz zu schweigen den Max, der gestern mit Houdini und Chloe gespielt hatte, wie er davon sprach, immer das Gleiche essen zu wollen oder Möglichkeiten vorauszuplanen, wie sein Kind konsequent diszipliniert werden sollte. Er war zu sehr Spaß. Zu lebenssprühend. Zu spontan für sowas. Sieh nur, was geschehen war, als sie ihn gebeten hatte, rechts ranzufahren und sie zu küssen.

Er hatte gehandelt.

Er hatte wahrgenommen, dass sie mehr als das brauchte.

Und er hatte es ihr gegeben.

Robert sah nicht so aus, als könne er irgendjemandem das

Höschen herunterreißen, egal wie angeturnt er wäre. Doch das war nicht der Job, weswegen er dieses Interview führte.

Sie musste sich auf Robert konzentrieren, nicht auf Max' unanständige Nachrichten.

Trotzdem schrieb sie Max zurück.

Baumwollunterwäsche.

Glaub ich dir nicht.

Sollte er auch nicht, dachte sie mit einem Lächeln. Sie trug immer Spitzenhöschen.

Ich trage langweilige, geschäftsmäßige Kleidung.

Nichts an dir könnte jemals langweilig sein, Dixie. Warum Geschäftskleidung?

Ich skype gerade mit einem potentiellen Kandidaten.

Als er nicht gleich zurückschrieb, sagte sie zu Robert: „Ich nehme an, wir müssen uns noch feinabstimmen darüber, was jeder von uns für wichtig hält. Sicherstellen, dass wir übereinstimmen, wie wir ein Kind erziehen wollen. Es gibt Elternkurse . . .“

„Ich gehe nicht in irgendwelche Elternkurse“, sagte Robert. „Ich werde das Kind so aufziehen, wie meine Eltern mich aufgezogen haben.“

Grace runzelte die Stirn. Sollte sie wissen, was das bedeutete?

Ich dachte, das stand für später auf dem Plan?

Er rief eher an.

Ist er alles was du willst?

Nein, dachte sie.

Bin mir nicht sicher. Er sagte gerade, er würde das Kind so aufziehen, wie seine Eltern ihn aufgezogen haben. Was bedeutet: ständige Diät und Bestrafung. ☹

Er ist ein Arsch. Werde ihn los. Jetzt. Wenn du nicht tust, was ich sage, werde ich dich heute Abend bestrafen.

Sie hatte auch darüber nachgedacht, Robert-den-Arsch loszuwerden, aber in dem Moment als Max Bestrafung erwähnt hatte . . .

Nein. Nein. Hör' auf darüber nachzudenken, wie Max dich festbindet und dir den Hintern versohlt. Und verursacht, dass du dich dabei so verdammt gut fühlst, dass es tatsächlich wehtut. Das war nicht das, was eine normale Frau, die eine Familie plante, wollen würde.

Egal wie fabelhaft es gestern war oder heute Abend wird, sie musste an die Zukunft denken. Du musst Robert nicht lieben, nur sicherstellen, dass er ein guter Vater sein wird. Sie würde keine vorschnellen Urteile fällen!

Sie lächelte Robert süß an. „Ich würde gerne diskutieren, was mir beim Aufziehen eines Kindes wichtig ist."

Zieh dein Höschen aus. Umkreise deine Klitoris mit deinen Fingern und stelle dir vor, es sei meine Zunge!

Ein Schauer durchfuhr sie, gipfelte in ihrem innersten Kern, der sich von heiß zu verbrennend wandelte.

Hör auf, mich mit Sex zuzutexten, du Schwein!

Zieh es aus!

Wirst du mich dann in Ruhe lassen?

Er reagierte nicht, und sie konnte sowohl seine stillschweigende Herausforderung als auch seine Weigerung, irgendetwas zuzustimmen, darin lesen. Es spornte nur ihre Begierde sogar noch weiter an. Aber sie hatte bereits ein Nacktfoto gehabt, das gegen sie verwendet worden war und dazu geführt hatte, dass sie wegen sexuellen Fehlverhaltens am Arbeitsplatz angeklagt worden war. Wollte sie wirklich riskieren, dass ein weiteres Bild da draußen in Umlauf kam?

Grace biss sich auf die Lippe. Es war nicht so, dass sie Max nicht genug vertraute. Sie hatte ihm genug vertraut, um ihm in einem fahrenden Auto einen zu blasen. Ihn darum zu bitten, sie am Straßenrand zu küssen und zu ficken.

Ihr Handy vibrierte wieder.

Ich werde niemals etwas tun, das dir wehtut.

Grace erzitterte, und ihre Knie wurden etwas weich. Ihre

188 VIRNA DE PAUL

Finger schwebten über ihrem Handy, ehe sie zu einem schnellen Schlag ausholte: *Was wäre, wenn ich wollte, dass du mir auf gute Art wehtust?*

Beinahe eine volle Minute verging, ehe er reagierte.

Hat dich das zu schreiben nass werden lassen?

Nicht nass. Nasser. Triefend nass.

„Grace?" Sie hörte eine männliche Stimme, aber weil sie nicht Max gehörte, war Grace momentan verwirrt. Sie musste sich alle Mühe geben, ihre Aufmerksamkeit zurück auf den Computer zu lenken.

„Bist du in Ordnung?"

„Ja, ich habe bloß Schwierigkeiten damit, wie unflexibel du anscheinend bist."

„Nun ja, du bist eine Frau. Frauen folgen der Führung der Männer. Ich meine . . ." Robert lehnte sich seiner Computerkamera entgegen, nah genug, dass sein Gesicht fast den gesamten Bildschirm ausfüllte, wodurch er ihre Aufmerksamkeit wieder zu ihm zurückbrachte und weg von Max' Texten.

„Die Agentur sagte, du wärst aus dem Süden", sagte Robert. „Ich stellte mir vor, du würdest wie eine Südstaatlerin handeln."

Ihr Rückgrat versteifte sich, und sie schlug mit den Handflächen zu beiden Seiten des Computers auf den Tisch. Max hatte sie mit seinen schlüpfrigen Texten angeturnt, aber dieser Mann radierte ihre Erregung mit seiner sexistischen Einstellung komplett aus.

„Wenn du unter ‚handeln wie eine Südstaatlerin' verstehst ‚Männern gegenüber unterwürfig zu sein'", sagte sie, „dann bist du im falschen Jahrhundert."

„Ich widerspreche."

Er konnte allem, was er wollte, widersprechen. Wenn er wahrlich dachte, er würde mit ihr ein Kind bekommen, war er dümmer als die Polizei erlaubte.

Grace schaltete ihn aus und schaute sattdessen auf ihr Handy.

Schnell schrieb sie an Max: *Er denkt, ich solle wie eine unterwürfige Südstaatlerin handeln.*

Warte nicht auf ihn! Zieh dein Höschen aus, während er noch in der Leitung ist, und schicke mir ein Bild deines schönen Körpers!

Roberts Stimme brachte ihre Aufmerksamkeit zum Computerbildschirm zurück. „Deshalb werde ich die Entscheidungen treffen. Stimmen wir darin überein?"

Sie würden übereinstimmen, wenn sie eine komplette Idiotin wäre und ein männliches Chauvinisten-Schwein aus den sechziger Jahren wollen würde, um ihr zu helfen, ihr Kind aufzuziehen. Falls Robert ein Anzeiger dafür war, würde es nicht einfach werden, einen Vater für ihr Kind zu finden.

Grace. Höschen. Muschi. Jetzt.

Normalerweise hasste Grace es, wenn ein Mann dieses Wort verwendete, aber mit Max . . . er hatte die Gabe, zu wissen, wann er unanständige Sprache verwenden konnte und wann er feinfühliger vorgehen musste. Und er hatte die gleichen wunderbaren Instinkte, wenn es darum ging, seinen Körper einzusetzen.

Sie konnte es sich nicht verkneifen. Konnte sich selbst nicht davon abhalten. Sie stieß den Drehstuhl von ihrem Schreibtisch zurück. Während sie ihre Augen auf Robert gerichtet hatte und versuchte, so diskret wie möglich zu sein, schob sie ihren Rock hoch, wand sich aus ihrem schwarzen Spitzenhöschen heraus, spreizte ihre Oberschenkel und–indem sie ihr Handy strategisch klug unter den Schreibtisch hielt–machte ein Bild.

Dann drückte sie auf SENDEN.

KAPITEL ELF

Max' Zauberregel Nr. 12:
Genieße den Applaus, solange er anhält . . .
weil er immer endet!

NACHDEM DIE ZAUBERSHOW DIESES ABENDS geendet hatte und Max seinen Fans Autogramme auf Programmhefte und Eintrittskarten gegeben hatte–höflich hatte er es abgelehnt, verschiedene Körperteile zu signieren, die ihm von mehreren Frauen angeboten wurden–machte er sich geradewegs auf den Weg zu Grace' Hotel. Den ganzen Tag hatte er an sie gedacht–viel zu viel, vor allem nachdem sie ihm dieses wahnsinnig-machende Foto ihres zarten, nassen Fleisches zwischen ihren Beinen geschickt hatte. Niemals zuvor hatte er eine Frau gehabt, die ihn ablenken konnte, während er auf der Bühne war, aber diesmal musste er sich extra stark konzentrieren, um bei der Sache zu bleiben. Das beunruhigte ihn.

Er war mit Grace nur ein paar Tage zusammen gewesen, und gestern Nacht ohne sie ins Bett zu gehen war schmerzvoll gewesen. Er konnte nicht aufhören, daran zu denken, wie sie sich anfühlte und schmeckte. Wie sich ihr Gesichtsausdruck verändert hatte und ihr Körper durch die Intensität ihres Höhepunkts erschüttert worden war. Er wollte, dass all das passieren würde, wenn er in ihr wäre. Schlimmer noch, er konnte keinen Zeitpunkt voraussehen, an dem er nicht noch mehr von ihr wollen würde.

Mehr Zeit. Mehr Sex. Mehr von allem, was auch immer er bekommen könnte. Sie war ein berauschendes Bündel an Widersprüchen, eine Herausforderung, aber auch Spaß, sexy und süß. Das Allerwichtigste aber war: mit ihr zusammen zu sein fühlte sich so natürlich an, als wäre sein übriges Leben eine Art Täuschung, und als ob er nur dann seine Deckung vernachlässigen und er selbst sein konnte, wenn er mit ihr zusammen war. So wie sie miteinander im Auto waren. Oder bei seinen Eltern.

Was zum Teufel sollte das bedeuten?

Er könnte die ganze Nacht darüber nachdenken. Es würde ihn nicht davon abhalten, letztendlich in sie zu kommen.

Im Aufzug schrieb er ihr, um sie wissen zu lassen, dass er auf dem Weg zu ihr war. Dennoch war er überrascht, als sie die Tür aufriss, ehe er klopfen konnte.

Er war noch mehr überrascht, ihre Augen geschwollen und rot zu sehen, als ob sie geweint hätte.

„Heute Abend ist nicht die beste Zeit für uns, um mit dieser Sexsache weiterzumachen, Max", sagte sie mit zitternder Stimme und zu Boden gewandtem Blick.

Anstatt sich vorbeizudrängen und ihr Zimmer zu betreten, legte er eine Hand an den Türrahmen und beugte sich näher. Irgendetwas war los, und es hatte nichts mit ihnen zu tun. Hatte der Typ, mit dem sie geskypt hatte, etwas getan, das sie aufgewühlt hatte? Hatte er gesehen, was Grace getan hatte, und machte er ihr deshalb das Leben schwer?

Max hatte Grace zuvor gesagt, dass sie sich noch nicht kannten–jedenfalls noch nicht gut–aber er kannte sie gut genug, dass er wusste, dass ihr etwas wehtat, schlimm wehtat. Und ob sie das von ihm wusste oder nicht, das war etwas, was er nicht erlauben würde.

Niemand verletzte seine Familie. Oder seine Freunde. Und wie er heute schon eher für sich in seinen Gedanken bereits festgelegt hatte, Grace zählte zu seinen Freunden.

„Lass' mich rein, Dixie!", sagte er ruhig.

Sie schüttelte den Kopf und biss sich auf die Lippe.

„Grace! Bitte mich herein!" Er machte keinen Schritt vorwärts, sondern beugte sich nah genug zu ihr, dass sie seinen Duft einatmen konnte. Als sie nicht zurückwich, beugte er seinen Kopf, berührte ihre Stirn mit seiner und wartete.

Sie stieß ihn nicht weg. Wich nicht zurück. Stattdessen stand sie mehrere Augenblicke da und flüsterte dann: „Komm rein!"

In weniger als zwei Minuten hatte er ihr Zimmer betreten, die Tür verriegelt und eine Flasche alten Zinfandel, kalifornischen Wein, bestellt, sowie Makkaroni mit Käse und danach Schokoladeneis–sein Lieblingsessen, um sich zu trösten. Dann führte er Grace zum Bett. Mit dem Rücken ans Kopfteil gelehnt saß er da und nahm sie in seine Arme. Grace ergab sich seiner Umarmung, vermied es aber, ihn anzuschauen.

„Also", sagte er, „wir können hier die ganze Nacht sitzen und auch dabei einschlafen, während ich dich halte und du still bist, oder du kannst mir sagen, was los ist. Es ist deine Entscheidung. Das ist nicht etwas, worüber ich die Kontrolle übernehme. Das entscheidest du, Schatz. Aber du kannst dir sicher sein–ich bin ein guter Zuhörer."

Grace schniefte und verbarg ihren Kopf an seiner Brust. „Noch etwas, das ich von dir nicht wusste."

Er ließ ein leises Kichern hören. „In den letzten paar Tagen hast du viel von mir erfahren. Worauf beziehst du dich sonst noch?"

„Deine Mama erzählte mir etwas, das ich bereits von dir hätte wissen sollen."

„Und das wäre . . ."

Sie schüttelte den Kopf. „Egal. Ich werde es dir ein andermal sagen."

„Wart' mal eine Sekunde", sagte Max. „Du kannst nicht einfach . . ."

Ein Klopfen kam von der Tür. Sanft löste er sich von ihr und stand auf, warnte sie aber noch vor: „Darauf werden wir noch zurückkommen."

„Ein andermal", sagte sie.

Er öffnete die Tür für den Zimmerservice. Der Hotelange-stellte, der das Essen brachte, nahm mit einem Grinsen Max' Trinkgeld an und lobte: „Klasse Show, Zauberer!"

„Danke", sagte Max.

„Hmm. Das ist sonderbar", sagte Grace, als sie wieder alleine waren.

„Dass ein Mann vom Zimmerservice meine Show gesehen hat?"

„Dass dir ein *Kerl* für deine Show Komplimente macht. Seit ich dich kenne, hatte es den Anschein, als würdest du nur weibliche Fans anlocken. Schöne weibliche Fans."

„Bist du ein Fan, Grace?", fragte er ruhig.

Sie sah erschrocken-überrascht aus und presste ihre Lippen aufeinander. Schließlich sagte sie: „Du bist ein großartiger Zau-berer, Max. Und ein großartiger Liebhaber." Bevor er reagieren konnte, wandte sie sich dem Essen zu. „Ich bin ausgehungert. Und durstig." Er sah ihr zu, wie sie ein Glas Wein hinunterkippte, ehe sie sich aufs Essen stürzte.

„Woher wusstest du das?", fragte sie.

„Was?"

Sie deutete mit der Gabel auf das Tablett. „Was für Essen ich zum Trost mag."

Er zuckte die Achseln. „Ich habe einfach bestellt, was ich wol-len würde, wenn ich wegen etwas aufgebracht wäre."

„Du kannst aufgebracht sein?"

Die Frage nervte ihn absolut, vor allem in Anbetracht ihrer Feststellung, dass er ein großartiger Zauberer und Liebhaber wäre, aber sonst nichts. Offensichtlich dachte sie, er wäre ober-flächlich, hartherzig und emotional unzugänglich.

Aber dann schaute er sie an und sah nur Neckerei auf ihrem Gesicht.

Sie hatte gesagt, dass seine Mutter etwas offenbart hätte, was sie bereits hätte wissen sollen. Da seine Mutter nur Gutes über ihn aufdecken würde, sah ihn Grace vielleicht nicht so, wie der Rest der Welt ihn sah. Vielleicht wollte sie nur nicht zugeben, wie sehr sie ihn mochte, weil sie dadurch emotional verwundbar werden würde. Allerdings hatte er bis jetzt seine Absichten noch nicht erklärt, dass er in ihrem Leben bleiben wollte, wenn das alles hier einmal vorbei wäre.

„Das Essen macht's aus?"

Sie nickte, stellte das Tablett beiseite und räusperte sich dann. Als sie nichts sagte, schnappte er sich den Eisbecher und zwei Löffel, sprang aufs Bett zurück, lehnte sich diesmal am Kopfende neben Grace an, die sich an ihn schmiegte und einen Löffel ergriff. „Du bist also nervös . . . Hat das etwas mit dem Projekt Baby zu tun? Hat dieser Arsch auf Skype etwas gesagt, das dich traurig gemacht oder aufgeregt hat?", fragte er.

„Nein. Ich legte auf, gleich nachdem ich dieses Bild gemacht und dir gesendet habe."

„Dieses Bild war das Highlight meines Tages, weißt du. Aber auch darauf werden wir später zurückkommen. Erzähl' mir, warum du geweint hast!"

„Es ist wegen meines Jobs. Ich weiß nicht, ob es dir bewusst ist, aber ich bin momentan suspendiert."

„Das wusste ich nicht. Kannst du dir deshalb so einfach eine Woche frei nehmen? Weil du suspendiert bist?"

Seufzend grub sie tiefer ins Eis, aß dann ein paar Löffel, ehe sie antwortete: „Es gibt eine Anklage gegen mich wegen sexuellen Fehlverhaltens. Ein Student namens Logan Cooper hat nach einer Fakultätsfeier die Klage eingereicht."

„Wäre er durchgefallen und wollte er dich erpressen?"

Ihre Augen weiteten sich. „Du willst nicht fragen, ob die

Anklagen berechtigt sind?"

Er starrte sie an. „Ernsthaft?"

„Naja, du weißt nicht wirklich viel von mir . . ."

„Ich weiß genug, Grace. Genug um zu wissen, dass du dich niemals unangemessen gegenüber einem deiner Studenten verhalten würdest. Du kannst deinen Körper mit Tattoos, Piercings und Vajazzle schmücken, aber du bist dennoch durch und durch Professorin und handelst als solche."

Ihr Gesicht spiegelte erstauntes Vergnügen wider, ehe sie die Stirn runzelte. „Vajazzle?"

„Du weißt schon . . . Verschönerungen für . . ." Er wedelte mit seiner Hand und brachte sie dadurch zum Kichern. „Was ist? Ich meine es ernst. Es ist so ein Ding."

„Du musst es ja wissen." Ihr Lächeln verblasste. „Du hast Recht. Ich würde nie etwas Unangemessenes mit einem Studenten tun. Jedenfalls nicht absichtlich. Aber was geschah, war meine Schuld."

„Inwiefern?"

„Ich tat etwas, und Logan hat es falsch verstanden. Schneller als eine Messerstecherei in einer Telefonzelle anfangen könnte, ging er zum Dekan, und ich wurde suspendiert. Ich hatte jemanden, einen Zeugen, der sagte, er würde für mich aussagen und erklären, dass Logan die Sache missverstanden hätte. Aber als ich heute Abend während deiner Show meine e-mails checkte . . . nun ja, dieser Zeuge macht jetzt einen Rückzieher."

„Und nun befürchtest du, dass wenn der Zeuge nicht aussagt, du gefeuert werden könntest?"

„Nicht wirklich."

„Jetzt bin ich verwirrt."

„Ich will nicht, dass meine berufliche Reputation Schaden nimmt, glaub' mir, das will ich wirklich nicht, aber ich werde meinen Job sowieso aufgeben, um mich auf meinen Plan zu konzentrieren. Dieser Zeuge . . . Naja, ich schätze, dass ich mich mehr darüber aufrege, warum er nicht aussagen wird, als über die Tatsache, dass er nicht aussagen wird."

Er nahm ihr den Löffel, mit dem sie herumfuchtelte, aus der Hand und stellte den Eisbecher auf den Nachttisch, verschränkte dann seine Finger mit ihren. Während er mit seiner Daumenkuppe ihre Fingerknöchel streichelte, fragte er: „Was hast du getan, das Logan Cooper falsch verstanden hat?"

Grace stieß einen tiefen Seufzer aus. „Wir waren auf einer Party–Oberstufen- und Unterstufenstudenten. Ich war seine Ratgeberin während des Unterstufenprogramms und beriet ihn auch weiterhin, als er in die Graduiertenstufe kam. Ich wusste, dass er ein wenig auf mich abfuhr, aber es schien harmlos zu sein. Naiv, beinahe. Zumindest hatte es zunächst den Anschein. Aber ich hätte es besser wissen sollen. Er beklagte sich sehr über seine Lehrer. Er beklagte sich die ganze Zeit. Ich schwöre, wenn er unter jedem Arm einen Schinken gehabt hätte, würde er weinen, weil er kein Brot hatte. Jedenfalls hatte er mir zuvor schon Avancen gemacht, aber bei dieser Party versuchte er es wieder."

„Und du hast ihn zurückgewiesen."

„Natürlich, ich meine, er war heiß wie ein junger Student eben so ist, aber wie ich schon sagte, es war ein wenig irritierend. Als Mitglied des Universitätspersonals war ich eine Vertrauensperson. Ich würde mit einem Studenten nie die Linie überschreiten, aber auf dieser Party hab' ich diese Linie ausgeblendet."

„Ausgeblendet?"

Sie zog ihre Hand weg, rutschte zur Seite, so dass sie sich nicht mehr berührten. „Es war noch jemand da, jemand, mit dem ich . . . geschlafen hatte. Einer der Professoren, Steven LaBrecht. Was wir hatten war nichts weiter als Sex, aber er war nett und deutete an, er wäre interessiert daran, wieder zusammenzukommen. Dass er mir helfen wollte . . ." Sie wedelte mit der Hand. „ . . . du weißt schon."

„Erzähl' weiter!"

„Ich trug ein Wickelkleid. Und während ich da saß, öffnete sich das Kleid teilweise und zeigte . . . nun ja ziemlich viel. Ich trug einen String-Tanga. Ich hatte nicht die Absicht, dass das passieren sollte, aber sobald es passierte . . ."

„Hat es dich angeturnt, und du fragtest dich, ob die anderen es sehen würden."

Mehrere Sekunden lang schwieg sie. „Ich hab überhaupt nicht an Logan gedacht, aber ich erhaschte Stevens Blick, und er sah mich und, naja, ich ließ meinen Schlitz im Kleid etwas zu lange offen. Logan muss gesehen haben, was geschah. Er machte ein Bild mit seinem Handy und brachte es als Beweis dafür ein, dass ich mit ihm flirten würde."

„Und Steven wäre dein Zeuge gewesen, um zu sagen, dass du mit *ihm* geflirtet hast?"

Grace wand sich. „Ich weiß. Immer noch schäbig, aber besser das Ethikkomitee weiß, dass ich nur ein vulgäres Stück bin als dass ich ein vulgäres Stück bin, das auf einen Studenten losgegangen ist." Grace' Stimme war schroff geworden, und sie sah ihn nicht an, deshalb umfing Max ihr Kinn und brachte sie dazu, ihn anzusehen.

„Nenne dich selbst nie wieder vulgäres Stück oder etwas ähnlich Abwertendes, hörst du mich?"

„Max . . ."

„Sag mir, dass du mich hörst, Grace!"

„Ich höre dich."

„Wolltest du, dass Logan dich sieht, als man deinen Tanga sehen konnte?"

„Nein. Ich wollte nur, dass Steven mich sieht. So wie ich dort saß, dachte ich nicht, dass noch jemand anderer zusehen konnte."

„Wolltest du, dass Logan dich fotografiert?"

Sie schüttelte den Kopf. „Nein, natürlich nicht. Aber auf Logans Foto grölten die Leute hinter mir, und ich hatte einen Martini in der Hand. Das alles wirkte ziemlich vernichtend. Und du kannst nicht übersehen . . . Ich wurde in der Tat angeturnt durch die Möglichkeit, dass mich jemand sehen könnte."

„Jemand. Steven. Nicht ein Student, dessen Avancen du bereits abgelehnt hattest."

„Es war unverantwortlich von mir."

„Vielleicht. Es war auch unverantwortlich von dir, mir einen zu blasen, während ich Auto fuhr, aber ich würde das nicht um alles in der Welt ungeschehen machen. Das ist das Leben, Grace. Manchmal musst du im Augenblick leben, im Hier und Jetzt. Manchmal wird es zurückkommen und dich beißen. Das heißt nicht, dass du etwas Unmoralisches getan hast, oder dass jemand das Recht dazu hat, dir einen Fehler ins Gesicht zu werfen, über dich Lügen zu verbreiten und zu versuchen, dass du gefeuert wirst, nur weil du nicht mit ihm ausgehen wolltest."

„Ergibt irgendwie Sinn."

„Also was? Hat ihm die Uni geglaubt?"

„Er hat sogar behauptet, die Idee, in ein Hinterzimmer zu gehen und etwas herumzumachen, wäre von mir gekommen. Dass ich das vorgeschlagen und ihn dazu provoziert hätte, Sex mit mir zu haben. Ich glaube nicht, dass das Komitee ihm geglaubt hätte, wäre da nicht dieses Foto gewesen. Oder wenn Steven ausgesagt hätte."

„Also warum sagt er nicht aus?"

„Er hat eine neue Freundin. Er will nicht, dass sie erfährt, dass er auf das Ausgefallene, vielleicht sogar Perverse, abfährt, und er befürchtet, dass genau das passieren wird. Es ist sein Recht, aber es . . ."

„Es führt dazu, dass du dich noch mehr dafür schämst, was du gemacht hast. Als gäbe es noch mehr einen Grund dafür, es zu verstecken."

„Ja", flüsterte sie.

„Schau, dass du diesen Mist aus deinem Kopf bekommst! Du bist intelligent, wunderschön, gesund und hast großartige sexuelle Energie. Ich verstehe, warum dieser Typ Steven besorgt ist, sauber zu bleiben, aber das liegt daran, dass die Welt grausam sein kann. Es hat nichts damit zu tun, wer du bist und ob du dich schämen solltest."

Sie ließ ein raues Lachen hören. „Sex soll in der Privatsphäre des eigenen Schlafzimmers passieren, nicht in der Öffentlichkeit. Einen Höhepunkt zu bekommen durch die Möglichkeit, dass dich jemand nackt erwischt, ist falsch. Es war falsch bei dieser Party, und es war auch heute falsch, als ich dir dieses Foto geschickt habe, während ich mit Robert geskypt habe . . ."

„Du hörst dich an wie ein alter Mann im Regenmantel, der unschuldige Zuschauer auf der Straße blitzt. Das bist du nicht, Grace. Du bist eine wunderschöne Frau mit gesundem, sexuellem Antrieb, und du hast keine Angst davor, diesen Antrieb zu erforschen. Zumindest nicht wenn du dir selbst vertraust und dem Mann, mit dem du zusammen bist."

Ein Seufzer blieb in ihrem Hals stecken, und seine Brust schmerzte wegen ihrer Qual.

„Warum kann ich nicht im Bett angeturnt werden, mit Kerzenlicht und einem großartigen Kerl? Warum brauche ich einen Ring in der Klitoris, Poledancing und muss dir im Auto einen blasen, wo uns Leute auf der Straße sehen könnten, wie ich deinen Schwanz in meinem Mund habe? Warum brauche ich sowas Ausgefallenes? Warum kann ich nicht normal sein?"

Da! *Das* war ihr wahres Problem. Sie glaubte nicht, dass sie normal wäre. Weil es ihr so schwer fiel, mit einem Mann einen Orgasmus zu bekommen, und weil es so irre Dinge brauchte, bis sie nah dran kommen konnte. Es ging darum, dass sie ein Kind haben wollte, um nicht alleine zu sein, ja, aber auch, damit sie normal sein konnte. Es ging darum, dass sie nicht merkte, wie verdammt verblüffend sie war. Wie schön ihre Sexualität war. Er zog sie eng an sich heran und ließ sie lautlos schluchzen, bis die weiche Baumwolle seines Hemdes feucht auf seiner Brust klebte.

„Lass' nie jemanden wie Logan Cooper diese Art Macht über dich haben! Du musst stolz darauf sein, wer du bist, und dich dazu bekennen."

Sie nickte, zog sich dann leicht von ihm zurück, um ihn anzuschauen. „Glaubst du das von dir selbst oder nur von anderen?"

„Was?"

„Liebst du es so sehr, ein darstellender Künstler zu sein, dass es das wert ist, einen Hund wie Houdini zu haben aufzugeben?"

Er runzelte die Stirn und ließ sie los. „Ich bin gerne Künstler. Und ich habe Verantwortung gegenüber der Truppe und meiner Familie. Ich habe einen intensiven Lebensstil, bei dem es nicht praktikabel ist, einen Hund zu haben."

„Danach habe ich nicht gefragt. Liebst du deinen Beruf genug, dass er die Opfer wert ist, die du bringst?"

„Über welche anderen Opfer sprichst du?"

„Das sagst du mir."

„Würde ich ja, aber es gibt keine. Das ist das Leben, das ich will. Ich muss mich nur um mich selbst kümmern. Ich mache, was ich will. Mit wem ich will. Wie lange ich will. Wenn ich dann weiterziehen will, ziehe ich weiter. Ich kann es eigentlich nicht viel besser als so treffen."

Sie schloss ihre Augen, als würden seine Worte ihr einen körperlichen Schlag versetzen. „Das klingt nicht nach jemandem, der eines Tages Vater sein will."

„Wenn die Zeit für mich gekommen ist, Vater zu sein, werde ich es wissen. Das ist nicht jetzt, und ich werde die Dinge nicht beschleunigen, nur um zu beweisen, dass ich ein guter Vater sein kann oder eines Tages eine wundervolle Familie haben kann."

„Du denkst also, das ist das, was ich mache?" Sie stand auf, distanzierte sich weiter von ihm. In diesem Augenblick wollte er das auch.

„Du weißt bereits, dass es so ist, Grace."

„Danke dafür, dass du so süß bist, aber ich finde, du solltest jetzt gehen. Wie ich schon sagte, ich bin wirklich nicht in der Stimmung für Sex. Und das stimmt jetzt doppelt."

Vor Enttäuschung biss er die Zähne zusammen. „Ich wollte nicht, dass du dich schlechter als zuvor fühlst."

„Ich bin in deine Angelegenheiten reingeplatzt, obwohl ich kein Recht dazu hatte. Wir waren nicht einmal Freunde. Wir sind nur Fickbrüder, und noch dazu welche mit auslaufendem Verfallsdatum."

Er erstarrte. „Wir sind keine Freunde?"

„Naja . . ."

Er kam auf die Füße. „Ich schätze, da hab' ich anders gedacht." Er ging auf die Tür zu, drehte sich aber zu Grace um, ehe er die Tür öffnete. „Ich betrachte dich als Freund, Grace, und ich hoffte, dass das über diese Woche hinaus andauern würde. Ich habe nicht gelogen, als ich sagte, du wärst verblüffend. Alles an dir ist außergewöhnlich. Wenn du den richtigen Kerl findest, wird auch Liebe im Bett bei Kerzenschein für dich wunderbar genug sein. Du musst nur daran glauben, dass es geschehen wird." Er öffnete die Tür, hielt aber inne, als sie seinen Namen rief.

„Ich finde auch, dass du außergewöhnlich bist. Ich wollte nicht implizieren, dass du das nicht bist."

Sein Mund verzog sich schmerzlich. „Egal wie außergewöhnlich du mich findest, du betrachtest uns nicht einmal als Freunde."

„Ich habe mich versprochen . . ."

Das hatte sie nicht. Sie hatte die Wahrheit gesagt. *Ihre* Wahrheit. „Das ist verständlich. Du bist müde. Und ehrlich gesagt, ich auch. So müde, dass ich glaube, ich könnte Jahre schlafen."

„Bleib', Max! Wir müssen nicht Sex haben. Du sagtest, wir könnten einfach so zusammen schlafen. Lass' uns reden und dann . . ."

Sie sah so aufgeregt aus, dass er nicht anders konnte. Er ging zu ihr zurück und hob ihr Kinn mit der Berührung eines Fingers an. Sanft gab er ihr einen weichen Kuss. „Ist schon okay, Dixie.

Hol' dir einfach etwas Schlaf!"

„Hat Max Dalton der Frau, der er geschworen hat, er würde ihr einen Orgasmus auf jede nur erdenkliche Art und Weise geben, gerade gesagt, dass sie schlafen gehen soll?" Sie versuchte, einen Scherz zu machen, aber durch ihren Gesichtsausdruck war klar, dass sie sich immer noch schlecht fühlte, weil sie gesagt hatte, sie wären keine Freunde."

Die Wahrheit tat weh, nicht wahr?

Grace hatte die Lehre, die ihm Nancy Morrison vor so langer Zeit erteilt hatte, so richtig in ihn reingehämmert. Er wollte ihr Freiraum geben und Trost spenden; sie dachte, es ginge ihm nur um Sex.

„Wie ich schon sagte, ruh' dich aus, Grace! Ich sehe dich morgen."

Er ging. Doch als er gegangen war, lehnte er sich rückwärts an die geschlossene Tür. Es dauerte mehrere Minuten, ehe er fähig war, sich zu bewegen. Und weitere Minuten, ehe er wusste, was er zu tun hatte.

⁓ ✤ ⁓

AM NÄCHSTEN TAG RIEF MELINA an. Nachdem sie Grace versichert hatte, dass es ihr gut ging und dass sie mit Rhys einen wundervollen Tag verbracht hatte, bat sie Grace, zu ihr zu kommen. Da Grace nichts von Max gehört hatte und er auf ihre Anrufe und Nachrichten nicht geantwortet hatte, packte Grace die Gelegenheit beim Schopf. Jetzt saß sie auf Melinas Sofa und faltete bedächtig frisch gewaschene Babyeinteiler. So winzig, so weich . . . allein der Anblick und das Berühren dieser kleinen Kleidungsstücke verursachten, dass sich ihr Inneres sehnsüchtig zusammenzog.

Ihre biologische Uhr tickte.

Und gleichzeitig fühlte sie sich, jedes Mal wenn sie an Max

dachte, entweder erregt oder schuldig. Oder erregt *und* schuldig. Gestern Nacht hatte sie seine Gefühle verletzt, als sie gesagt hatte, sie wären keine Freunde. Aber war ihm nicht klar, dass keine vernünftige, alleinstehende Frau mit ihm nur befreundet sein wollte, wenn sie nicht, so wie Melina, einen Traummann für sich selbst hätte, der genauso aussah wie er?

„Hast du schon etwas von der Universität gehört bezüglich Logans Anklage?", fragte Melina.

Grace zögerte, fühlte sich ausgelaugt durch all das Drama, das dieses Thema letzte Nacht bereits verursacht hatte. „Das Ethikkomitee hat noch keine Verfügung erlassen."

„Und bist du sicher, dass–auch wenn du das Baby mal hast–du doch nicht wieder in deinen Job zurückkehren willst? Vielleicht könntest du eine verlängerte Auszeit nehmen als deinen Job komplett aufzugeben?"

Melinas Worte lösten einen innerlichen Stromschlag in ihr aus. Melina hatte sich auf „das Baby" bezogen, als wäre er oder sie bereits eine ausgemachte Sache, was ihre stillschweigende Art war, Grace mitzuteilen, dass sie sie in ihrem Plan unterstützte. Grace lächelte ihre Freundin an und zwinkerte die stechenden, in ihre Augen steigen wollenden Tränen weg.

Melina bedeckte Grace' Hand mit einer ihrer eigenen. „Du hast Lucy und mich immer unterstützt, egal hinter was wir her jagten. Ich werde das Gleiche für dich tun. Und ich bin schon gespannt, ob unsere Babys vielleicht nur ein oder zwei Jahre auseinander sein werden. Ich wünschte nur . . ."

„Was?"

„Ich wünschte nur, ich wüsste, ob du in deinem Liebesleben auch so glücklich werden wirst wie ich. Aber du hast Recht. Das wird noch kommen. Und wer weiß, vielleicht ist der richtige Mann bereits direkt vor deiner Nase."

Was Melinas feinsinnige Art war, sie nach Informationen über Max auszuquetschen. Nicht dass sie wusste, was Grace und Max getan hatten. Max hatte versprochen, ihre Vereinbarung geheim zu halten, und sie vertraute ihm, dass er das tat. Aber Melina war nicht dumm. Sie wusste, dass Max vor zwei Nächten Grace in diese Bar gefolgt war, und dass Grace sofort danach ihren Aufenthalt verlängert hatte. Melina würde Grace nicht unter Druck setzen, um an Informationen zu gelangen, aber es war vollkommen klar und offensichtlich, dass sie wollte, dass ihre Freundin und ihr Schwager zusammenkommen sollten, und zwar dass sie sich verliebten und nicht nur Sex hatten.

Einen Augenblick lang gab sich Grace der Fantasievorstellung hin, mit Max in einer festen Beziehung zu sein. Mit ihm ein Kind zu haben. Ein Kind, das vom ersten Tag an sie lieben würde. Zumindest das Letztere war möglich.

Vor einem Kind bräuchte sie keine Angst zu haben, dass es von ihr gelangweilt sein könnte und dass es sie verlassen würde, und jeden Tag würde ein Traum wahr werden, nur zu sterben . . .

Innerlich zuckte sie zusammen. Sie wusste, was ihre Gedanken bedeuteten. Dass sie ein Feigling war. Aber die brachten sie auch dazu, praktisch zu sein.

Wenn ihre Eltern nicht so lange gewartet hätten, sie zu bekommen, hätten sie sie in den Tanzaufführungen ihrer Schule sehen können. Mit ihr ihre Schulabschlüsse und die Erlangung des akademischen Grades feiern können. Da sein können, um sie zu halten und weinen zu lassen, wenn sie ihren ersten Liebeskummer hatte.

Aber die Zeit hatte nicht nur ihre Eltern, sondern auch sie um all diese Gelegenheiten gebracht. In all den Jahren hätte sie lieben und geliebt werden können.

Sie wollte nicht den gleichen Fehler wie ihre Eltern machen– abzuwarten, ein Kind zu haben, bis durch das Alter alles aufs Spiel gesetzt wurde. Jetzt war die Zeit. Die Zeit, um ihre eigene Familie aufzubauen, egal welche Form sie annehmen würde.

Sie betrachtete Melinas runden Bauch, strich dann über den

Stapel Babykleidung neben ihr. Robert Wie-war-doch-gleich-wieder-sein-Name war ein Reinfall gewesen, aber die Agentur hatte noch andere Kandidaten parat. Hoffentlich würden nicht alle interessierten Männer so scheinheilig sein.

Durch ein plötzliches Keuchen von Melina schnellte Grace' Kopf herum. Ihre Freundin stand in der Mitte des Wohnzimmers, hatte eine Hand fest auf ihren Bauch gepresst und hielt sich mit der anderen an der Rückenlehne eines Stuhles fest. Ihre Augen waren geschlossen, ihr Gesicht schmerzverzerrt.

Grace' Herzschlag stockte. Sie stand auf und raste zu Melina. „Oh, Gott! Hast du Wehen?"

„Das kann nicht sein", sagte Melina, die Augen immer noch geschlossen. „Ich bin erst in zwei Monaten soweit. Das werden wahrscheinlich Scheinwehen sein."

„Hier komm, ich helfe dir zum Sofa!" Grace hakte Melina am Ellbogen unter und führte sie dorthin, wo sie gerade gesessen war.

Knapp zehn Minuten später keuchte Melina wieder, und dieses Mal wurde ihr Gesicht weiß. Ihrem Keuchen folgte ein kehliges Knurren.

Als sie sich beruhigt hatte, rief Grace im Krankenhaus an und erklärte, was los war. Die Krankenschwester wies sie an, herzukommen, falls die Kontraktionen anhielten.

„Ich bin sicher, dass es mir gut geht. Meine Fruchtblase ist noch nicht geplatzt", sagte Melina. Eine weitere Kontraktion beutelte sie. Dann noch eine. Ihr entfuhr ein lautes Ächzen, und ihre Augen verdrehten sich.

„Ich bringe dich ins Krankenhaus. Jetzt." Grace holte ihre Handtasche und nahm ihr Handy heraus.

„Vorwehen! Ich weiß jetzt, was das ist. Aber vielleicht ist es jetzt auch an der Zeit, Rhys anzurufen." Melina war blass geworden, ihr Gesichtsausdruck voller Angst.

Endlich! Grace hatte Rhys schon vor zwanzig Minuten

anrufen wollen, aber Melina hatte das abgelehnt. Mit zitternden Händen suchte sie Rhys' Handynummer und wählte. Nach viermaligem Läuten hörte sie die Sprachbox antworten. Sie hinterließ eine kurze Nachricht, dass sie seine Frau ins Krankenhaus brachte wegen wahrscheinlicher vorzeitiger Wehen.

Dreißig Minuten später ging Grace neben Melina nervös auf und ab; sie lag in einem Krankenhausbett und wurde per Ultraschall untersucht. Sie hatten immer noch nichts von Rhys gehört. Die Überwachung zeigte, dass es den Babys gut ging, aber der Arzt hatte noch nicht sagen können, ob es sich um Scheinwehen oder vorzeitige Geburtskontraktionen handelte.

„Weißt du wirklich nicht, wo sich dein Ehemann gerade aufhält?", fragte Grace und versuchte, die Anspannung aus ihrer Stimme herauszuhalten. Es hatte keinen Sinn, eine bereits leicht verschreckte Melina noch mehr zu verschrecken. Sie setzte sich neben ihre Freundin und streichelte deren Arm auf–wie sie hoffte–beruhigende Weise.

„Er hatte einen Termin, das ist alles, was ich weiß."

Wieder keuchte Melina vor Schmerz. Grace' Blick fiel auf den Monitor–eine weitere Kontraktion.

Vielleicht würde Max wissen, wo sein Bruder war.

Sie zog ihr Handy hervor und fand seine Nummer. Die unanständigen Texte von gestern waren noch da, doch sie beachtete sie nicht weiter. Max antwortete auch nicht, aber sie hinterließ eine genaue Nachricht, ließ ihn wissen, dass Melina im Krankenhaus war und dass sie seinen Bruder nicht erreichen konnte.

Augenblicke später kam Melinas Ärztin und erklärte, dass sie Medikamente einsetzen würde, um die Kontraktionen zu stoppen. Sie sollten sich nicht beunruhigen. Melina und den Babys ginge es gut, sie wären nicht in Gefahr.

Erst beinahe eine Stunde später läutete ihr Handy. Schnell warf sie einen Blick auf die Anrufliste: Es war Max.

Als sie den Anruf entgegennahm, wartete er nicht darauf, dass sie sprach. „Ist Rhys da?"

„Wir konnten ihn nicht erreichen."

„Ich habe keine Ahnung, wo er ist. Wie geht's Melina?" Seine Stimme war angespannt und heiser. Rau, voller Emotion.

„Es geht ihr gut. Die Ärztin gab ihr Medikamente, um die Kontraktionen zu stoppen."

„Und den Babys?"

Grace stieß einen erleichterten Atemzug aus. „Den Babys geht's auch gut. Die Herzschlagfrequenz ist normal, und auf dem Ultraschall sieht alles normal aus. Sie schliefen während der ganzen Aufregung. Wo bist du?"

„Ich war bei einem Treffen mit unserem Vermieter. Jeremy fragte mich die ganze Zeit über Elizabeth und die Fotos in der Zeitung aus. Er war dazu geneigt, unseren Mietvertrag zu verlängern . . ."

„Dann geh' gleich zurück!"

„Scheiß drauf! Ich werde da sein so schnell ich kann!"

Seine Heftigkeit überraschte sie. „Das ist nicht nötig."

„Vergiss was nötig ist! Du konzentrierst dich auf Melina, und ich werde weiter versuchen, meinen Bruder zu erreichen, während ich zu euch unterwegs bin."

Sie schaute auf die Uhr an der Wand. Noch früher Nachmittag. Er sagte, er hätte Jeremy beinahe überzeugt, den Mietvertrag zu verlängern, und sie wusste, wie wichtig das für jeden, der mit der Show zu tun hatte, war.

„Max, wir kommen gut alleine zurecht. Du musst nicht kommen. Setze nicht deine Karriere aufs Spiel für etwas, wovon wir noch nicht mal wissen, ob es ernst ist oder nicht!"

„Dixie, das Letzte, um was es für mich gerade jetzt verdammt nochmal geht, ist meine Karriere. Ich werde sicherlich nicht derjenige sein, der nicht da ist (MIA = Missing In Action), wenn Melina gerade mit meinen zukünftigen Nichten oder Neffen schwanger im Krankenhaus ist. Ich bin in fünfzehn Minuten da."

Max beendete den Anruf, Grace starrte betroffen auf ihr Handy. Dass Max sofort ins Krankenhaus rasen würde, war nicht das, was sie sich vorgestellt hatte. Sie hätte gedacht, er würde ein paar Anrufe machen, ein paar Nachrichten senden, aber nicht vom Verhandlungstisch weggehen.

Wieder zeigte es, wie wenig sie von ihm wusste und wie sehr sie ihn unterschätzt hatte.

Sie wandte sich an Melina. „Max weiß auch nicht, wo Rhys ist, aber er wird ihn finden. Und Max wird bald hier sein."

KAPITEL ZWÖLF

Max' Zauberregel Nr. 13:
Wenn du Lampenfieber bekommst, halte
Augenkontakt mit einer Person im Publikum!

MAX SCHLUG HEFTIG AUF DEN Knopf des Krankenhausaufzugs, seine Gedanken waren hin- und hergerissen zwischen Sorge um Melina und Ärger über Grace. Da Grace ihm versichert hatte, dass es Melina gut gehen würde, gewann der Ärger die Oberhand. Er würde alles für seine Familie tun. Warum erkannte Grace das nicht? Wie konnte sie auch nur eine Sekunde daran zweifeln, dass er nicht sofort alles stehen und liegen lassen würde, sobald er gehört hatte, dass Melina im Krankenhaus war?

Die Tatsache, dass sie so etwas überhaupt denken *konnte*, ließ ihn umso entschlossener werden, die *Sache* mit ihr zu beenden. Er hatte ihr gegeben, was sie wollte, also warum sollte er riskieren, dass er sich selbst noch mehr dem Beweis aussetzte, was für eine schlechte Meinung sie von ihm hatte.

Schnell fand er Melinas Zimmer. Als er sie sah, verlangsamte sich sein Herzschlag. Sie war blass, ihr Arm lag kraftlos über ihrem Bauch, doch sie und Grace lächelten. Sie lächelte noch mehr, als sie ihn sah, und streckte ihm die Arme entgegen.

Grace lächelte auch, aber ihr Lächeln verblasste, als Max es nicht erwiderte. Sie stand auf, gab den Platz auf dem Bett neben Melina auf.

210   VIRNA DE PAUL

Max umarmte Melina, zog sich zurück und küsste dann ihre Stirn.

„Gott sei Dank bist du okay." Sanft legte er seine Handfläche auf die Wölbung von Melinas Bauch trotz Krankenhausnachthemd und Bettlaken. „Hey, ihr Babys!"

Melina bedeckte seine Hand mit ihren. „Max, du hättest nicht zu kommen brauchen. Die Ärztin hat mir schon etwas gegeben, um die Kontraktionen zu stoppen."

„Du bist jetzt meine Schwester", sagte Max mit einem Stirnrunzeln, sich klar bewusst wie rau seine Stimme geworden war. „Auch wenn du das nicht wärst, so bist du mein Freund. *Du* weißt, dass ich hier sein würde."

Grace sog den Atem ein. Als er aufsah, war ihr Gesichtsausdruck verhärtet. Verletzt.

Max seufzte und schüttelte leicht entschuldigend den Kopf. Falls sie diese Nachricht nicht verstehen würde, fügte er hinzu: „Hallo Grace. Danke, dass du dich um Melina gekümmert hast."

„Nicht nötig, mir zu danken", sagte sie. „Sie ist meine beste Freundin."

Melina warf Grace kurz ein weiteres Lächeln zu, ehe sie sich wieder Max zuwandte. „Grace sagte, du warst mitten in einem Gespräch mit Jeremy. Es wäre schrecklich für mich, wenn du wegen mir das Theater verlieren würdest."

„Das wird nicht passieren. Rhys . . ."

„Er rief vor ein paar Minuten an und ist schon auf dem Weg hierher", sagte Melina.

„Wo war . . . ?"

„Melina!"

Die Stimme seines Bruders ertönte hinter ihm.

Max wirbelte herum, sah Rhys zur Tür hereinrasen, mit blassem, besorgtem Gesicht und wild funkelnden Augen. „Marienkäferchen", flüsterte er, mit seinem Blick völlig auf seine Frau fixiert.

„Ich bin okay, Liebling. Und die Babys auch."

Nun war es an Max, aufzustehen und für Rhys auf dem Bett Platz zu machen.

Wie Max legte auch Rhys seine Hand auf Melinas gewölbten Bauch und liebkoste ihn sanft. Nachdem er sich vorgebeugt und ihr einen weichen Kuss auf die Lippen gedrückt hatte, sah er sich im Zimmer um und bemerkte die Monitore und die Infusion in Melinas Arm. „Am Telefon sagtest du, dass die Ärztin dir Medikamente gegen die Kontraktionen gegeben hätte. Hast du also keine Schmerzen mehr?"

„Absolut keine."

Max fühlte, wie sich seine Atmung normalisierte, und er bemerkte, dass sich Rhys' Schultern entspannten. Dennoch, die Tatsache, dass er seinen Bruder während eines medizinischen Notfalls nicht erreichen hatte können, regte ihn auf. „Wo zur Hölle warst du, Rhys? Warum warst du nicht bei Melina?"

Sein Bruder runzelte die Stirn. „Ich war auf der Suche nach einem neuen Theater für unsere Show, damit wir uns nicht länger mit Jeremys Scheißbedingungen herumschlagen müssen."

„Du suchst dir gerade *diese Zeit* aus, um einen neuen Veranstaltungsort zu finden? Gestern sagtest du noch, dass sich Melina nicht wohl fühlte."

„Max . . .", sagte Melina.

„Deine Frau hatte wahrscheinlich vorzeitige Wehen, du Sturkopf!"

„Denkst du, ich wäre losgegangen, wenn ich gedacht hätte, dass so etwas in der Art . . ."

„Rhys, das wollte Max sicher nicht sagen", sagte Grace ruhig. Sie stellte sich neben Max. „Er weiß, wie sehr du Melina liebst." Obwohl sie nicht Max' Hand nahm, stand sie nah genug bei ihm, dass er sie an seine Seite gedrückt spüren konnte. Sie unterstützte ihn gerade, bemerkte er. „Er war nur nervös und beunruhigt, weil er dich nicht erreichen konnte. Das waren wir alle."

Rhys holte tief Luft und wandte sich seiner Frau zu. „Schatz, ich dachte, ich wäre nur einen Anruf entfernt. Ich war nicht weit weg–nur ungefähr zwei Meilen, im Pixie Dust Hotel. Der Manager hatte mich heute früh am Morgen angerufen, um mir mitzuteilen, dass ihr Hauptdarsteller auf Europatour geht und wir den Veranstaltungsort haben könnten, wenn wir uns über die Bedingungen einigen könnten. Ich war dort, um mir die Bühne und den Bereich hinter den Kulissen anzuschauen." Er fluchte unhörbar, beugte seinen Kopf, um Melinas Lippen, dann ihren Bauch zu küssen. „Ich bemerkte nicht, dass es in dem Theater kein Netz gab. Ich hätte das überprüfen sollen, um sicherzugehen. Es tut mir so sehr Leid."

Melina lachte, und es klang leicht und hell. Sie streichelte ihrem Ehemann über die Wange. „Jetzt bist du ja hier. Das ist alles, was zählt. Außerdem war ja Grace da. Sie wusste genau, was zu tun war. Ich war in besten Händen."

Max zögerte nicht. Er nahm Grace' Hand.

Er hoffte, die Geste würde all das vermitteln, was er ausdrücken wollte, einschließlich dass es ihm Leid tat. Dass er sie bewunderte, weil sie so eine liebe und loyale Freundin für Melina war. Dass er fand, dass sie eine unglaubliche Frau war und eine erstaunliche Mutter abgeben würde–er wollte nur, dass sie warten solle, bis die Zeit und der Mann dafür richtig wären.

Sie schaute ihn unsicher an, lächelte dann und lehnte sich näher an ihn. Erleichterung ließ ihn beinahe schwindlig werden.

Als er aufsah, starrten sowohl Rhys als auch Melina auf ihre verschränkten Hände.

Da Max sich an sein Versprechen erinnerte, ihre Vereinbarung geheim zu halten, ließ er Melina los und trat mehrere Schritte von ihr zurück.

„Das Pixie Dust Theater ist fantastisch", sagte Melina. „Was ist passiert?"

„Leider wird es trotz allem nicht als Veranstaltungsort in Frage kommen–es gibt unter der Bühne zu wenig Platz für einige unserer Tricks. Im Moment hat uns Jeremy immer noch am Haken." Er schaute Max an. „Ich wollte wirklich, dass das mit dem neuen Theater was wird", sagte er ruhig. „Du solltest nicht dauernd die Medien bei Laune halten müssen, nur um unseren Mietvertrag aufrechtzuerhalten. Das nervt!"

Überraschung überlagerte jede Antwort, die Max hätte geben können. Er hatte immer gedacht, dass Rhys und seine Eltern glaubten, es wäre leicht für ihn, den charmanten Playboy zu spielen. Doch dass Rhys nun auf eigene Faust losgezogen war, um zu versuchen, einen neuen Veranstaltungsort zu finden, sprach Bände.

„Und wie lief das Treffen mit Jeremy heute?", fragte Rhys.

Max schüttelte den Kopf. „Lass uns später darüber sprechen." Rhys war es scheißegal, dass Max Jeremy in der Luft hängen gelassen hatte, um hierherzurasen, auch wenn das bedeuten sollte, dass sie ihren Mietvertrag verlieren würden, doch das Letzte was er wollte, war, seinem Bruder noch mehr Sorgen aufzulasten. Max wollte, dass Rhys' Konzentration darauf gerichtet war, wohin sie gehörte–auf Melina und ihre Babys, nicht auf ihn oder die Show.

Grace sagte etwas zu Melina, und er sah sie wieder an.

Den ganzen Tag hatte er schon überlegt, was er ihr sagen wollte. Wie er ihr erklären würde, dass es vorbei war. Der Gedanke daran, das zu tun, war ihm vorher schon schwierig erschienen. Jetzt erschien er ihm beinahe unmöglich.

Eine Welle von Emotionen durchflutete ihn, als er sie ansah. Gewissheit. Anziehungskraft. Respekt. *Sehnsucht.*

Das war eine Komplikation, die ihm gar nicht gefiel. Er hatte angefangen, sich viel zu sehr darüber Sorgen zu machen, was Grace wohl von ihm dachte, und er war nicht scharf darauf, eine Enttäuschung zu sein. In ihren Augen würde er niemals ein Mann sein, der es wert genug war, um mit ihm ein Leben aufzubauen.

Geschäftiges Treiben an der Tür zeigte eine Ärztin im weißen Arztkittel mit einem Stethoskop um den Hals und einer Krankenakte in der Hand, die gerade Melinas Zimmer betrat.

Nachdem sie sich vorgestellt hatte und Melinas Erlaubnis bekommen hatte, vor Max und Grace zu sprechen, blätterte sie durch die Patientenakte.

„Sie hatten eindeutig vorzeitige Wehen, Frau Dalton", sagte Dr. Ellis.

„Was bedeutet?", fragte Rhys.

„Melinas Körper denkt, er wäre bereits jetzt bereit, die Babys zu gebären. Nun bekommt sie Medikamente dagegen, aber ich würde empfehlen, sie soll die nächsten Tage noch im Krankenhaus bleiben, bis wir sie stabilisiert haben."

NACHDEM DIE ÄRZTIN GEGANGEN WAR, atmete Grace tief ein, und der Geruch von Reinigungsmitteln machte ihr bewusst, wo sie war, als ob die piepsenden Monitore nicht Beweis genug wären. Gott sei Dank war sie da gewesen, um zu helfen, Melina ins Krankenhaus zu bringen. Und Gott sei Dank war Rhys aufgetaucht. Obwohl Melina gut klar gekommen war und auch vorher versucht hatte, tapfer zu sein, hatte es den Anschein, dass sie sich erst deutlich entspannen konnte, als ihr Ehemann auf der Schwelle gestanden war.

Es hatte Grace nicht kalt gelassen, dass sie ihre eigene Angst und Besorgnis verborgen hatte, sich aber unermesslich viel wohler gefühlt hatte, als Max ins Zimmer gestürmt war, wenn auch mit wütender Miene und geballten Fäusten, und wie er sie sogar am Anfang nicht beachtet hatte.

Jetzt sprachen Max und Rhys ruhig miteinander und trafen Vorkehrungen für Melinas Aufenthalt im Krankenhaus. Während sie sie beobachtete, fiel ihr ihre Unterhaltung mit Max wieder ein, ob sie gerne zwei Männer hätte, die ihr Vergnügen bereiten würden. Sie zweifelte, dass sie dies jemals wirklich tun würde, aber die Vorstellung davon war heiß wie die Hölle. Das Einzige, das heißer wäre als sich vorzustellen, wie sie von zwei Männern genommen wurde, war, sich vorzustellen, wie sie von Max und seinem identischen Zwillingsbruder genommen wurde.

Es gäbe zwei Paar grüne Augen, in die sie schauen könnte. Zwei Paar starke Hände. Zwei muskulöse Oberkörper zu liebkosen und Münder zu küssen. Zwei . . .

Max blickte auf und warf ihr ein bedeutsames Augenzwinkern zu. Errötend sah Grace weg.

Entsetzen über sich selbst durchströmte sie. Was stimmte bloß mit ihr nicht? Melina war im Krankenhaus, und hier war sie und fantasierte über den Ehemann ihrer Freundin, wie er zusammen mit Max es ihr richtig gut besorgte.

Sie war eine grässliche, wirklich grässliche Person!

Jetzt, da die Schwangerschaft ihrer Freundin auf dem Spiel stand, schien ihr Streben nach einem Orgasmus, auch wenn es zum Teil erfolgreich war, umso lächerlicher.

Mehr als je zuvor hatte die Angst, die sie alle ausgestanden hatten, wieder einmal bewiesen, dass das, was am wichtigsten war, die Familie war. Es hatte ihr auch noch einmal in Erinnerung gerufen, dass sie Max Unrecht getan hatte, indem sie bezweifelte, dass er mehr als ein guter Liebhaber sein könnte.

Immer wieder hatte sie sich eingeredet, dass er der Mann wäre, den die Medien der Welt präsentierten–der Mann, den er den Medien präsentierte.

Ein Playboy.

Ein Bad Boy.

Verdammt, er bezeichnete sich ja sogar selbst so.

Doch diese Spitznamen waren nicht zutreffend. Nein, Max hatte sich vielleicht mit zahlreichen Frauen verabredet und hatte vielleicht die Aufmerksamkeit der Medien benutzt, um seinen

eigenen Ruf aufzublasen, aber tief im Inneren kam seine Familie
an erster Stelle. Er sorgte sich sehr–um seine Mutter, seinen Vater, seinen Bruder und jetzt um seine Schwägerin und seine bald-
auf-die-Welt-kommenden Nichten und Neffen.

Sie beobachtete, wie Max Melina eine Haarsträhne hinters
Ohr strich. Melina hatte Recht. Nach der Art zu urteilen, wie Max
seine Eltern, Rhys und Melina, und ja, auch Grace behandelte,
würde er eines Tages einen wunderbaren Ehemann und Vater
abgeben.

Es war bloß enttäuschend, dass das nicht mit ihr sein konnte.

Das bedeutete, dass sie aufhören musste, ihre Zeit zu ver-
schwenden. Sie musste ihren Plan weiter verfolgen. Wenn die
Zeit reif wäre, würde sie es Max sagen. Ihn wissen lassen, dass er
aus dem Schneider war.

„Was können wir tun, Grace und ich?", fragte Max Rhys.

Grace schreckte auf. Dass Max sie in seine Frage mit einschloss
überraschte sie. Er hatte sich auf sie mit „wir" bezogen, verstärkte damit noch den Eindruck, den Rhys und Melina gewonnen haben mussten, als er ihre Hand genommen und gehalten hatte.

Sie waren kein „wir". Auch kein „uns". Und doch, als sie ihn
anschaute, bemerkte sie, dass er sie anstarrte, als hätte er das
Wort „wir" absichtlich benutzt.

Sie räusperte sich. „Ja . . . Was soll getan werden? Ich freue
mich, wenn ich helfen kann."

Rhys fuhr sich mit einer Hand durchs Haar. „Mir fällt nichts
ein."

Melina stieß ihn mit einem Ellbogen in die Rippen. „Wie . . . hallo? Kinderzimmer. Kinderbettchen. Katastrophenzone?"

Rhys blitzte ihr ein Grinsen zu, drehte sich dann zu Max.
„Ich hab' gestern mit dem Projekt angefangen, bin aber durch
meine wunderschöne Frau davon abgelenkt worden. Die Teile
sind noch überall auf dem Fußboden des Kinderzimmers verstreut. Meinst du, du und Grace, ihr könntet die Kinderbettchen

zusammenbauen?"

Max schaute Grace an. „Weißt du, wie man jene seltsamen Akkuschrauber und sowas verwendet?"

Sie konnte nicht anders–sie kicherte. „Ich denke schon, so unter uns, wir können austüfteln, wie man ein paar Kinderbettchen zusammenbaut. Schließlich hat ja keiner von uns beiden eine wunderschöne Frau, die uns ablenkt."

Etwas Geheimnisvolles blitzte in Max' Augen auf, war aber gleich wieder verschwunden. „Wir werden es tun", sagte er zu Rhys. „Braucht ihr sonst noch was?"

„Wir brauchen noch Bettzeug für die Babys", sagte Melina. „Ich habe einen Haufen Kleidung und Windeln, aber außer den Steppdecken keine Bettlaken und Zudecken."

„Darum werden wir uns kümmern, wenn wir mit den Bettchen fertig sind." Max beugte sich zu Melina, um ihr einen leichten Kuss auf die Wange zu geben. „Und später werden wir nochmal vorbeischauen, um zu sehen, wie es dir geht."

Ein weiterer Gebrauch des Wortes „wir", registrierte Grace. Ein seltsamer Stich fuhr ihr in den Magen und hoch in ihre Brust. In vergangenen Beziehungen hatte der Gebrauch des Wortes „wir" einen Wendepunkt markiert–den Moment, wenn eine Beziehung sich von einer Verabredung zu einer festen Verbindung vertiefte. War sich Max überhaupt bewusst, was er da sagte oder wie es ausgelegt werden könnte?

Sie gab sich selbst ein innerliches Kopfschütteln. Sie las einfach viel zu viel in den lockeren Gebrauch eines Pronomens hinein. Sie hatte vielleicht letztendlich zugegeben, dass Max Dalton deutlich mehr Tiefe hatte als sie ihm ursprünglich zugestanden hatte, aber das änderte gar nichts. Er hatte ihr angeboten, ihr auf vielfältige Art und Weise Orgasmen zu geben. Er schien sie zu mögen und ihre Gesellschaft zu genießen. Aber über die Jahre hatte er immer schon die Gesellschaft von vielen, vielen Frauen gemocht und genossen, und das würde immer so bleiben.

KAPITEL DREIZEHN

Max' Zauberregel Nr. 14:
Im besten wie im schlimmsten Fall, das
Publikum kann sich jederzeit an dich wenden!

D AS HAUS WAR RUHIG–ZU RUHIG, dachte Grace, als sie und Max Melinas und Rhys' Zuhause betraten. Das Ticken der Uhr in der Küche war das einzige Geräusch. Unheimlich, in Anbetracht dessen, dass nur Stunden zuvor ihr und Melinas Lachen das kleine Haus erfüllt hatten.

„Wahrscheinlich werde ich deine Hilfe brauchen", sagte Max, der auf Grace aufprallte, weil sie auf der Schwelle zum Kinderzimmer plötzlich stehen geblieben war.

Das Zimmer war eine Katastrophe. Zerknitterte Bauanleitungen waren über den Fußboden verstreut, ebenso wie Holzleisten, Bretter, Schrauben und Muttern. Sie stieß ein Brett mit ihrem Fuß an. „Kein Problem, Ich freue mich, wenn ich helfen kann. Sieht so aus, als hätte uns Rhys einen ziemlichen Saustall hinterlassen", sagte sie. „Und ich stelle mir vor, dass es ziemlich schwierig wäre, ein Kinderbettchen mit nur einer Person zusammenzubauen."

Max stieß ein bellendes Lachen aus. „Ja, vor allem wenn diese eine Person ich bin."

Sie sah ihn an und war überrascht, in seinem Gesicht Zeichen der Anspannung zu sehen und nicht Anzeichen von guter Laune, so wie sie eigentlich vermutet hatte. „Was meinst du?"

Max zuckte die Achseln. „Rhys ist derjenige, der sich die Stützen und Streben ausdenkt, die wir für die Show brauchen. Wenn einmal etwas gebaut ist, bin ich großartig mit meinen Händen, aber . . ." Er zuckte wieder die Achseln. „Gut, dass ich einfach nur gut aussehen muss, sonst würden wir bloß mit Karten und Tüchern herumhantieren, hätten nicht all das knifflige Zeug, das Rhys konstruiert und erschafft."

„Max", sagte sie ruhig. „Du bist nicht nur ein sexy und gut aussehender Kerl. Du bist ganz genauso talentiert wie Rhys. Es ist mir peinlich, wenn ich jemals etwas anderes angedeutet haben sollte . . ."

Er versteifte sich, und seine Augen weiteten sich, ehe sein Gesichtsausdruck leer wurde. „Danke. Also wie fangen wir jetzt an?" Er konzentrierte sich auf die Teile des Kinderbettchens und hob wahllos eine Latte auf.

Er ist unsicher und ängstlich, merkte sie. Genauso unsicher und ängstlich wie ich es bin. Wie ist das möglich?

„Max . . ." Sie hielt inne, als er den Kopf schüttelte.

„Grace", sagte er. „Ich glaube, trotz allem was du neulich gesagt hast, weißt du, dass wir Freunde sind. Also angenommen wir sind Freunde, dann lass uns jetzt einfach auf die Kinderbettchen konzentrieren, okay?"

Sie wollte nein schreien. Sie wollte darauf bestehen, dass sie über *ihn* und über *sie* sprachen und wie sehr sie ihn mochte und wie–falls sie dachte, dass es wirklich möglich wäre–sie mehr als sein Freund sein wollte. Viel, viel mehr. Stattdessen hob sie die Bauanleitung für die Kinderbettchen auf. „Hier, nimm das und schau, was du herausfinden kannst. Ich werde mich um die Hardware kümmern."

„Die Hardware?"

„Muttern. Bolzen. All diese Akkuschrauber-Teile, die du erwähnt hast."

„Hab's verstanden. Ich hol' das Holz und du schraubst."

Sie lachte.

Fünf Minuten später sah Grace zu, wie Max die Längen der Hölzer und die Überfülle von Metallteilchen musterte, die sie umsichtig vor ihm angeordnet hatte, wobei sie ihm erklärt hatte, wo sie hinkamen und wie er einen Akkuschrauber benutzen musste. Er hielt zwei identische Schrauben hoch. „Verdammt nochmal! Hab' ich das nicht schon gemacht?"

„Probleme, Süßer?", fragte Grace gedehnt, freute sich insgeheim, wie nicht ganz auf der Höhe Max zu sein schien und wie gewillt er war, sie das sehen zu lassen. Sie hatte den Verdacht, das wäre so nicht der Fall mit einfach Irgendjemandem.

Er gab vor, entrüstet auszusehen. „Natürlich nicht!"

Ohne gebeten zu werden, kam Grace herüber und begann, ihm zu helfen, das Kinderbettchen zusammenzusetzen. Er hatte zugegeben, wie schlecht er war im Zusammenbauen von Dingen. Anscheinend war das keine Übertreibung gewesen!

Nachdem sie ein paar Minuten schweigend gearbeitet hatten, räusperte sich Max. „Wir haben eigentlich nie wirklich über die Skype-Unterhaltung gesprochen, die du heute hattest. Bist du immer noch entschlossen, das Projekt Baby durchzuziehen?"

Ihre Wirbelsäule versteifte sich vor Anspannung. Sie war sich nicht mehr so sicher, aber das brauchte er ja nicht zu wissen. „Ich will das wirklich nicht mit dir diskutieren, Max."

„Ich will das auch nicht diskutieren. Ich bin wirklich interessiert. Vielleicht . . . vielleicht kann ich sogar helfen."

„Helfen?" Ihre Hände erstarrten, dann bewegte sie sie wieder, legte den ganzen Kleinkram, der Max so endlos verwirrte, sorgfältig bereit.

Er zuckte die Achseln. „Klar. Ich meine . . . Ich kenne Typen . . ."

„Du kennst Typen . . ." Was meinte er?

Er räusperte sich nochmal; offensichtlich fühlte er sich unbehaglich mit dem Verlauf, den diese Unterhaltung nahm, war aber anscheinend gewillt, sie durchzuhalten. „Ich meine Männer, die eventuell eine Familie gründen wollen. Männer, die vielleicht etwas mehr dein Stil sind."

„Du willst mich verkuppeln?"

Sie machte einen Witz, aber als Max eine Latte auf den Boden fallen ließ und seine Stirn sich furchte, hatte sie Bedenken, dass er sie ernst genommen haben könnte.

„Bist du immer noch entschlossen, jemanden zu finden, mit dem du dir die Elternschaft teilen willst, oder hat sich das komplett geändert?"

„Geändert, wie?" Jetzt war sie wirklich verwirrt. Was wollte Max wissen?

„Ich meine, hast du dir die Sache nochmal überlegt, dass du auf mehr warten willst? Liebe, Romantik. Zusätzlich zu . . ." Er wedelte mit der Hand, aber diesmal lächelte sie nicht einmal über ihren gemeinsamen geheimen Scherz. Als sie ihn nur anstarrte, stieß er scharf den Atem aus. „Egal. Lass uns einfach diese verdammten Kinderbettchen zusammenbauen–und zwar zuverlässig, möchte ich noch hinzufügen–und dann zum Baby-Ausstattungsgeschäft fahren. Müssen wir nicht noch Bettzeug kaufen? Oder sind es bunte Wimpel? Das ist doch auch etwas für so ein Baby, oder? Ein Ding für Babys?"

„Ja", sagte sie langsam. „Ein Wimpel ist ein Ding für Babys, zumindest ist es so etwas in einem Kinderlied." Sie zögerte, fragte sich, ob Max die Fragen möglicherweise aus Eigeninteresse stellte, ob er Liebe, Romantik und Leidenschaft wohl mit *ihr* finden wollte. Aber mit dieser Art zu denken handelte man sich nur Liebeskummer ein!

„Ich werde die Agentur kontaktieren", sagte sie, „und erklären, dass Robert ziemlich weit von dem entfernt war, was ich mir als Vater für mein Kind wünsche. Aber ich gebe zu, das Gespräch mit ihm hat mich veranlasst, die Sache, ein Kind mit einem Fremden zu haben, nochmal zu überdenken." Wie praktisch war ihr dieser Plan am Anfang vorgekommen. Und doch fühlte sie sich jetzt, wenn sie Melina und Rhys so sah, und ihr bewusst wurde, was für ein Mann Max hinter der Maske, die er der Öffentlichkeit präsentierte, wirklich war, verwirrt und unsicher. Wie würde es sein, von einem Mann schwanger zu werden, den sie liebte? Wie würde es sein, wenn der Vater ihrer Kinder an ihr Bett geflitzt käme, sobald die Wehen einsetzten, um ihren Bauch zu küssen und ihr das Haar aus dem Gesicht zu streichen? Wie wundervoll würde es sein, wenn dieser Mann Max wäre?

„Grace?"

Sie erkannte, dass sie in einen Tagtraum verfallen war, während sie aus dem Fenster auf den sich verdunkelnden Himmel gestarrt hatte. Als sie Max einen schnellen Blick zuwarf, bemerkte sie, wie intensiv er sie anstarrte–als ob er irgendwie in ihren Verstand eingedrungen wäre und ihre Gedanken gehört hätte. Aber wenn er das getan hätte, hätte er sich sicher kaputt gelacht.

„Vielleicht hattet ihr alle Recht. Ich habe jahrelang nach dem richtigen Mann gesucht, der mir einen Orgasmus geben könnte. Wie konnte ich nur allen Ernstes meinen, es könnte einfach sein, einen intelligenten, gebildeten, Karriere-orientierten Mann finden, der ein Kind will, nicht aber das ganze Wirrwarr einer Beziehung mit der Mutter des Kindes, das über die Elternschaft hinausgeht?" Sie schüttelte den Kopf. „Manchmal glaube ich, ich denke wirklich wie ein Esel, einfach nicht ganz richtig im Kopf."

Sein Gesichtsausdruck wurde grimmig. „Hey, hör auf! Du bist kein Esel. Du willst einfach nur glücklich und erfüllt sein, und du bist gewillt, das mit aller Kraft zu erreichen und Risiken in Kauf zu nehmen. Das ist bewundernswert." Sein Ausdruck änderte sich. „Nicht viele Leute tun das."

„Du schon."

Wieder einmal wurde sein Gesichtsausdruck nichtssagend, und zum ersten Mal merkte sie, wie viel Praxis er darin hatte. Im Schauspielern im Allgemeinen. Er war gut darin, seine Gefühle einzuschalten und auszuschalten und zu verstecken.

Wie viel von Max war Schauspielerei und wie viel von sich selbst versteckte er, ohne überhaupt zu wissen, dass er es tat?

Sie rückte näher an ihn heran. „Max. Bist du unglücklich in Las Vegas?"

„Ich mag Las Vegas. Ich mag es, nah bei Rhys und Melina zu sein und zu wissen, dass ihre Kinder etwas Stabilität *und* Abenteuer in ihrem Leben haben werden."

„Aber?"

„Aber manchmal will ich mehr. Will das nicht jeder?"

„Klar, aber mehr wovon? Geld? Frauen? Ruhm?"

Sein Mund verzog sich, und sie zuckte innerlich zusammen.

Sie beabsichtigte es eigentlich nicht, aber sie fuhr fort, ihn zu verletzen. „Willst du Liebe und Familie, so wie Rhys und Melina sie miteinander aufbauen? Denn manchmal scheint es so, dass du vielleicht nicht glaubst, dass du das haben kannst. So wie du akzeptiert hast, dass du nicht auf Houdini aufpassen kannst, während deine Eltern verreist sind."

„Das ist nicht dasselbe. Ich . . . oh Mist! Meine Eltern! Ich muss sie anrufen. Ihnen sagen, was los ist!"

„Werden sie sich nicht bloß Sorgen machen?"

„Es geht um Melina", sagte er einfach.

Sie nickte. „Richtig."

Er kam auf die Füße, zog sein Handy heraus und zögerte. „Grace?"

„Ja?"

„Es gefällt mir, mich mit dir zu unterhalten. Ich will, dass das weitergeht." Sein Mund verzerrte sich schmerzlich. „Unter anderem versteht sich. Können wir die Unterhaltung später fortsetzen?"

Sie biss sich auf die Lippe. „Ja, das würde ich auch gerne, Max."

Max verließ das Kinderzimmer, um seine Eltern anzurufen,

und war zehn Minuten später wieder da.

„Sind sie schon auf dem Rückflug?"

„Ich konnte sie überzeugen, noch zu warten, bis wir mehr Informationen von der Ärztin bekommen." Er rieb seine Hände aneinander. „So, jetzt wollen wir endlich diese Bettchen fertigbauen."

Sie wandte sich auch wieder den Einzelteilen zu und versteifte sich sofort, als er sagte: „Außer du willst mir erzählen, warum du so rot angelaufen bist, als du mich und Rhys vorher im Krankenhaus so angesehen hast."

Ihr Rücken war ihm zugewandt, und sie schloss die Augen, ehe sie sich ein unechtes Lächeln auf ihr Gesicht kleisterte und sich umdrehte. Sie reichte ihm zwei Holzlatten und mehrere Schrauben.

Er lachte.

Sie nicht.

Aber sie lächelte eine ziemlich lange Zeit lang, während sie arbeiteten.

❧

EIN PAAR STUNDEN SPÄTER STAND Grace mit vor Überraschung offenem Mund da, als Max eine Menge Dinge auf den Verkaufstisch bei der Kasse des Babyausstattungsgeschäfts legte. Nicht nur Bettlaken und Bettdecken, sondern auch Rasseln, Spielsachen zum Zahnen und Bücher aus Hartpappe. Bei jedem Artikel, den er auf den Verkaufstisch legte, lächelte er, so als sähe er sich selbst mit den Babys spielen oder ihnen ein Buch vorlesen.

Während der Verkäufer die Einkäufe an der Kasse zusammenzählte, fiel Grace ein winziges Ballerina-Kleidchen auf. Ein pinkfarbenes Tüllröckchen an einem weißen, langärmeligen, einteiligen Ballett-Trikot. Dadurch wurde sie irgendwie an die Tanz- und Akrobatik-Show erinnert, die neben Max' Theater eingezogen war, und die dazu beitrug, dass der Verkauf ihrer Eintrittskarten zurückging. Sie wusste, dass es Max' und Rhys' größte Sorge war, Jeremy dazu zu bringen, ihren Mietvertrag zu erneuern. Seitdem versuchten sie, Mittel und Wege zu finden, die Verkaufszahlen wieder in die Höhe zu schrauben. Ihre Nachtvorstellung enthielt bereits bestimmte Kunststücke, die nur für Erwachsene geeignet waren, und sogar einige Nummern, in denen Max' schöne Assistentinnen oben ohne auftraten. Doch sie konnte nicht anders als an den Ausdruck zu denken, dass hier ‚Feuer mit Feuer bekämpft' wurde.

„Hast du jemals darüber nachgedacht, ein Akrobatik-Kunststück oder auch Tänzer oder Tänzerinnen in deine Show miteinzubauen?", fragte sie.

Max holte seine Geldbörse aus der rückseitigen Hosentasche und zögerte. „Nein. Immer schon lag das Hauptaugenmerk auf Zauberei. Ich bin mir nicht sicher, ob ich es anders haben will."

„Nur weil etwas immer schon so war, bedeutet das nicht, dass eine kleine Änderung nicht trotzdem gut wäre oder zu etwas Besserem führen könnte. Vielleicht ist es an der Zeit, anzufangen, die Show zu erweitern, um Leute mit unterschiedlichen Interessen anzusprechen. Leute anzuziehen, die nicht nur durch die Zauberei angelockt werden, Karten kaufen." Vielleicht ist es an der Zeit, dass du anfängst, dich selbst anders zu sehen, dachte sie, da sie sich erinnerte, wie er angedeutet hatte, mehr in seinem Leben zu wollen.

Er gab dem Verkäufer seine Kreditkarte. „Sprich weiter!"

„Sag' mir die Wahrheit! Warst du am glücklichsten, als du mit Rhys aufgetreten bist, oder bist du jetzt glücklicher?"

„Rhys hat immer noch eine ganze Menge mit der Aufführung zu tun . . ."

„Das hab' ich nicht gefragt."

„Ich will nicht, dass er sich jemals schuldig fühlen muss, weil er das tut, was er tun muss, um sich selbst und Melina glücklich zu machen."

„Max, das ist das Letzte, was ich will. Wir beide, du und ich, reden hier nur."

Der Verkäufer gab Max den Beleg, und der unterzeichnete ihn. „Dann ja, ich war glücklicher, als ich mit Rhys aufgetreten bin. Das ist logisch. Mehr Zeit mit ihm. Weniger Druck lag auf mir. Aber ich komme damit klar."

„Natürlich. Aber wie wäre es, wenn du die Aufführung etwas verändern würdest? Mach' daraus mehr so eine Art Truppe anstatt dass du alles auf deinen eigenen Schultern trägst!" Sie legte eine Hand auf seinen Arm. „Der Erfolg der Aufführung lag jetzt schon eine geraume Weile in deiner Verantwortung. Ich sehe das, Melina sieht das, und sogar Rhys sieht das. Deshalb versucht er auch, ein anderes Theater zu finden, nicht wahr?"

„Scheint so", sagte Max.

„Es hängt nicht immer nur alles von dir ab, die Dinge hinzubekommen. Du verdienst es auch, glücklich zu sein."

Der Verkäufer stellte die vollgepackten Einkaufstaschen vor sie hin. Max schwang die Pakete vom Verkaufstisch herunter, ließ Grace keines davon tragen. „Wenn ich irgendetwas hinbekommen kann, werde ich es tun, vor allem jetzt, da die Babys unterwegs sind. Aber ich werde über das nachdenken, was du gesagt hast, Grace. Ich bin nur nicht sicher, ob ich die Zeit haben werde, anzufangen, über diverse Tanztruppen Nachforschungen anzustellen."

„Wenn alle ‚wenn' und ‚aber' Süßigkeiten und Nüsse wären, hätten wir alle ein sehr frohes Weihnachten! Du musst dir dafür die Zeit nehmen, Max. Ich kenne eine Frau, die ein Tanzstudio hier in Las Vegas leitet. Sie ist die Schwester meines Rechtsanwalts. Ich kann dich mit ihr in Verbindung bringen, wenn du willst."

Er grinste. „Süßigkeiten und Nüsse, wie?" Draußen vor der Tür öffnete Max den Kofferraum seines Autos und stellte die

Einkaufstüten hinein. Bevor er ihn schloss, lehnte er sich am rückwärtigen Ende des Wagens an, verschränkte die Arme vor seiner Brust und schaute sie an. „Klingt wie eine ausgefallene Art, mir zu sagen, dass ich den Arsch hochkriegen soll, damit du mir aushelfen kannst. Heißt das, dass wir wirklich Freunde sind?"

Ich will nicht dein Freund sein, dachte sie sofort. Ich will mehr sein! Aber sie würde sich damit begnügen. „Du hast mir geholfen. Es ist das Mindeste, wenn ich dir auch helfen kann. Ich bin nicht sicher, ob ich dir überhaupt etwas gegeben habe, das dann auch klappt, aber es ist eine Idee."

Er langte zu ihr hinüber, umfasste ihr Kinn mit seiner Hand. Sie hörte zu atmen auf und hielt den Atem an, während sie das Donnern in ihren Ohren hörte, als sich ihr Herzschlag beschleunigte. Max zog sie näher zu sich heran, bis sich ihre Hüften berührten. Ihre Hände fanden seine Arme.

Und dann küsste er sie.

Tief.

Lang.

Fest.

Da, am Straßenrand, vor einem Babygeschäft, küsste Max Dalton Grace Sinclair mit der Zärtlichkeit eines Liebhabers.

Kein Draufgänger.

Kein schlimmer Junge.

Sondern ein Mann, der fähig war, seine Familie vor seine Karriere zu stellen.

Ein Mann, der seine Eltern liebte, der einen Hund wollte und der sie sich als Ganzes fühlen ließ.

Ein Mann, der fähig war, alle Träume von Grace wahr werden zu lassen, ob er wollte oder nicht.

KAPITEL VIERZEHN

Max' Zauberregel Nr. 15:
Die besten Vorführungen gelingen dann,
wenn man es nicht so verbissen versucht!

NACHDEM SIE DIE BABYSACHEN ABGELADEN hatten, fuhren sie beim Krankenhaus vorbei, um Melina zu besuchen, die mit Rhys an ihrer Seite friedlich ruhte. Über eine Stunde lang redete Grace mit ihren Freunden, wobei sie bemerkte, wie Max, der neben ihr saß, kaum die Hände von ihr lassen konnte. Ob er ihr Haar streichelte, ihren Rücken massierte oder ihre Hand hielt, es schien ihm egal zu sein, welche Botschaft er dadurch eventuell vermittelte, weder ihr noch Melina oder Rhys.

Und was er vermittelte, war, dass ihm Grace etwas bedeutete und dass er ihre Gesellschaft genoss.

Es begann Grace zu dämmern, dass sie nicht nur damit Unrecht hatte, was für ein Mann Max war, sondern vielleicht auch damit, ob er mit ihr noch etwas Größeres als Freundschaft aufbauen wollte.

Plötzlich hatte sie keinen Zweifel mehr, dass es das war, was sie wollte.

Als sie zum Parkplatz des Krankenhauses gingen, nachdem sie sich verabschiedet hatten, blieb Grace neben Max' Auto stehen, holte tief Atem und sagte: „Für den Fall, dass du Interesse hast, ich will mehr als nur den Orgasmus von dir."

Max neigte den Kopf zur Seite und runzelte die Stirn. „Du meinst, du betrachtest mich als Kandidat für den Vater deines Kindes?"

„Nein", sagte sie schnell und fuhr zusammen, als er mit lodernden Augen die Stirn runzelte. „Nicht dass du nicht einen wunderbaren Vater abgeben würdest. Aber ich muss noch über ein paar Dinge nachdenken. Mein Babyprojekt noch etwas hinausschieben."

Seine Schultern schienen sich leicht zu entspannen. „Warum?"

„Ich glaube, du, Melina und Lucy, ihr könntet Recht gehabt haben", flüsterte sie. „Ich meine, ich will immer noch eine Familie. Ein Baby. Früher oder später."

„Kommt jetzt ein „aber"?"

„*Aber* ich glaube, ich wollte so schnell und unbedingt ein Baby, weil ich einsam war. Mein ganzes Leben lang wollte ich einfach normal sein. Meine Eltern starben, als ich zehn war. Mein Körper weigerte sich, mir mit einem Mann einen Orgasmus zu geben. Nicht normal. Und ich schätze, ich habe auch meinen Wunsch nach einer Familie den Bach runter gehen sehen. Ich hatte so viel Angst, ich würde nicht den richtigen Man finden, dass ich jeden Druck übergehen wollte, es überhaupt zu versuchen."

„Und jetzt?"

Sie schaute weg, zwang sich aber zu sagen: „Jetzt glaube ich, habe ich doch noch den richtigen Mann gefunden."

Er verschränkte die Arme vor seiner Brust. Nicht gerade ermutigend. „Warum dieser plötzliche Sinneswandel?"

„Der ist eigentlich nicht so plötzlich", sagte sie. „Ich habe dich immer gemocht, aber dein Ruf hat mich abgeschreckt. Tut er noch immer. Aber wenn du auch so fühlst, wenn du uns eine Chance gibst über Sex hinaus . . . Ich weiß nicht, vielleicht können wir um Fähnchen um die Wette laufen und schauen, was passiert."

Es gelang ihm nicht, ein Lächeln zu zaubern. „Sag' es gerade heraus!"

„Was?" *Ich hab' einen Fehler gemacht. Er steht bloß da, obwohl er doch wissen müsste, wie schwer mir das fällt.*

Aber vielleicht ist es das, was er braucht. Zu wissen, dass jemand ihn gern genug hat, ihn stark genug will, um auch durch ein paar Unannehmlichkeiten zu gehen, um ihn zu bekommen.

„Sag' mir genau, was du willst, damit es keine Missverständnisse gibt!"

„Ich sage, ich will dich besser kennen lernen. Ich will Zeit mit dir verbringen. Viel mehr Zeit. Ich sage, wenn du mir eine Chance gibst, wäre es leicht, sich in dich zu verlieben." Sie widerstand der Versuchung, wegen ihres Unbehaglichkeitsgefühls wegzuschauen. „Ich weiß, das klingt dumm. Wir hängen nur seit ein paar Tagen so miteinander rum, aber . . ." Sie verlor die Schlacht, und ihr Blick stürzte auf den Gehsteig zu ihren Füßen ab.

„Augen auf mich, Grace!"

Als sie ihren Kopf hob, lächelte er endlich. „Das ist nicht dumm."

„Was ist es dann?"

Er ging auf sie zu. „Es ist verdammt fantastisch!" Er packte ihre Arme, riss sie so wild an seinen Körper, dass ihr Atem herausgeschossen kam. Er umarmte sie fest, wich dann etwas zurück und küsste sie leidenschaftlich. „Sehe ich abgeschreckt aus?", fragte er, als er den Kopf wieder erhoben hatte.

„Du siehst glücklich aus."

Und sie *fühlte* sich glücklich. Überrascht durch die Erkenntnis, dass Max eigentlich mehr von ihr wollte als bloß Sex. Auch wenn es nicht allzu lange dauern sollte, würde sie dennoch den Versuch wagen.

„Das sagst du jetzt, aber warte, bis ich dich zu mir nach Hause gebracht habe."

„Was werde ich dann sagen?"

„So für den Anfang, wie wär's mit Bitte, Mehr, Härter, und

Bitte?"

Sie kicherte und fühlte sich sorgloser als jemals zuvor in ihrem Leben. „Du hast Bitte mehr als einmal gesagt."

„Und das wirst du auch tun! Jetzt *bitte*, können wir endlich einsteigen, damit wir anfangen können?"

Sie nickte, umklammerte dann seine Hände mit ihren. „Wir können zurück zu dir nach Hause fahren und einfach die ganze Nacht reden. Wenn es das ist, was nötig ist, um dir zu beweisen, dass ich dich respektiere und dich als mehr betrachte als bloß als ein Sexobjekt, dann unbedingt."

Er hob ihrer beider Hände und küsste ihre. „Wenn ich danke fürs Angebot sage, wäre das in Ordnung? Denn jetzt, da ich weiß, dass du mehr willst, bin ich mehr als glücklich, wenn du mich als Sexobjekt betrachtest."

„Um jemand Ehrfurchtsgebietenden zu zitieren, den ich kenne: das wäre verdammt fantastisch!"

⁕

DIE FAHRT VOM KRANKENHAUS ZU Max' Wohnanlage unterschied sich stark von der Fahrt zu seinen Eltern. Kürzer natürlich, aber beinahe durchscheinend, transzendent, als würden sie in ihrer eigenen, privaten Seifenblase reisen. Während er fuhr, hörte Max niemals auf, Grace zu berühren, sei es dass er ihre Hand hielt, ihren Oberschenkel streichelte oder sie jedes Mal, wenn sie an einer roten Ampel anhielten, für einen Kuss an sich heranzog.

Sie begann, diese kurzen Stopps stärker herbeizusehnen als sie es jemals für möglich gehalten hätte.

Sie wollte jede rote Ampel in Las Vegas erwischen, damit sie so die endlose Vielfalt der Küsse von Max Dalton erleben konnte, von süß und sanft bis lodernd und heiß. Es gefiel ihr, dass er sie ständig raten ließ, was wohl kommen würde, so dass sie niemals wusste, ob er diesmal an ihrer Lippe knabbern oder seine Zunge in ihren Mund tauchen oder sie necken würde mit den wildesten aller Plünderungen. Die Stille im Auto trug zu der intimen Atmosphäre bei. Grace fühlte sich wie berauscht durch den Blick, den Duft und den Geschmack von ihm.

Sie hatte sich noch nie so sehr nach einem Mann gesehnt.

Sie war absolut sicher, dass sie sich nie mehr wieder so fühlen würde, bei keinem anderen Mann.

Und sie hoffte, dass sie nicht die Gelegenheit dazu haben würde, das herauszufinden.

Als Max beim nächsten Mal anhielt, entschloss sich Grace, die Art Kuss einzufordern, die sie wollte, und der war Vollgas. Als sie sich zurückzog, sah Max genauso betäubt aus, wie sie sich fühlte. Sie drehte sich zur Windschutzscheibe, erwartete, ein grünes Ampellicht zu sehen und ärgerliche Fahrer, die sich um sie herum scharten. Stattdessen hatten sie vor Max' Wohnanlage angehalten.

„Du hast mir nicht gesagt, dass wir da sind."

„Du hast mich etwas abgelenkt."

„Nur etwas?"

„Lass uns hineingehen und ich werde dich *definitiv* mich ablenken lassen. Klingt das gut?"

„Hängt davon ab. Ist alles erlaubt?"

„Schätzchen, wenn es um dich geht, will ich alles. Und ich bin mehr als bereit, den Gefallen zu erwidern."

❧

BEI MAX' WORTEN GINGEN GRACE die Augen über. Mit einem gemurmelten Fluch sprang er aus dem Wagen, öffnete ihre Tür und half ihr beim Aussteigen. Sobald sie in der Wohnung waren, ließ sie ihre Handtasche fallen, und er drängte sie rückwärts an die Tür. Hände umklammerten ihre Hüften, und er eroberte ihren Mund, auch wenn er von der Intensität seiner Gefühle erschüttert war. Er konnte kaum glauben, dass sie hier war, nicht nur in seinen Armen, sondern in seinem Leben, und mehr von ihm wollte als nur Sex.

Ihre Zungen verwickelten sich spielerisch, und ihre Hüften bewegten sich in wellenförmigen Bewegungen und ungehemmter Lust auf ihn zu. Er wollte ihnen beiden die Kleidung von den Körpern reißen und Grace an der Tür festnageln. In sie hineinhämmern. Sie so lange ficken, bis er sie loswurde, und dann all das noch einmal von vorn machen.

Und das würde er.

Doch zuerst würde er ihr etwas anderes geben. Etwas, das er noch niemals zuvor einer Frau gegeben hatte.

Er würde ihr alles von ihm geben auf genau die Weise, wie sie es brauchte. Und das würde etwas mehr Finesse erfordern. Er zog sich zurück, lächelte, als ihr Mund seinem folgte und sie ihre Finger in seinem Nacken verschränkte, um ihn nicht gehen zu lassen. Er belohnte sie, indem er ihre Brüste umfing und mit ihren Brustwarzen spielte, sich gleichzeitig wünschte, er könnte ihre Kleidung auf Befehl verschwinden lassen, damit er an die köstlichen Piercings herankäme, die ihn so verdammt wahnsinnig machten.

Als er schließlich seinen Mund von ihrem riss, hob sie die Lider und starrte ihn verwirrt an, mit geröteten Wangen und keuchenden Atemzügen. „Warum hast du aufgehört?"

„Weil wir nach oben gehen werden, und obwohl ich dich normalerweise dorthin tragen würde, musst du kurz hierbleiben, während ich einige Dinge vorbereiten will." Sofort rundeten sich ihre Augen, und er unterdrückte ein Lachen, als er sich vorstellte, welch wildes Sortiment von *Gegenständen* wohl durch ihre Gedanken rasen musste. „Mach' dir keine Sorgen! Du hast mir bereits gesagt, dass du nicht auf Peitschen und Fesseln stehst."

Sie biss sich auf die Lippe. „Falls es das ist, was dir gefällt . . ."

Er küsste ihre Nasenspitze. „Fangen wir heute Abend einfach mal mit dir und mir an!"

Sie erbebte bei seiner Andeutung, dass sie sich noch zu anderen Dingen hinarbeiten würden. Mit einem Lächeln und einem Seufzer lehnte sie sich mit dem Rücken an die Tür.

„Gib mir ein paar Minuten und komm dann rauf!", sagte er.

Sie nickte, und er eilte nach oben in sein Schlafzimmer. Sofort öffnete er seinen Wandschrank und zog eine Schachtel hervor, die allerlei Zeug enthielt, das sich über die Jahre angesammelt hatte; hauptsächlich Sachen, die seine Mutter oder Melina ihm gegeben hatten und die er aus Sentimentalität nicht wegwerfen wollte. Er grinste, als er mehrere Duftkerzen fand, stieß die Schachtel dann wieder zurück in das Fach. Aus seiner Tasche holte er das Feuerzeug, das er immer bei sich trug, einfach weil er es für eine Vielzahl von Zauberkunststücken brauchte. Er zündete die Kerzen an und platzierte sie rund um das Bett.

Grace wollte Sex in einem Bett mit brennenden Kerzen um sie herum. Er wollte ihr das geben. Aber das war das einzige Bisschen „Normalität", das er ihr erlauben wollte. Verdammtes normal. Er wollte Grace, irre, verrückt und ausgefallen, wie sie ihn herausforderte und ihn sich anstrengen ließ für alles, was sie ihm geben konnte.

Als er ein Geräusch hörte, drehte er sich um. Grace stand auf der Schwelle, mit vor Ungläubigkeit weit aufgerissenen Augen. „Max?" Sie blinzelte ein paar Mal, und ihre Stimme war heiser vor Emotion.

Er ging auf sie zu und nahm sie in seine Arme. „Ich weiß, es sind nur ein paar Schritte, aber ich wollte dich so wie jetzt schon so-verdammt-lang tragen", sagte er. Indem er sich zu ihr hinab beugte, küsste er sie, während er ging. Dann lagerte er sie sanft aufs Bett.

Er zog ihr das T-Shirt über den Kopf, entkleidete sie dann vollständig, wobei er gewissenhaft jede Stelle ihrer nackten Haut

küsste, ehe er die nächste entblößte. Er verbrachte eine lange
Zeit bei ihren Brüsten, saugte ihre Brustwarzen fest an, spielte
mit seiner Zunge an ihren Piercings, bis sie sich unruhig bewegte;
abwechselnd zog sie ihn näher an ihren Körper heran und stieß
ihn an seinen Schultern weg, da sie nicht wollte, dass er aufhörte,
aber gleichzeitig wollte, dass er noch mehr machte.

Er drehte sie auf ihren Bauch und konzentrierte sich auf ihr
Tattoo, küsste ihre Wirbelsäule von der Spitze des einen Flügels
des Vogels hinunter zum Ende des anderen Flügels. Max richtete
sich auf und spürte dieselbe Spur mit seinem Finger nach. „Dieses Tattoo. Was bedeutet es für dich, Grace?"

Sie versteifte sich und drehte ihr Gesicht in die Laken.

„Dixie?"

Sie holte tief Atem. Atmete aus. Drehte wieder ihren Kopf,
so dass er ihr schönes Profil wieder sehen konnte, hielt aber die
Augen geschlossen.

„Es ist ein Pfau", sagte sie ruhig. „Pfaue sind wunderschön,
doch ihr Gefieder und die glänzend-verwirrenden Farben? Alles
Show. Sie sehen aus, als könnten sie ewig fliegen, aber das können
sie nicht. Sie können nur eine ganz kurze Distanz fliegen."

Also hatte er mit seiner Interpretation Recht gehabt; das Tattoo auf ihrem Rücken bedeutete sowohl Flug als auch Inaktivität.
Für Grace bedeutete es, sie war ein Pfau, ein an den Boden gefesselter Vogel, der sich immer danach sehnte, ein wenig länger zu
fliegen. Ein wenig weiter.

Er beugte sich zu ihr, um ihre Lippen und geschlossenen Augenlider zu küssen. Dann küsste er noch einmal ihre Wirbelsäule
hinauf und hinunter. Als er damit fertig war, sagte er: „Vielleicht
können gewöhnliche Pfauenvögel nicht lange fliegen. Aber vergiss nicht, ich bin ein Zauberer, Dixie! Zusammen werden wir so
hoch fliegen, dass du denkst, wir wären im Himmel!"

Sie drehte sich um, um ihn anzuschauen, und er beugte seinen
Kopf, küsste sie wieder und immer wieder, bis alle Anzeichen von

Traurigkeit aus ihr verschwunden waren. „Zieh mich aus!", sagte er, während er ihre Jeans öffnete und sie von ihren Beinen zu ziehen begann. Ungeduldig gehorchte sie.

Bald waren sie beide nackt, und er kniete neben ihr. Er fühlte, wie sein Gesichtsausdruck wild und ungezähmt wurde, während er sie so ansah. Ihr zerzaustes Haar, ihre wunderschönen Augen und üppigen Lippen. Ihre festen, pinkfarbenen Brustwarzen, das butterweiche Fleisch und der Streifen blonder Locken an der Stelle, wo sich ihre Oberschenkel trafen.

„Du bist verdammt schön", ächzte er. Er nahm seinen Schwanz und drückte ihn mehrere Male, und wieder überkam ihn das dringende Bedürfnis, sich in sie hineinzuschieben, doch er widerstand ihm noch. Sie beobachtete ihn, hob ihre Hände, um ihre Brüste zu umfangen, wobei sie mit ihren Fingern ihre Piercings umschloss, um so daran zu ziehen, dass es für sie köstlich war.

Ihm stockte der Atem in seiner Brust.

„Mach' deine Beine breit für mich!", sagte er. „Zeig' mir deine Muschi!"

Ihr Körper zuckte zusammen, und ihre Augen wurden rund, doch sie gehorchte augenblicklich, machte ihre Beine mit angewinkelten Knien breit, so dass er ihre feuchten, pinkfarbenen Schamlippen und den winzigen Reif, der an der Spitze ihrer Klitoris saß, sehen konnte. Mit seiner Faust pumpte er immer schneller, und das Wasser lief ihm im Munde zusammen. Schlagartig bedeckte er ihren Körper mit seinem, stützte sich mit den Fäusten in der Matratze ab, während er ihren Mund in Besitz nahm. Als sie in seinem Kuss hoffnungslos verloren war, sich ihre Zunge mit seiner um die Vorherrschaft stritt, senkte er sich auf sie herab, so dass seine Brust auf ihre gepresst war und seine Hüften ihre Oberschenkel noch weiter auseinander zwangen. Sie stieß einen lustvollen Schrei aus, als ihre festen kleinen Brustwarzen in seine Brust stachen.

Er riss seinen Mund weg. „Oh Jesus, bist du heiß, Grace. Ich wette, du bist zwischen deinen Beinen so heiß, dass du mich verbrennen würdest, wenn ich dich berühren würde."

„Ja, das bin ich und das werde ich. Bitte, Liebling, berühre mich und lecke mich!"

Mit seiner Handfläche strich er ihr übers Haar und neckte sie: „Ich berühre dich."

„Nein", sagte sie. „Berühre mich so, als würdest du es wirklich wollen! Als würdest du mich brauchen. Als würdest du ohne mich verhungern!"

„Ich *bin* ohne dich verhungert. Nur in den letzten paar Tagen habe ich mich gesättigt gefühlt. Sogar als wir nur geredet haben, hast du mir mehr gegeben als jede andere Frau zuvor."

Freude glitzerte in ihren Augen, und er schaffte es, zu lächeln, ehe sie sich wieder küssten. Als ihre Atemzüge abgehackter wurden, zog er sich zurück. Sein Mund klinkte sich an ihrer geschwollenen Brustwarze ein, während er seine Finger in ihre nasse Spalte zwischen ihren Oberschenkeln tauchte. Ein halb erstickter Schrei entriss sich ihrer Brust.

Gott, sie war so nass! Max führte einen Finger in sie ein, dann zwei, und ihr gierig verschlingendes Fleisch umarmte ihn. Adrenalin jagte durch ihn hindurch. Mit seinem Daumen rieb er kleine Kreise um ihren Kitzler, wobei er gelegentlich leicht und schnell an ihrem Piercing zupfte. Ihr Körper unter ihm zuckte wieder und wieder, vollführte einen kleinen verführerischen Tanz, den er orchestrierte. Er konnte nicht widerstehen, ließ ihre Brustwarze mit einem sanften Plopp los, zog seine Hand von dort unten heraus und berührte damit ihre Unterlippe, zwang sie, sich selbst zu schmecken. Ihre Zunge kam sofort hervor, um sich etwas von ihm zu stehlen. Sanft schob er zwei Finger in ihren Mund und sie saugte daran. Er erschauerte und fühlte ihr Saugen in seinem Schwanz.

Mit seiner freien Hand umfing er ihre Brüste. Dann küsste er ihren ganzen Körper immer weiter hinunter und drängte ihre Beine immer weiter und weiter auseinander, bevor er jedes Bein auf eine seiner Schultern platzierte.

Sanft nahm er den Ring an ihrem Kitzler zwischen seine Zähne und zog daran.

Sie stieß zischend den Atem aus und vergrub ihre Hände in seinem Haar. „Oh Gott, Max! Das fühlt sich so gut an."

„Das Vergnügen hat gerade erst begonnen, Dixie", sagte er.

Dann ging er daran, ihr das ganz genau zu beweisen.

MAX' ZUNGE WIRBELTE HERUM UND drang forschend in ihr feuchtes Fleisch ein, und Grace konnte kaum den Aufschrei zurückhalten, der in ihrer Kehle aufstieg. Sie hatte den Verdacht, dass wenn sie einmal angefangen hätte, zu schreien, sie nicht mehr damit aufhören könnte. Sein harter Körper, sein sündhafter Mund, seine talentierten Finger–alles von ihm machte sie wahnsinnig vor Lust und Begehren. Und jedes Mal wenn ihre Augen einen Blick auf die flackernden Kerzen um sein Bett herum erhaschten, kletterte ihr Verlangen noch mehrere Stufen höher so wie auch ihre Zuneigung zu ihm.

Er hatte sich daran erinnert, dass sie gesagt hatte, dass sie Sex haben wollte in einem Bett mit Kerzenlicht. Dieser Mann, dieser Playboy, der jede Frau haben konnte, die er wollte, nahm sich die Zeit, ihr nicht nur das zu geben, was ihr Körper brauchte, sondern auch das, was ihr Herz brauchte.

Genau in diesem Augenblick und an diesem Ort verliebte sie sich in ihn, und sie musste sich auf die Lippen beißen, um sich davon abzuhalten, es zu sagen.

Als er ihren Kitzler saugte, klammerte sie sich in den Bettlaken fest und begann sich hin und her zu winden. In ihrem Inneren baute sich die Anspannung auf, und sie hielt ihren Atem an, da sie wusste, dass das Vergnügen, das er ihr bereitete, zu intensiv war, um noch recht viel länger anzudauern. Aber sie wollte, dass es andauerte. Sie wollte, dass er sich genauso gut fühlte wie er sie sich fühlen ließ.

Sie zog an seinem Haar. „Max, warte!"

Seine Hände bewegten sich von ihren Brüsten zu ihrem Hintern hinunter, hoben sie hoch, während er sie weiter verschlang. Sie fühlte die ersten Anzeichen eines Orgasmus durch sie hindurchrasen, doch sie stieß sie sofort zurück.

Er hob seinen Kopf. „Hör' auf, es zu bekämpfen, Dixie! Ich will, dass du in meinem Mund kommst."

„Das will ich auch. Aber jetzt will ich mit dir in mir kommen. Bitte, Max! Du hast gesagt, dass du mir das geben würdest, und ich brauche es."

Er starrte sie an, seine grünen Augen brannten hell, dann umklammerten seine Hände ihre Hüften. Sie stieß ein überrasches Quieken aus, als er ihre Positionen ganz schnell vertauschte. Sie blinzelte, als sie sich plötzlich rittlings auf seinem großartigen Körper wiederfand. „Dann nimm mich, Grace! Nimm alles von mir!"

Sie grinste bei diesem herausfordernden Klang seiner Stimme, dann nahm sie ihn.

Sie begann mit seinen Brustwarzen, legte und saugte die flachen, braunen Scheiben, während sie seine Hoden umfasste und er ihren Rücken streichelte, ihr zuflüsterte, wie sexy sie wäre. Wie unbedingt er sie ficken wollte. Wie er nicht mehr warten konnte, bis sie erschauerte und kam.

Mit einem weichen Stöhnen küsste sie seine Brust hinab, seinen festen Bauch und seine schlanken Hüften entlang. Dann bedeckte ihr Mund den zuckenden, geschwollenen Scheitelpunkt seines Schwanzes. Wellen von Vergnügen schienen über seinen Körper zu tanzen, während sie ihn blies, zwischen weichem Saugen und harten Zügen abwechselte, wobei sie ihn tief in ihre

Kehle hineinnahm. Er schrie und sträubte sich mehrere Male, beinahe wurde sie durch ihn geknebelt, doch sie erinnerte sich, wie seine Muskeln sich angespannt hatten, ehe er in ihrem Mund gekommen war, als sie im Auto fuhren, und wie erpicht sie darauf gewesen war, die pulsierenden Stöße seiner Erlösung von ihm entgegenzunehmen. Sie liebte es, wie er schmeckte, klar und rein, aber mit einem Hauch von Würze.

„Grace, hör' auf!", sagte er. „Verdammt, Schatz, dein Mund ist so heiß. So gut. Und ich bin so nah dran. Ich will, dass du mich fickst. Ich *brauche* es, dass du mich fickst."

Sie hob ihren Kopf, ließ ihn langsam aus ihrem Mund gleiten. „Ich ficke dich", sagte sie.

Und obwohl sein Gesichtsausdruck angespannt, sein Gesicht gerötet und seine Augen beinahe verzweifelt vor Lust waren, neckte dieser Zaubermann sie, indem er ihre vorherigen Worte zu ihr zurückwarf.

„Nein", sagte er. „Fick mich so, als würdest du es wirklich wollen! Als würdest du mich brauchen! Als würdest du ohne mich verhungern!"

„Ich *bin* ohne dich verhungert, Max. Aber ich werde nicht mehr verhungern. Du wirst mich auffüllen!"

Sie bewegte sich, bis sie rittlings auf ihm saß, dann packte sie seinen Schwanz und führte seine Krone durch ihre glitschigen Falten. Und sie neckte ihn nur noch ein kleines Bisschen mehr mit dem Geschmack des Himmels.

◦~✺~◦

GRACE BRACHTE IHN UM, ABER das machte ihm nichts aus. Er wollte jede Sekunde davon auskosten.

Während er sie näher an sich zog und seinen Mund an der Seite ihres Halses vergrub, keuchte er bei jedem nassen Gleiten auf seiner Erektion. Wildheit durchbebte ihn, und seine Hüften zuckten unwillkürlich, denn sie suchten den Eingang zu ihrem Körper.

Er zwang sich, sich zurückzuziehen.

Sie jammerte vor qualvoller Enttäuschung.

„Schsch, Schatz, warte! Ich muss mich doch um dich kümmern." Er griff nach einem Kondom auf dem Nachttisch, riss die Packung auf und streifte sich schnell den Gummi über. Als er damit fertig war, küsste er sie und umfing ihr Gesicht mit seinen Händen.

„Jetzt, da das getan ist, brauche ich es, dass du es mir gibst. Nicht Max. Nicht Süßer. Sag es! Gib mir, was ich brauche!"

Ihre Augen weiteten sich mit Erkenntnis. „Liebling", sagte sie, und augenblicklich lächelte er. Wieder einmal brachte er sie in die Position über ihm, presste den Kopf seines Schwanzes an ihr durchtränktes Fleisch und wirbelte sich selbst an sie und in sie. Ein dünnes Bächlein Schweiß rann seine Wirbelsäule hinab.

„Bitte, Liebling, du bringst mich dazu, dass ich mich so wunderbar fühle. Gib mir mehr! Bitte!", sagte sie, und ihre Worte kamen als keuchende Schreie heraus, die immer schärfer wurden, als er anfing, in ihr Inneres zu stoßen.

Sie bog ihren Rücken durch. Fuhr sich mit der Zunge über die Lippen. Umfing ihre Brüste. Und bevor er sie stoppen konnte, stieß sie sich auf ihn hinunter. Sein Schrei vermischte sich mit ihrem abgehackten Stöhnen.

Die dampfige Hitze ihrer Muschi war wie ein Brandzeichen.

Während Max mit ihr Augenkontakt hielt, stieß er nach oben, sein Fleisch klebte an ihrem und durchschnitt es, und ihre flüssige Hitze umgab ihn. Ihr enger Eingang schluckte langsam seinen Schwanz, Zentimeter für Zentimeter.

Als er dann tief in ihr Platz gefunden hatte, umklammerte er ihre Hüften und schaukelte sie sanft mit ihm, da er wusste, sie war absolut voll mit ihm und würde spüren, wie er an ihren G-Punkt stoßen würde. Wild warf sie ihren Kopf zurück, und ihr

Gesichtsausdruck zeigte nur angespanntes, schmerzvolles Vergnügen, und es war so verdammt schön, dass er aufstöhnte. Er zwang seine Hände von ihr weg, legte seine Arme neben seine Seite, dass die Handflächen das Bett berührten. „Reite mich!"

Sie bewegte sich, setzte sich auf und stützte sich auf seiner Brust ab, hob sich selbst hoch, bis nur noch seine Spitze in ihr war. Dann senkte sie sich auf ihn herab, schluckte ihn noch einmal mit ihrem eng anliegenden Griff.

Hinauf.

Dann hinunter.

Auf. Ab.

Immer wieder nahm sie ihn in Besitz, spürte sein Fleisch tief in sich, während er zusah, vollkommen hingerissen von ihrer Schönheit, und sich darum bemühte, sich davon abzuhalten, zu explodieren.

Als er beinahe da war und fühlen konnte, dass sich ihre Muskeln in Vorbereitung auf ihren Orgasmus zusammenzogen, hob er seine Hand und umfasste ihren Nacken, wobei er ihren Kopf zu sich herunterzog, damit er ihre Lustschreie aufnehmen konnte. Während er sich zurückzog, schloss sich sein Blick mit ihrem zusammen. „Komm jetzt für mich, Grace! Gib dich selbst an mich, und ich schwöre, ich werde alles tun, was in meiner Macht steht, um dir die Welt zu geben!"

Der Orgasmus zerriss sie und schlitzte sie auf, und sie schrie gellend, ihre inneren Wände umklammerten seinen Schwanz so fest, dass pures Vergnügen seine Hoden durchbohrte und er ihr augenblicklich über die Klippe folgte. Seine Zähne schlugen aufeinander, und sein Körper verkrampfte sich, während er sich in sie ergoss. Obwohl er seine Augen kaum noch offen halten konnte, versenkte er sie in Grace, beobachtete jede ihrer flatternden Zuckungen, bis sie auf ihm zusammenbrach.

Unter absolutem Schock stehend wickelte er seine Arme um sie und umarmte sie fest.

Er liebkoste ihren Rücken. Glättete ihr Haar. Küsste sie auf den Kopf.

Und die ganze Zeit dachte er: Was zur Hölle war da jetzt gerade passiert? Denn das war kein Sex gewesen.

Nein, das war weit mehr als das gewesen!

Obwohl seine Gedanken ihn bis ins Mark erschreckten, konnte er nicht erwarten, all das gleich noch einmal zu tun.

Ihre Körper kühlten sich ab, und ihre Atemzüge beruhigten sich wieder, ehe Grace sich in seinen Armen bewegte. Ihre Finger glitten über seine Schultern in einer zufriedenen, massierenden Bewegung, ehe sie sich selbst hochhob, um ihn anzuschauen. Immer noch in ihr zuckte sein Schwanz und begann, sich wieder zu verhärten.

„Du hast es getan", sagte sie. „Du hast mich zum Kommen gebracht mit dir in mir, und du musstest mich nicht unterdrücken oder mich in der Öffentlichkeit ficken. Du hast es in einem Bett getan mit brennenden Kerzen rund herum."

„*Wir* haben es getan", sagte er zärtlich. „Und ich habe alles, was wir getan haben, geliebt. Aber ich glaube nicht, dass es immer so sein wird wie dieses Mal. Denn ich will dich auf jede erdenkliche Art und Weise ficken, die es gibt, rein und unanständig, langsam und schnell, sehnsüchtig sanft und wahnsinnig wild. Ich will, dass du mir alles sagst, was du jemals wolltest, und ich will es dir geben. Schäme dich niemals deswegen, wer du bist und was dir gefällt, denn du bist genau das, was ich brauche. Für den Fall, dass du das nicht verstehst, werde ich es dir heute Nacht beweisen. Mehrmals!"

KAPITEL FÜNFZEHN

Max' Zauberregel Nr. 16:
Egal wie viel Erfolg du hast, vergiss niemals deine Freunde!

AM NÄCHSTEN MORGEN ERWACHTE GRACE durch den Duft von Kaffee und gebratenem Speck, zwei ihrer liebsten Dinge, doch sie lächelte nicht eher, bis Max sich herabgebeugt und ihre Schulter geküsst hatte. „Mmm", sagte sie, ohne die Augen zu öffnen. Sie streckte sich und genoss all die kleinen Stiche und Schmerzen, die durch die vorherige Nacht hervorgerufen worden waren. „Ich hatte Recht."

„Womit?"

„Es gibt nichts, das du einer Frau im Bett nicht geben kannst."

Als er nicht reagierte, öffnete sie die Augen erst einen Spalt und schlug sie dann vollständig auf. Er saß neben ihr mit einer Tasse Kaffee in seiner Hand und einer besorgten Miene auf seinem Gesicht. „Hey. Was ist passiert? Baut Chevrolet keine Trucks mehr?" Während sie sich aufsetzte und das Laken um sich herum enger zog, umfasste sie sein Gesicht. „Liebling, du bist fantastisch. Im Bett und außerhalb. Im Moment bin ich glücklicher als der glücklichste Mensch der Welt. Aber ich habe mich darauf bezogen, dass du mir Frühstück ans Bett bringst. Ich dachte, du glaubst jetzt, dass ich *dich* will und nicht nur deine überragenden sexuellen Fähigkeiten."

Er stellte die Kaffeetasse auf den Nachttisch neben den Teller mit einem Omelette und dem Speck. Er rieb sich den Nacken, ehe er sie leicht küsste, als ob er sie beide sich einander versichern wollte. „Ich weiß. Es ist nur schwer, mit dieser Gewohnheit brechen zu müssen, zu denken, dass mich jeder betrachtet als einen . . . , nun ja, einer . . .“

Sie zog die Augenbrauen fragend hoch. „der herumhurt?“

Er kniff die Augen zusammen. „Witzig. Melina nannte es einmal so.“

Sie lachte. „Wenn sie das tat, dann nur im liebevollsten Sinn, da bin ich mir sicher.“

„Naja, der einzige Zeitpunkt, an dem ich möchte, dass du es so nennst, ist, wenn *du* es liebevoll sagen kannst.“ Er lehnte seine Stirn an ihre. „Denn es wird sehr einfach sein, sich auch in dich zu verlieben, Grace. Tatsächlich glaube ich, dass ich es schon mehr als halbwegs getan habe.“

„Max . . .“

Im anderen Zimmer läutete ein Telefon, und er runzelte die Stirn. „Das ist mein Handy. Das könnte Rhys sein. Beweg‘ dich nicht!“

Als er gegangen war, ließ sie sich aufs Bett zurückfallen und starrte die Zimmerdecke an. Dann breitete sich über ihr ganzes Gesicht ein überglückliches Lächeln aus, und sie musste sich davon abhalten, auf ihre Füße zu springen und durchs Zimmer zu tanzen.

„Grace“, sagte Max. Sie sah auf und spannte sich augenblicklich an. Sein besorgter Gesichtsausdruck war zurückgekehrt.

„Ist was mit Melina . . .“

Er schüttelte den Kopf. „Nein, ihr geht’s gut. Es tut mir Leid. Ich hätte dich nicht denken lassen sollen . . .“ Mit einer Hand strich er sich durchs Haar.

„Was ist los?“

„Das am Handy war Elizabeth Parker.“

Elizabeth. Die Elizabeth Parker, die blonde Schauspielerin,

die er vor Lodis Bar geküsst hatte. Grace schaute weg, aber der Schmerz, den sie fühlte, musste offensichtlich gewesen sein.

„Hey", sagte Max und eilte an ihre Seite. „Schau mich an, Dixie!"

Als sie das tat, umfasste er ihr Gesicht. „Ich bin verrückt nach dir! Du brauchst dir überhaupt keine Sorgen wegen mir und Elizabeth zu machen. Wir sind bloß Freunde."

Freunde, die miteinander Sex gehabt hatten. Freunde, die vor nur ein paar Tagen in einer leidenschaftlichen Umarmung fotografiert worden waren. Aber es war ja nicht so, dass sie nicht auch eine Vergangenheit hatte. Und er hatte so leichten Herzens an ihre Unschuld geglaubt, als sie ihm von Logan Coopers Anschuldigungen erzählt hatte. Sie musste ihm auch glauben.

„Okay", sagte sie. „Also warum siehst du dann so besorgt aus?"

„Elizabeth war gerade dabei, ins Flugzeug nach Las Vegas zu steigen, als sie mich anrief, wahrscheinlich hebt es gerade ab."

Großer Gott. Hatte das irgendwas mit ihrem Plan zu tun? Hatte sie angerufen, um ein weiteres Foto mit Max zu arrangieren? Weil sie wusste, dass Max nicht wirklich der Ihre war, sie sich aber so fühlte, als wäre er es. Sie wollte sicherlich nicht, dass irgendeine andere Frau etwas mit ihm anfing, und sie wollte sicher auch nicht, dass Fotos davon in allen Zeitungen auftauchten. „Also wirst du und sie . . ." Sie bewegte ihre Hand in einem Kreis, doch er packte sie und drückte sie leicht.

„Das hat nichts mit unserem Plan zu tun. Sie war aufgebracht. Sie sagte, dass sie dabei wäre nachzugeben, und dass sie ihren betrügerischen Exmann um eine zweite Chance bitten wollte."

„Und sie kann sich an niemand anderen wenden?"

Er fuhr zusammen. „Ich weiß, es ist schlechtes Timing, aber . . ." Wieder fuhr er mit seinen Händen durch sein Haar.

„Aber sie ist dein Freund", sagte sie.

„Ja, das stimmt. Aber sie ist *bloß* ein Freund. Und du wirst so viel mehr als das für mich sein! Das bist du bereits. Aber wenn du dich dabei unbehaglich fühlst, werde ich sie nicht abholen."

Natürlich wollte sie nicht, dass er ging, aber der ganze Grund, warum sie gerade mit ihm hier und jetzt zusammen war, war, weil sie wusste, was für ein großartiger Kerl er war. Ein großartiger Kerl wäre für seinen Freund da. „Du solltest gehen."

„Willst du damit sagen, dass du dich mit dieser Idee nicht unbehaglich fühlst?"

„Ich will damit sagen, dass ich dir vertraue, Max. Dass ich nicht gelogen habe, als ich sagte, ich würde mehr als Sex von dir wollen. Ich will . . . Ich will etwas Besonderes mit dir aufbauen. Etwas Andauerndes."

„Das will ich auch."

Sie nickte und zwang sich zu einem großen Lächeln. „Also wie viel Zeit hast du?"

„Wie viel Zeit haben *wir*. Und die bessere Frage ist, wie viel „Besonderes" können wir in zwei Stunden reinpacken?"

„Das weiß ich nicht, aber ich freue mich darauf, es herauszufinden."

„Was ist mit deinem Frühstück?"

„Ich esse meine Eier kalt und trinke meinen Kaffe kalt. Solange ich dich bekommen kann, wenn du heiß bist."

☙❧

AUF MAX' BITTE HIN BLIEB Grace in seiner Wohnung, nachdem er losgefahren war, um Elizabeth am Flughafen abzuholen. Er versprach, dass er in ein paar Stunden zurück sein würde, nachdem er die Gelegenheit gehabt haben würde, mit ihr zu sprechen. Grace nutzte die Gelegenheit, Melina zu besuchen, der es großartig ging und die am nächsten Tag nach Hause durfte. Grace verabschiedete sich gerade von Melina, als Max anrief.

„Hallo", sagte sie. „Ist alles in Ordnung?"

„Mit Elizabeth? Ich hoffe, bald."

„Bedeutet das, dass du rechtzeitig für ein spätes Mittagessen zurück sein wirst?"

„Ich bin nicht sicher. Die Dinge sind etwas . . . kompliziert. Aber würdest du bitte in meiner Wohnung auf mich warten?"

Sein ernsthafter Tonfall kam endlich bei ihr an. Es schien mehr als nur ernst zu sein, weil ein Freund in Schwierigkeiten steckte. Es klang, als ob er wollte, dass sie auf ihn wartete, damit er mit ihr ein Gespräch führen konnte über etwas, worüber sie nicht sprechen wollte.

Sie schaute Melina und Rhys an, die in eine Unterhaltung vertieft waren. Sie hatte ihnen nichts von Elizabeths Spontanbesuch erzählt, nur dass Max geschäftlich etwas erledigen musste und später vorbeischauen würde. Dann war sie Melinas drängenden Fragen nach dem, was zwischen ihr und Max vorging, ausgewichen. Doch sie war immer wieder errötet, was Melina zum Lachen brachte und sie nur umso stärker nachbohren ließ, bis Rhys sanft gesagt hatte: „Lass sie in Ruhe, Marienkäferchen! Sie werden selbst entscheiden, wann sie es uns erzählen."

Es entging ihr nicht, dass die beiden sie anschauten, als sie mit Max sprach, und sie streckte ihnen die Zunge heraus, auch wenn sie sich dann abwandte. Die spielerische Grimasse stand jedoch in starkem Gegensatz zu der Besorgnis, die Max mit seinem Verhalten und seinen Worten in ihr verursacht hatte.

„Grace, wirst du auf mich warten?"

„Natürlich. Aber was ist denn passiert? Du beunruhigst mich."

Sie hörte ihn einen lauten Atemzug ausstoßen, als ob er all seinen Mut zusammennehmen müsste. „Ich sagte dir, dass du dir keine Sorgen machen müsstest, was Elizabeth betrifft. Das Problem ist, sie war völlig fertig und angetrunken, als sie aus dem Flugzeug stieg, und ich habe versucht, sie zu beruhigen und gleichzeitig sie von allem abzuschirmen."

Arme Elizabeth, dachte sie. Es war schon schlimm genug, so

eine schwere Zeit durchstehen zu müssen, ohne sich auch noch um schlechte Presse Sorgen machen zu müssen. „Noch etwas?"

„Sie zeigte mir eine Zeitung, die sie am Flughafen gekauft hat. Wir sind darin, Grace! Jemand hat uns fotografiert, als wir uns vor dem Babygeschäft geküsst haben!"

Sie stieß einen Seufzer der Erleichterung aus. Das waren keine großartigen Neuigkeiten, aber so entsetzlich war es auch wieder nicht.

„Grace, es tut mir Leid. Ich versprach, dass ich die Sache für uns behalten würde, . . ."

„Max", sagte sie und dabei drehte sie sich absichtlich zu Melina und Rhys um. „Wir haben uns einmal auf der Straße geküsst." Melina und Rhys grinsten und klatschten sich nochmal die Hände ab. Melina machte sogar einen kleinen Hüpfer im Bett, was Grace nicken und lächeln ließ. „Das war nicht deine Schuld. Und ich bin nicht aufgebracht. Ich meine, wir beide . . . wenn wir zusammen sein werden . . . Die Leute werden es irgendwann herausfinden. Übrigens habe ich das von uns jetzt gerade Melina und Rhys verraten. Und sie scheinen ja höchsterfreut darüber zu sein."

Zum ersten Mal klang sein Tonfall etwas erleichtert. „Gut. Jetzt kann ich dich endlich küssen wo und wann auch immer ich will."

„Als ob das was ändern würde", neckte sie ihn.

„Bis bald, Dixie!"

„Bis bald", sagte sie.

Aber auch Stunden später, nachdem sie ihren Besuch bei Melina und Rhys, die beide sehr glücklich waren, beendet hatte, das Fitness-Studio besucht und einen Film aus Max' DVD-Sammlung angeschaut hatte, war Max immer noch nicht zurückgekehrt.

Jetzt war es sechs Uhr abends, ungefähr sieben Stunden nachdem Max in Richtung Flughafen aufgebrochen war, um Elizabeth abzuholen. Gerade wollte Grace einen weiteren Film in den DVD-Spieler einlegen, als jemand an Max' Tür klopfte.

Grace machte einem gut aussehenden Mann mit lockigem, dunklem Haar auf. Er trug ein geschmackvolles Hemd mit Krawatte; ihm hingen eine Kamera über die Schulter und ein Schlüsselband mit irgendeiner ID-Karte um den Hals. In der Hand hatte er einen Bleistift und einen Notizblock. „Frau Sinclair, ich bin Jeff Michaels von *Vegas Scoop.*"

Grace wollte die Tür sogleich schließen. Doch Michaels stellte seinen Fuß dazwischen, um das zu verhindern.

Grace zog die die Augenbrauen bedrohlich zusammen. „Bewegen Sie Ihren Fuß! Sie haben hier drin nichts verloren!"

„Sie schlafen mit Max Dalton, der hier in der Gegend eine Berühmtheit ist, und er schläft mit Elizabeth Parker, die eine noch größere Berühmtheit ist."

Sie hatte nicht beabsichtigt, es zu sagen. Aber es geschah. „Max schläft nicht mit Elizabeth."

Michaels grinste blöde. „Tut mir Leid, aber es stimmt. Ich habe die beiden gerade beobachtet, als sie in ein Hotel in der Nähe des Flughafens eincheckten."

Sie reckte ihr Kinn. „Ich bin nicht gerade vom Rübenlaster gefallen, also ich meine, ich bin nicht naiv! Sie denken wohl, dass ich Ihnen das so einfach glaube?" Außerdem, auch falls er die Wahrheit sagen sollte, Max hatte ihr bereits gesagt, dass Elizabeth betrunken war und er sie irgendwohin bringen musste, weg von der lauernden Meute. Dafür wäre ein Hotel sicher gut geeignet.

Michaels hob seine Kamera hoch und zeigte ihr ein Foto.

Es waren Max und Elizabeth in einer–so schien es–hautengen Umklammerung, aber es könnte auch genausogut eine freundschaftliche Umarmung sein, wenn einer dieser beiden Freunde extrem aufgeregt wäre. Auf dem Bild trug Max dieselbe schwarze Hose und das mintgrüne Hemd, das er angehabt hatte, als er sie verlassen hatte. Die kleine Zeitangabe am unteren Bildrand sagte aus, dass das Foto vor ungefähr drei Stunden gemacht wurde, ungefähr um die Zeit herum, als Max sie angerufen hatte.

Es wäre leicht für sie gewesen, irgendwelche Schlüsse zu ziehen, aber da das ganze Fiasko mit Logan Cooper ihr noch recht frisch im Gedächtnis war, tat sie das nicht. Stattdessen erinnerte sie sich daran, dass Max gesagt hatte, es wäre leicht, sich in sie zu verlieben, und darauf konzentrierte sie sich jetzt.

Sie konzentrierte sich darauf, dass sie ihn bereits liebte.

Der Reporter jedoch, wollte nicht aufgeben. „Ich bin Ihnen beiden schon zuvor hierher gefolgt. Als Dalton ging, folgte ich ihm. Nachdem ich ihn mit Elizabeth gesehen hatte, kam ich hierher zurück, um zu sehen, ob Sie noch hier wären . . ."

„Damit Sie mich verletzen könnten? Tut mir Leid, das ist Ihnen nicht gelungen. Ich weiß, was für ein Mann Max ist, und das ist alles, was zählt. Sie können über ihn drucken, was auch immer sie wollen. Deshalb werde ich nicht weniger von ihm halten."

Endlich zog Michaels den Fuß von der Schwelle zurück. „Heißt das, Sie geben keinen Kommentar zu der Geschichte ab, die bald herauskommen wird?"

„Da gibt es keine Geschichte."

„Doch, die gibt es. Es ist die Geschichte von Elizabeth Parker, die ihren Ehemann im Bett nicht zufriedenstellen konnte und deshalb Trost in den Armen eines langjährigen Jugendfreundes suchte, der sie allerdings mit einer Frau betrog, die Sex so sehr mag, dass sie sogar einen ihrer Studenten belästigte. Eine Frau, die Sex so sehr mag, dass sie ein Nacktfoto von sich selbst an Max Daltons Handy sendete."

KAPITEL SECHZEHN

Max' Zauberregel Nr. 17:
Erkenne, wann es an der Zeit ist, zusammenzupacken
und von der Bühne zu verschwinden!

Drei Tage später

G RACE SCHLOSS DEN KOFFERRAUM IHRES Wagens,
nachdem sie die letzten paar Dinge aus ihrem Büro einge-
laden hatte. Bevor sie sich ans Steuer setzte, teilte sie Melina die
Entscheidung des Ethikkomitees der Universität als Textnachricht
mit. Sie sandte diese Nachricht auch an Lucy und Rhys. Sie dachte darüber nach, auch Max zu verständigen, tat es aber dann doch
nicht.

Sie suchte sich jedoch die sexy Texte wieder hervor, die sie mit
Max während des Skype-Interviews ausgetauscht hatte.

Sie hätte sie löschen sollen. Sie tat es aber nicht. Sie konnte es
nicht.

Sie hatte ihn nicht mehr gesehen seit er gegangen war, um
Elizabeth vom Flughafen abzuholen. Als Michaels ihr von seinem Artikel erzählt hatte und dass dieser Informationen enthielt,
die aus den Texten mit Max stammten, war sie in ihr Hotel zu-
rückgefahren, hatte alles zusammengepackt und war dann im
Krankenhaus vorbeigefahren, um sich von Melina und Rhys zu

verabschieden; denen versprach sie hoch und heilig, wiederzukommen, sobald die Babys auf der Welt wären.

Sie hinterließ Max keine Nachricht. Rief ihn nicht an.

Und obwohl er sie die ganze Zeit mit Telefonanrufen bombardiert hatte, hatte sie sich geweigert, sie anzunehmen.

Sie wollte es eigentlich. Sie musste sich dazu zwingen, sie nicht anzunehmen, weil sie Angst hatte, dass sie nachgeben würde.

Sie liebte Max. Sie glaubte nicht, dass er sie mit Elizabeth betrog.

Aber Michaels Besuch hatte ihr den wahren Grund, warum sie und Max nicht zusammen sein konnten, klar gemacht.

Es war nicht, weil er ein Playboy war und mit ihr keine Beziehung haben wollte. Es war, weil er eine Berühmtheit war, einer, dessen Privatleben ständig Freiwild für die Medien war. Er war auch ein Mann, durch den all ihre irren, ausgefallenen Ticks noch stärker überdreht wurden.

Das war nicht das, was sie wollte.

Sie wollte Liebe. Sie wollte eine Familie. Aber vor allem wollte sie ein normales Leben.

Jetzt, da sie Las Vegas verließ, war sie um mehrere Schritte näher an ihr Ziel herangekommen.

Endlich war das Fiasko mit Logan Cooper vorbei.

Das Ethikkomitee der Universität hatte zu ihren Gunsten entschieden. Letzten Endes hatten sie entschieden, dass Grace' Verhalten bei der Campusfeier unklug, aber nicht unethisch gewesen war. Ein wichtiger Faktor für die Entscheidung des Komitees war, dass Steven LaBrecht doch noch für sie ausgesagt hatte, nachdem Grace' Anwalt ihm den Artikel gezeigt hatte, den Michaels in *The Scoop* veröffentlicht hatte. Grace und Steven waren nach seiner Aussage vor dem Komitee zum Kaffeetrinken gegangen, und Steven hatte ihr gesagt, dass die Frau, mit der er sich verabredete, bei ihm bleiben wollte. Grace war froh.

Es gab noch das Verfahren gegen die Universität, mit dem sie sich zu befassen hatte, aber ihr Rechtsanwalt war zuversichtlich, dass es wegen Stevens Aussage vermutlich beigelegt oder gleich ganz fallen gelassen werden würde. Und obwohl sie sich noch mit einer Schar von Reportern herumschlagen würde müssen, die Michaels' Geschichte noch weiterverfolgen wollten, auch wenn sie bereits nach Kalifornien zurückgekehrt sein würde, hätten sie doch bald das Interesse an ihr verloren, wenn sie erst einmal gemerkt hätten, dass Max nicht auftauchen würde und sie sich weigern würde, ein Wort über ihn zu sagen. Es half enorm, dass sowohl Elizabeth als auch Max wie vom Erdboden verschwunden zu sein schienen. Es gab online wilde Spekulationen darüber, dass sie in die Karibik geflogen wären, um den Schaden, den Grace ihrer aufkeimenden Beziehung zugefügt hatte, wieder gutzumachen. Von Melina wusste Grace, dass dies nicht der Wahrheit entsprach. Elizabeth hatte sich irgendwo verkrochen, wovon nicht einmal Melina wusste, wo es war, und Max war allein zum Haus seiner Eltern gefahren.

Zumindest konnte er ein wenig wertvolle Zeit mit Houdini verbringen, dachte Grace. Das wäre gut für ihn. Und sie wollte alles, was gut für Max war.

Sie wusste einfach, was gut für *sie* war, und das war, dass sie sich voneinander fernhalten sollten.

Michaels' Artikel war nicht ganz so schlimm wie er hätte sein können. Obwohl er sich darauf bezog, dass sie und Max sich heiße Texte geschrieben hatten, schloss er keine der tatsächlichen Texte mit ein, und auch nicht das Foto, das sie Max geschickt hatte. Letzten Endes war es auch bloß ein weiterer sensationslüsterner Artikel der Boulevardpresse, der auf Wahrheit beruhen konnte, aber auch komplett erfunden sein konnte.

Nun war Grace auf ihr Ziel nach Hause zu kommen ausgerichtet. Sie hatte ihren Job bei der Universität wie geplant gekündigt, aber sie hatte auch das Projekt Baby fallen gelassen. Wenn sie eine Sache durch ihre Zeit mit Max gelernt hatte, dann war es, nicht zu wissen, was sie eigentlich wollte. Überstürzt zu handeln, indem sie unter diesen Umständen einfach ein Kind in die Welt setzte, war nicht in Ordnung.

Grace war versessen darauf, ins Auto zu kommen, als sie hinter sich eine Bewegung wahrnahm.

Sie drehte sich um und sah Max.

Sie wimmerte beinahe vor Aufregung und Bedauern gleichermaßen. Er sah gut aus, aber er sah auch müde aus. Verhärmt. Heruntergekommen und erschöpft. Ziemlich genau so, wie Rhys ausgesehen hatte, als dieser zum Krankenhaus gerast war, an dem Tag, als Melina diese Kontraktionen gehabt hatte.

Doch Max' Gesichtsausdruck wandelte sich nicht zu Freude oder Erleichterung, so wie es bei Rhys der Fall gewesen war. Er stand mehrere Schritte von ihr entfernt, mit den Armen vor der Brust verschränkt, und blickte finster drein.

Sie konnte kaum widerstehen, sich ihm in die Arme zu werfen.

Es waren nur drei Tage gewesen, und sie vermisste ihn bereits. Sehnte sich nach ihm. Jede Minute, jeden Tag, aber besonders in der Nacht, wenn sie von den Erinnerungen verfolgt wurde, wie sie einander in den Armen gelegen waren.

Schließlich fragte sie: „Ist Melina okay?", obwohl sie wusste, dass mit ihr alles in Ordnung war. Wenn es nicht so wäre oder wenn Melina Wehen bekommen hätte, hätte Rhys sie angerufen oder ihr eine Nachricht geschickt.

Er erwiderte nichts.

„Was bringt dich hierher, Max?"

Ihre Worte schienen ihn aus einer Art Trance aufzuwecken. Er ging auf sie zu. Zu ihrem absoluten Entsetzen beugte er sich dann nieder, legte seine Schulter an ihren Bauch, richtete sich wieder auf und trug sie von ihrem Auto weg. Es dauerte mehrere Sekunden, ehe sie wieder sprechen konnte. „Was machst du da?"

„Ich bringe dich zu einem Ort, von wo du nicht wieder

weglaufen kannst. Ich bin ein Zauberer. Ich habe ein Sortiment an Fesseln und Handschellen. Echt schlimm, dass ich als ich von zu Hause fortging, um Elizabeth zu treffen, nicht wusste, dass du weglaufen würdest. Ich hätte dich an meinem Bett festgebunden!"

Als er bei seinem Wagen angekommen war und die Türen durch die Zentralverriegelung aufgesperrt hatte, riss er die Beifahrertür auf, beugte sich hinunter und lagerte sie vorsichtig im Wageninneren ab. „Bleib'!", sagte er und deutete auf sie.

Als wäre sie der verschreckte Houdini.

Glücklicherweise für ihn und unglücklicherweise für sie befand sie sich in einem solchen Schockzustand darüber, was er gerade getan hatte, dass er sich ans Steuer setzen und losfahren konnte, ehe sie sich erholt hatte.

„Bist du verrückt?"

„Verrückt angepisst, verrückt frustriert, verrückt, mich jemals mit dir eingelassen zu haben. Such's dir aus!", sagte er.

Das ließ sie ihren Mund halten. Sie wusste, dass es dumm war, aber sein Kommentar tat weh.

Es hatte den Anschein, als würde er das verstehen. Seufzend sagte er: „Für den Fall, dass du dich fragst, ich bin auch immer noch verrückt nach dir. Und ich weiß, dass du noch verrückt nach mir bist."

Seine leuchtenden grünen Augen durchdrangen sie wie ein Laserstrahl und enthielten so viel Entschiedenheit, dass sie sich wegdrehen musste und aus dem Fenster schaute.

„Du liegst falsch, Max", sagte sie ruhig.

„Nein, *du* liegst falsch, wenn du glaubst, ich würde zulassen, dass du so einfach von mir weggehen kannst."

Ihr Kopf schnellte herum, und sie betrachtete sein Profil, während er fuhr. „ ‚Zulassen'? Wir sind nicht im Bett, Max, und letztes Mal hatte ich die Kontrolle, du hast keine Kontrolle mehr über mich."

„Das kann ich ändern."

Sie erbebte, und ihr Innerstes fing an zu pochen. Max war schon immer mehr als der typische schlimme Junge gewesen, aber sie hatte ihn niemals zuvor so dominant gesehen. Schon aus Prinzip wollte sie weiter gegen ihn ankämpfen, aber sie konnte deutlich sehen, wie verletzt er unter der Oberfläche seiner Wut war.

Sie hatte ihm das angetan.

Sie wollte keinen von ihnen beiden jemals wieder verletzen.

Es wurde Zeit, es mit Logik und Ehrlichkeit zu versuchen. Max war vernünftig, und sie waren nicht allzu lang zusammen gewesen. Sie würde ihm einfach erklären, warum es für sie nicht funktionieren würde, so wie sie es von vornherein hätte tun sollen, und er würde vernünftig sein. Er hatte so viele Frauen, die alle mit ihm zusammen sein wollten. Er brauchte nicht sie, um sein Leben zu verkomplizieren.

„Du hast Recht. Ich bin verrückt nach dir. Aber du kannst mir nicht das geben, was ich brauche. Ich will eine Familie. Ich will Stabilität. Ich will ein schönes, normales, friedliches Leben. Wie der Besuch eines gewissen Reporters bewiesen hat, bringst du Drama mit, keinen Frieden."

„Du brauchst etwas Drama."

„Nicht so viel! Großer Gott, Max, sie haben mich beinahe gekreuzigt in diesem Artikel! Das, was sie geschrieben haben . . . über die Anklage . . . über diese Texte . . ."

„Das war Jeremy. Während einer Vorstellung eines Nachts hat er einfach mein Handy genommen. Las die Texte. Er brauchte Geld, und er wusste, dass Michaels für *The Scoop* arbeitet. Er rief ihn an. Dankenswerterweise war er so schlau, dass er nicht gleich tatsächlich unsere ganzen Texte ihm übermittelt hat."

„Jeremy? Dein Vermieter?"

„Ex-Vermieter."

„Oh nein, Max! Du hast doch hoffentlich nicht deinen Mietvertrag wegen mir gekündigt, oder?"

„Meinst du das ernst?"

„Nein, ich . . ."

„Meinst du das verdammt nochmal ernst?"

Wie betäubt hörte sie auf zu sprechen.

Er fuhr seitlich in eine Parklücke und drehte sich um, um sie anzuschauen. „Dixie, der Kerl hat mein Handy gestohlen und persönliche und private Informationen benutzt, um dir wehzutun. Unseren Mietvertrag aufzulösen war das Mindeste, was Rhys und ich ihm antun konnten."

Sie riss die Augen auf, und er schüttelte den Kopf. „Wir haben ihm nicht wehgetan, auch wenn wir es wirklich vorhatten. Doch wir können kein Risiko eingehen, dass Rhys nicht für seine Babys da wäre. Und ich wollte nicht das Risiko eingehen, nicht da zu sein, wenn du wieder bei Sinnen bist."

„Ich habe alle meine Sinne wieder zusammen, Max. Das Bild, das ich dir geschickt habe . . ."

„Das hab' ich gelöscht, sobald du es mir geschickt hattest. Jeremy hat es niemals gesehen."

„Das hast du gelöscht, aber nicht die Texte."

„Das Foto . . . ich wollte nicht riskieren, dass es jemand sieht und es dann zu dir zurückverfolgt. Bei den Texten bin ich ein gewisses Risiko eingegangen. Es stellte sich heraus, dass das die falsche Entscheidung war und das tut mir auch Leid. Aber wie ich vorher schon sagte: um ein erfülltes Leben zu leben, muss man manchmal Risiken eingehen, und diese Risiken werden auch mal nach hinten losgehen. Das bedeutet aber nicht, dass man aufhört, Risiken einzugehen."

Sie wollte das glauben, konnte es aber nicht. „Das mit dir und mir wird nicht funktionieren. Ich wünschte, es wäre nicht so, aber wenn Wünsche Fische wären, würden wir alle unsere Netze auswerfen. Du stehst im Rampenlicht, und ich bin nur ein normales Mädchen, das eine Familie will . . ."

„Unsinn! Du bist nicht normal, egal wie sehr du es auch sein willst. Und das ist gut so, Grace! Du willst eine Familie, aber du willst auch Liebe. Du willst Aufregung. Du willst das Ausgefallene. Ich kann dir das alles geben, wenn du mich lässt."

„Nein."

Er starrte sie an. Nahm ihre Hände und küsste sie, wie er es vorher auch schon getan hatte. „Mir ist klar, dass es beschissen war, wie es dieser Reporter auf dich abgesehen hat. Ich weiß, dass du gedemütigt wurdest. Aber nicht ich habe dir das angetan, Grace! Und jetzt sagst du mir, dass ich dieses ganze Drama nicht wert wäre, obwohl das besagte Drama gar nicht meine Schuld war."

Sie wollte ihn so sehr wiederaufbauen, aber sie konnte nicht. Er hatte Recht. Sie war *nicht* normal–ihr Hang zum Ausgefallenen und dazu, Risiken einzugehen, bewiesen es–aber sie wollte normal sein. Und um normal zu sein, brauchte sie ein normales Leben. Nicht ein Leben in Las Vegas, wo sie sich mit einem berühmten Zauberer verabredete.

„Das Drama war nicht deine Schuld, Max. Es ist . . . es liegt nur daran, wer du bist. Und wer du immer sein wirst."

Er sah aus, als hätte sie ihm einen Dolchstoß versetzt. „Richtig." Er starrte ihre miteinander verschränkten Hände mehrere Sekunden lang an, ehe er sie losließ. Er fuhr wieder los, unternahm eine scharfe Wende und steuerte wieder in Richtung Universität. „Oh Gott, ich werde es nie lernen. Erst Nancy und jetzt, elf Jahre später, du. Ich dachte, ich hätte meine Lektion gelernt."

Sie wusste nicht, wer Nancy war, aber so wie er ihren Namen sagte, wollte sie nicht mit ihr verglichen werden. „Max, es tut mir Leid", sagte sie, als er wieder neben ihrem Auto anhielt. „Wir wollen unterschiedliche Dinge . . ."

„Spiel' nicht diese Karte, Grace! Du hast Angst. Du hast dich mir geöffnet, und dann musstest du dich mit so hässlichem Zeug herumschlagen, und jetzt hast du Angst, dass es noch mehr hässliches Zeug geben wird. Doch wovor du am meisten Angst hast? Du hast Angst, dass ich dir wehtun werde."

„Und ist das sosehr außerhalb des Bereichs des Möglichen? Du hast schon viele Frauen hinter dir zurückgelassen, Max."

„Das stimmt. Aber wenn ich ging, tat ich es in dem Wissen, dass ich ihnen niemals versprochen hatte, dass ich es nicht täte. Ich habe nie eine dieser Frauen angelogen. Aber du hast gelogen! Du sagtest, du würdest mich respektieren. Dass du mit mir etwas Besonderes aufbauen wolltest."

„Liebling, ich habe nicht gelogen. All das war wahr! Es *ist* wahr. Aber wir sind zu verschieden."

„Noch einmal: Unsinn! Jetzt steig' aus! Geh' und verfolge dein normales Leben weiter! Denk' bloß daran, wenn du dich zu Tode gelangweilt hast und merkst, dass du mehr haben hättest können, alles haben hättest können, denk' bloß daran, dass *du* diejenige warst, die weggegangen ist! Und jetzt hast du es zweimal getan."

Sie zögerte. Kämpfte mit der Unentschlossenheit. Dann stieg sie aus.

Sobald sie die Tür geschlossen hatte, fuhr Max davon.

KAPITEL SIEBZEHN

Max' Zauberregel Nr. 18:
Lass' jedes einzelne Mal dein Herz auf der Bühne!

„DU BIST WAHNSINNIG!", SAGTE LUCY, während sie die Kleidungsstücke, die Grace in einen Koffer gelegt hatte, wieder auspackte. Sobald Melina ihre Babys haben würde und Grace sie gehalten hätte, wäre sie auf dem Weg in die Karibik. Sie hatte ihr Flugticket und alles weitere schon gekauft. Aber zuerst musste sie Lucy davon abhalten, dass sie ihr Zeug wieder auspackte.

Sie nahm die Kleidungsstücke, die Lucy in ihre Kommode geräumt hatte, und legte sie wieder in ihren Koffer. „Lucy, hör auf! Ich hab' dir gesagt, dass ich nicht darüber reden will."

„Und du hast gedacht, dass mich das tatsächlich stoppen würde? Ihr beide seid perfekt füreinander!" Lucy versuchte wieder, Grace' Kleidung zu ergreifen, doch Grace schloss den Deckel gerade rechtzeitig. Schnell zog sie auch den Reißverschluss zu, ehe sie sich ihrer Freundin wieder zuwandte.

„Wie kannst du so etwas sagen? Durch seinen Lebensstil wurde ich in den Zeitungen geradezu gekreuzigt! Halb Las Vegas kennt nun die Anklagen wegen sexuellen Fehlverhaltens . . ."

„Über die dein Arbeitgeber befunden hat, dass sie unbegründet waren."

„ . . . und dass ich Max ein Foto meiner intimsten Stellen

gesendet habe."

Lucy spitzte die Lippen. „*The Scoop* ist schlimmste Boulevard-presse, Müll! Keiner glaubt, was sie eigentlich drucken. Und falls doch, bist du eben eine sexuell aktive Frau. Im großen und ganzen Zusammenhang ist das nicht so schockierend. Was *wirklich* schockierend ist, ist, dass du tatsächlich glaubst, der Artikel sei der Grund, warum du vor Max davonläufst."

„Das ist der Grund."

„Nein, es ist für dich eine bequeme Ausrede, um den einfachen Weg zu nehmen anstatt ein Risiko einzugehen."

Grace wirbelte zu Lucy herum. „Davon musst gerade du reden."

Lucy blickte finster drein. „Was soll das bedeuten?"

„Es bedeutet, du triffst dich mit Jericho und bleibst bei deiner ‚Gleich-und-Gleich-gesellt-sich-gern' Theorie–was übrigens ein weiterer Beweis dafür ist, dass Max und ich zusammen eine Katastrophe wären–weil es der einfache Weg ist. Das ist dir lieber als sich der Tatsache zu stellen, dass du verrückt nach Jamie bist und am Boden zerstört warst, als er dich verlassen hat."

Lucy zuckte zurück. „Erstens *seid* ihr beide, Max und du, gleich, ob du es nun zugeben willst oder nicht", sagte sie ruhig. „Ihr beide seid liebevoll, äußerst loyal, klug und ehrgeizig, und ihr habt beide genug ausgefallene Ideen, um Cäsars Palast aufzumischen. Zweitens hat sich Jamie nicht von mir getrennt." Lucy setzte sich mit niedergeschlagener Miene auf Grace' Bett. Wütend wischte sie die Tränen weg, die sich in ihren Augen ansammelten. „Aber er verhielt sich so, dass ich keine andere Wahl hatte als mich von ihm zu trennen."

Von Lucys Geständnis schockiert wie auch von der Tatsache, dass sie weinte–sie hatte Lucy noch nie zuvor weinen gesehen–setzte sich Grace neben sie und legte eine Hand auf ihren Arm. „Erzähl's mir!"

„Er hat gelogen. Darüber wer er ist. Was er tut."

„Er ist kein Professor?"

„Schon, aber da gibt es so viel mehr in seinem Leben als das. Er kommt aus einer überaus wohlhabenden Familie. Er ist so stinkreich, dass es obszön ist."

„Oh", sagte Grace.

Man würde es nicht vermuten, aber Lucy kam auch aus einer reichen Familie. Und sie hasste das. Ihr Vater und ihre Mutter hatten sie kontrolliert, hatten ihr das Gefühl gegeben, nicht in die High-Society-Welt zu passen, hatten verächtliche Kommentare über die Wahl ihrer Frisuren, Männer und praktisch alles andere abgegeben. Das alles hatte Lucy hinter sich gelassen, als sie sechzehn war, und seitdem niemals wieder zurückgeschaut.

„Aber Jamie ist nicht so. Er arbeitet als Professor am College. Er hat dich niemals respektlos behandelt."

„Er hat versucht, mir zu sagen, was ich anziehen soll. Fand, dass ich mich zu aufreizend anziehe."

„Das war wahrscheinlich, weil er eifersüchtig war."

„Ihm hat nicht gefallen, wenn ich in Clubs ging. Die ganze Zeit wollte er zu Hause bleiben, und ich sollte das auch tun."

„Er wollte dich nicht teilen."

Sie schüttelte den Kopf. „Nein, er war nicht eifersüchtig. Er war um sein Image besorgt. Selbst wenn es Eifersucht gewesen sein sollte, ich bin doch nicht der Besitz irgendeines Mannes! Und was am wichtigsten ist: er ist ein Lügner. Alles, was ich meinte von ihm zu wissen, war nicht wahr."

„Nicht alles. Sicher nicht die Art und Weise, wie er für dich empfand."

„Du hast Unrecht. Ich habe ihn verlassen, und er hat mich nie angerufen. Nicht einmal. Das sagt mir genug darüber, wie er für mich empfunden hat."

„Das bedeutet nicht, dass er dich nicht gern hat, Lucy. Dass er dich nicht liebt. Wahrscheinlich liebt er dich immer noch."

„Es bedeutet, dass er nicht gewillt war, für das, was wir hatten, zu kämpfen. Und das ist für mich das Gleiche. Und ich wette, Max empfindet das genauso."

Grace zog sich zurück und stand auf. „Das ist nicht fair!" Schon während sie die Worte sagte, erinnerte sie sich an eines der Lieblingssprichwörter ihrer Mama: *Fahrgeld (=fare) ist, was du bezahlst, um mit dem Bus zu fahren.*

„Das sollte es auch nicht sein", sagte Lucy. „Es sollte dir ein wenig Vernunft einbläuen, bevor du das Beste, was dir jemals passiert ist, verlierst."

„Er ist ein Drama, Lucy!"

„Und du liebst Dramen, Grace! Wenigstens die Art von Dramen, die Max dir geben kann. Er wird sein Bestes versuchen, um dich vor der Art Drama zu beschützen, die du nicht magst. Offensichtlich wird ihm das nicht immer gelingen. Aber er wird niemals aufgeben, es zu versuchen. Er wird immer an deiner Seite sein, um mit dir zusammen eins auf die Schnauze zu bekommen. Nur zu schade, dass er von dir nicht dasselbe behaupten kann."

Sie musste wahrlich niedergeschmettert ausgesehen haben, denn Lucy stand auf und nahm sie in ihre Arme. „Es tut mir Leid, wenn ich grob zu dir gewesen bin, Grace, aber lass uns das Eine nicht vergessen: Jamie hat mich angelogen. Max hat dich niemals angelogen! Nicht darüber, wer er ist. Nicht darüber, was er für dich empfindet. Das, was geschehen ist, war beschissen, aber es war für euch beide beschissen. Und du bist vor ihm davongelaufen, als wäre das alles seine Schuld."

Jetzt war es Grace, die die Tränen zurückkämpfen musste. „Das war es nicht, was ich vermitteln wollte. Ich habe einfach Angst, Lucy. Er treibt die Dinge in mir voran, alles, das Gute und das Schlechte."

Lucy zuckte zurück und schüttelte sie. „Du hast nicht einen schlechten Knochen in dir!"

„Ich will normal sein", flüsterte Grace. „Wie Melina. Ich will Liebe und eine Familie. Ich will, dass die Leute mich respektieren."

„Erstens ist Melina weit davon entfernt, normal zu sein. Zweitens hast du das alles schon. Falls du mich nicht verstehst: ich, Melina, Rhys und ihre Babys, wir sind deine Familie! Sind es immer gewesen. Max wird es auch sein, wenn du ihm die Chance dazu gibst."

Während Grace in Lucys Augen starrte, begann sie es zu akzeptieren. Sie hatte ihre Familie schon die ganze Zeit um sich gehabt. Warum nur hatte sie das zuvor nicht erkannt? „Ich hab's vermasselt, nicht wahr?"

„Du warst verschreckt. Das ist verständlich. Die Frage ist: was wirst du jetzt machen?"

„Als ich Max das letzte Mal sah, war er wütend, ja geradezu fuchsteufelswild! Aus gutem Grund. Ich wollte Las Vegas verlassen, weigerte mich, seine Anrufe entgegenzunehmen und wies ihn ab wie der allerfeigeste Feigling. Was soll ich tun?"

„Nimm dir ein Beispiel an den Daltons und bereite dich auf die Aufführung deines Lebens vor! Krempel die Ärmel hoch, zieh' die größte Show deines Lebens ab und zeige Max, wie du empfindest! Fällt dir dazu etwas ein?"

Sie dachte an ihre Zeit mit Max. An das Selbstvertrauen wie auch an die Unsicherheiten, die er ihr gezeigt hatte. Und wie sie ihm alles hatte geben wollen, wovon er dachte, dass er es nicht haben konnte–einschließlich sich selbst. „In der Tat fallen mir da so einige Dinge ein. Aber ich werde ziemlich viel Hilfe benötigen."

❧

„ICH HAB' DIR GESAGT, DASS ich mich um die Suche nach einem neuen Theater kümmern werde, Rhys. Du solltest bei Melina bleiben."

„Melina geht es gut. Mam und Dad sind bei ihr."

Nur deshalb, weil sie ihre Reise abgekürzt hatten. Doch als Melina erst einmal ins Krankenhaus gekommen war, hatte keiner von ihnen etwas anderes erwartet. „Aber *du bist* nicht bei ihr!"

„Wir werden uns das PARADISE Theater einmal anschauen, wenn wir schon die Chance dazu haben. Du hast es immer geliebt, und im Moment ist es frei."

„Es kostet auch ein Vermögen, es zu mieten."

„Ich habe dir gesagt, dass ich an einem Investor dran bin, der interessiert ist. Er will nur, dass wir ihm einen Spielplan über eine neue Aufführung geben. Damit ich mit diesem neuen Spielplan auf ihn zukommen kann, brauche ich dich, damit wir uns das Theater mal anzuschauen und uns ein paar neue Tricks überlegen können. Die Tour wird nicht lange dauern. Wir überprüfen einfach den Ort. Schauen, ob er alles hat, was wir für unsere Kunststücke brauchen und ob er uns inspiriert."

„Gut." Max grummelte vor sich hin, als sie das Theater betraten. Ein Teil von ihm wünschte sich, Rhys würde ihn einfach alleine lassen, aber der andere Teil war dankbar, dass sein Bruder die Sache weiter vorantrieb. In Anbetracht dessen, wie niedergeschmettert er gewesen war, nachdem er Grace gesehen hatte, sollte er eigentlich den ganzen Tag nur herumliegen, fernsehen, Bier trinken und Pizza essen. Doch er hatte seine Familie und diese Babys, an die er denken musste, und deshalb musste er von Zeit zu Zeit auch mal den Arsch hochkriegen.

Er zwang sich, sich auf den Eingangsbereich des Theaters zu konzentrieren. Der war eine Schönheit aus Holz, viel Marmor und Stuck. Das Theater selbst war riesig, mit viel Platz unter der Bühne und in den Seitenflügeln, was immens wichtig war für eine Vorführung wie die ihre, die große Bühnenausstattungsstücke und Falltüren erforderte. Es durchflutete ihn eine Welle der Erregung, wie er sie nicht mehr gefühlt hatte, seit Grace ihn verlassen hatte.

„Schau", sagte er. „Wir wissen noch nicht genau, was wir brauchen, deshalb können wir darüber erst hinterher entscheiden. Ich hab' dir von Grace' Vorschlag, mit einer Tanztruppe zusammenzuarbeiten, erzählt, und ich denke, wir sollten erst mal darüber genauer nachdenken. Vielleicht sollten wir etwas abwarten, bevor wir jetzt schon ein Theater anschauen."

„Ich stimme dir völlig zu, dass Grace' Vorschlag seinen Wert hat, aber das Theater steht jetzt zur Verfügung. Wir müssen handeln, ehe es jemand anderer tut. Ah, da sind wir ja!"

Rhys öffnete die riesigen Türen, die ins Theater selbst führten.

„Sieht so aus, als wären wir bereits zu spät dran", sagte Max.

Es waren Leute auf der Bühne, einige machten Dehnübungen, andere tanzten. „Entschuldige, Rhys. Ich weiß, wie sehr . . ."

„Max Dalton?"

Er drehte sich zu der Frau um, die ihn gerufen hatte und jetzt mit langen, anmutigen Schritten auf ihn zukam. Sie trug ein Leopardenkostüm und Leggings.

„Ja?", sagte er.

Sie streckte ihm die Hand entgegen. „Ich bin Louisa James. Ich leite hier in der Stadt ein Tanzstudio."

Max schüttelte ihr die Hand. „Also, mein Bruder und ich wollten gerade . . ." Er drehte sich um, um die Frau seinem Bruder vorzustellen, aber der war verschwunden. Was zum Teufel ging da vor?

Er wandte sich wieder an Frau James. „Es tut mir Leid, Sie gestört zu haben. Ich werde jetzt gehen."

„Oh nein, Sie haben uns nicht gestört. Wir sind wegen Ihnen hier. Grace hat das eingefädelt."

„Grace?" Er sah sich um, sein Puls beschleunigte sich bei der Vorstellung, sie zu sehen, obwohl er sich gleichzeitig wunderte und fragte, was da verdammt nochmal los war.

„Sie erzählte mir, dass Sie interessiert wären, ein paar Tanz- und Akrobatik-Nummern in Ihre Zaubershow mit einzubauen. Sie hat es für mich arrangiert, mehrere Tänzer mitzubringen, damit wir die verschiedenen Möglichkeiten besprechen können."

Max konnte es nicht glauben. Letztes Mal als er Grace gesehen hatte, hatte sie nichts mit seinem ‚Drama‘ zu tun haben wollen. Also warum hatte sie nun das alles arrangiert?

Die Antwort war offensichtlich.

Grace hatte Angst, ein Risiko einzugehen mit ihm als Liebhaber und als Partner. Sie weigerte sich, sich als normal anzusehen, fand sich eher schrullig und ausgefallen. Aber sie war ein guter Mensch. Ein guter Freund. Sie sorgte sich um Melina und Rhys und ihre Zukunft. Verdammt, sie sorgte sich wahrscheinlich auch um Max. Nur nicht genug. „Wann hat Grace Sie kontaktiert?"

„Vor ein paar Tagen."

Nachdem er sich wie ein Höhlenmensch verhalten hatte, sie zu seinem Auto geschleppt hatte und sie dann praktisch rausgeschmissen hatte, weil sie seine Gefühle verletzt hatte.

„Ist Grace hier?"

„Nein, aber sie ist in Las Vegas. Sie sagte, sie würde später vorbeikommen. Sollen wir nun besprechen, wie wir zusammenarbeiten können?"

Grace war in Las Vegas! Er würde sie besuchen! Er wusste nicht, ob das eine gute Idee war oder nicht, und es war ihm auch egal. „Ja, das wollen wir!"

Stunden später saß Max allein in dem stillen Theater und wartete auf Grace. Louisa James und ihre Tänzerinnen hatten ihm einige gute Möglichkeiten gezeigt, um die Show besser als jemals zuvor zu machen. Sie hatten auch schon eine Zeit ausgemacht, wann sie sich wieder treffen wollten. Selbst wenn sich herausstellen sollte, dass Rhys und Max sich die Miete des PARADISE Theaters nicht leisten konnten, gäbe es andere . . .

Aber wo blieb Grace?

Er wollte ihr danken. Er wollte sie fragen, was das alles zu bedeuten hatte. Er wollte wissen, ob sie ihre Meinung geändert hätte und ihm doch noch eine zweite Chance geben wollte.

Doch sie hatte ihm wehgetan. Weit mehr als Nancy Morrison es jemals getan hatte. Konnte er sich wirklich selbst wieder der

Gefahr aussetzen, so verletzt zu werden?

Er erkannte jetzt, dass Nancys Zurückweisung vor all diesen Jahren mehr mit ihrer eigenen Unsicherheit zu tun gehabt hatte als mit ihm. Sie hatte gute Argumente vorgebracht, aber wenn er sich ihre Worte noch einmal vergegenwärtigte, merkte er, wie viele davon sich um ihre Angst drehten, dass er sich mit ihr langweilen könnte und dass er zu jemand anderem weiterziehen würde. Damals hatte er es nicht erkannt und sie weggehen lassen. Das Gleiche hatte er mit Grace getan.

Er hatte es nicht gewollt, aber seine rote Linie war: er konnte nicht mit einer Frau zusammen sein, die nicht daran glaubte, dass das, was sie hatten, genug war, um dafür zu kämpfen. Und *um ihn* zu kämpfen.

Er hörte Grace' Schritte, ehe er sie sah. Als er aufblickte, war sie nur ein paar Schritte von ihm entfernt und hatte eine Geschenkschachtel in ihrer Hand. Sie sah gut aus. Sie sah immer gut aus. Aber sie sah auch unsicher aus.

Sie setzte sich neben ihn.

„Wie ging es mit Louisa?", fragte sie.

„Wir werden zusammenarbeiten. Danke dir, Grace!"

„Gern geschehen." Sie räusperte sich. „Wie geht es dir?"

„Ich bin okay."

„Mmm." Sie spurte die Kante der Schachtel, die sie trug, nach. „Das ist schlecht. Denn mir geht es schlecht ohne dich. Irgendwie hoffte ich, dir würde es genauso gehen."

Er blieb still. Wartete. Und hoffte auch.

„Du weißt, wie gerne ich normal sein will, Max", sagte sie.

Er seufzte und nahm ihre Hände in seine, die Schachtel balancierte sie auf ihren Knien, während ihre verschränkten Hände darauf ruhten. „Du bist viel großartiger als normal jemals sein könnte, Grace! Ich weiß, dass du das nicht glaubst und dass–wie wir bereits festgestellt haben–ich dir das Normale nicht geben kann. Nicht mit diesem Leben. Also warum bist du hier?"

„Weil ich dir ein wenig Normal geben kann." Er versuchte, sich zurückzuziehen, aber sie verstärkte ihren Griff. „Ich habe mir solche Mühe gegeben, die ausgefallene, abenteuerlustige Seite von mir zurückzuweisen, dass ich manchmal vergessen habe, dass sie einfach *ein Teil* von mir ist, nicht alles von mir. Bei mir gibt es mehr als das, genauso wie es bei dir mehr gibt, als nur Künstler zu sein. Wir haben verschiedene Schichten, du und ich!"

„Einverstanden."

„Ich denke, zwischen uns beiden kann es möglich sein, wenn du gewillt bist, es noch einmal zu versuchen, dass wir alles haben. Ich kann deine Karriere unterstützen und deinen Lebensstil, Max. Deshalb habe ich Louisa hierher gebracht. Wir können uns gegenseitig die sexuelle Aufregung geben, die wir brauchen. Aber wir können uns gegenseitig auch das Normale geben. Stabilität. Wohlbehagen. Sicherheit. Liebe. Und möglicherweise, wenn alles gut läuft und du es auch willst, eine Familie."

„Warum bist du dir sicher, dass wir das haben können, obwohl du dir vorher nicht sicher warst. Was hat sich geändert?"

„Ich hab' Zeit gehabt, mit Freunden und Familie zu sprechen, die nicht zulassen wollten, dass ich resigniere und dich ein Leben lang vermissen werde. Und das wäre es gewesen, was ich ohne dich gehabt hätte, Max: Einen ganzen Haufen Zeit, in der ich dich vermisse!"

Er brachte ihre Hände an seinen Mund, damit er sie küssen konnte. „Ich habe dich auch vermisst, Dixie."

Sie blickte unsicher drein. „Vielleicht ist es nicht nötig. Ich brachte es irgendwie als Unterstützung mit, nur für den Fall, dass du überzeugt werden müsstest, wie ernst es mir mit dir ist, doch jetzt erscheint es mir beinahe als Zuviel des Guten."

„Grace, du hast ein Theater gemietet und eine Tanztruppe für mich organisiert. Ich bin mir ziemlich sicher, dass in dieser Schachtel nichts sein kann, das mir den Verstand raubt."

„Okay." Sie hob den Deckel an und nahm eine Decke heraus.

Er hielt den Atem an. Er hatte Unrecht gehabt.

Sie hatte ihm den Verstand geraubt!

Die Decke, die Grace in der Hand hielt, sah denen ähnlich, die seine Mutter Rhys und Melina für die Babys gegeben hatte. Er langte hin und berührte sie. Sie war weich. Fast so weich wie Grace' Haut. Er spürte den Umriss seines und Grace' Namens über einem Herzen nach, dessen Inhalt noch frei gelassen war, wo der Name eines Babys eingetragen werden konnte.

„Das ist nicht die echte", sagte sie. „Deine Mam hat deine sicher zu Hause verwahrt."

Seine Mam hatte eine für ihn gemacht? Er sollte eigentlich nicht überrascht sein, aber er war es.

„Ich habe diese hier machen lassen, weil ich wollte, dass du weißt, dass es das ist, was ich will. Unsere Namen auf einer Babydecke, die deine Mutter für uns macht. Mit dem Namen unseres Babys in dem Herzen unter unseren Namen. Ich möchte Zeit, um unsere Beziehung zu erforschen und um uns gegenseitig zu genießen. Aber letzten Endes, wenn wir bereit sind, möchte ich mit dir eine Familie aufbauen."

„Das will ich auch", sagte er mit verwirrt-verblüffter Stimme. „Und Grace, ich muss kein Zauberer sein, um das geschehen zu lassen. Schon an dem Abend in Lodis Bar hast du den Weg in mein Herz gefunden. Und bis die Zeit kommt, wenn wir bereit für ein Baby sind, solange werde ich deine Familie sein. Für jetzt und für immer."

EPILOG

Max' Zauberregel Nr. 19:
Hab' die ganze Zeit einen Höhepunkt vor Augen,
bereite alles dafür vor, führe ihn aus
und hol' dir die Belohnung dafür ab!

ZWEI MONATE SPÄTER HALF MAX im PARADISE Theater gerade dabei, einen neuen Ablauf zu choreographieren, in dem die verblüffenden Zaubertricks der Dalton-Zwillinge mit den erstaunlichen Akrobatik-Aufführungen der Tänzerinnen von Louisas Tanztruppe verknüpft wurden. Er hatte gerade eine Pause angesetzt und sprach mit dem größten Investor der Show–Jamie Whitcomb, Lucys Ex–als die Theatertüren aufflogen und Lucy den Mittelgang heruntergelaufen kam. Als sie vor ihnen zum Stehen kam, hielt sie ihren Blick fest auf Max gerichtet, als würde Jamie gar nicht existieren. Jamie, jedoch, sah Lucy an, als würde er sie sich über die Schulter werfen und aufs nächste Bett zusteuern wollen. Eigentlich sah er so aus, als würde ihm jegliche horizontale Fläche recht sein.

„Rhys und Melina sind auf dem Weg ins Krankenhaus!" Lucy packte Max an der Vorderseite seines Hemdes, schüttelte ihn und sprang dabei grinsend auf und nieder. „Die Babys kommen. Los, gehen wir, Max!"

„Ich hole Grace und treffe dich auf dem Parkplatz", sagte Max und kümmerte sich nicht darum, sein eigenes Grinsen zu verbergen. Das ist es, dachte er. Bald werde ich meine Nichten oder Neffen im Arm halten.

Mit einem Nicken drehte sich Lucy um, um wieder nach draußen zu eilen, als Jamie ihren Ellbogen umfasste.

„Ich werde dich zum Krankenhaus fahren", bot er an.

Lucy zuckte vor seiner Berührung zurück und kniff die Augen zusammen. „Wenn du Gesellschaft brauchst, kannst du jederzeit einen Chauffeur anheuern. Verdammt, du kannst zehn anheuern! Ich würde eher nackt die Hauptstraße hinuntergehen als mit dir irgendwohin gehen."

Jamie ballte seine Hände zu Fäusten, und seine Kiefermuskulatur zuckte. „Verdammt, Lucy! Du bist vielleicht lächerlich. Mein Geld ist gerade gut genug, um in dieses Theater investiert zu werden, aber sonst nichts?"

„Ich habe dich nicht gebeten, in dieses Theater zu investieren. Das tat Melina. Ich sagte nur, ich hätte nichts dagegen, wenn sie dich fragen will. Und das stimmt. Ich habe nichts dagegen, weil du mir nichts bedeutest. Du bedeutest weniger als nichts!"

Er verschränkte die Arme. „Wenn Melina nicht gerade in den Wehen läge, würde ich von dir verlangen, dass du diese Worte isst, Luce!"

„Träum' weiter, Jamie!" Sie steuerte auf die Tür zu und rief: „Lass uns *gehen*, Max!"

Max legte eine Hand auf Jamies Schulter. „Es tut mir Leid, Mann, aber ich muss gehen."

„Ich werde euch dort treffen", sagte Jamie.

Max war nicht überrascht, dass Jamie auch zum Krankenhaus fahren wollte, da er und Melina bereits Freunde waren, bevor er angefangen hatte, sich mit Lucy zu verabreden. Max hoffte bloß, dass die beiden *ihre* besondere Art von Drama unter Kontrolle halten konnten, wenn sie dort wären.

Da Grace momentan nicht arbeitete, verbrachte sie viel Zeit im Theater. Sie hatte auch vor, mehr Zeit damit zu verbringen,

Melina mit den Babys zu helfen, doch um diese Ehre musste sie sich erst einmal mit der Mutter von Max und der Mutter von Melina streiten. Max fand Grace in einem Gespräch mit einer der Tänzerinnen. „Es wird Zeit, Grace! Melina ist im Krankenhaus."

„Großer Gott!" Schnell verabschiedete sie sich von der anderen Frau, ergriff Max' Hand und zog ihn Richtung Hintertür. Als sie an seinem Auto angelangt waren, hielt sie jedoch inne.

„Melina wird Mama werden", sagte Grace, und Tränen stiegen ihr in die Augen.

Max zog sie in eine enge Umarmung. „Deine Zeit wird kommen, Grace."

Sie lachte und schüttelte den Kopf. „Ich denke nicht an mich. Ich bin von einer Familie umgeben und weiß, dass ich eines Tages mehr haben werde. Es ist nur . . . Rhys und Melina . . . Sie passen einfach perfekt zusammen. Und jetzt wird ihr Leben sogar noch perfekter sein."

„Wenn irgendjemand etwas über Perfektion weiß, dann du, Dixie", flüsterte er, während er mit seinen Knöcheln ihre Wange entlangstrich.

Sie lächelte, drückte einen weichen Kuss auf sein Kinn und riss dann die Beifahrertür auf. „Komm schon! Die Babys sind auf dem Weg!"

~❧~

EINE WOCHE SPÄTER HATTEN MAX und Grace wieder Tränen in den Augen, aber aus etwas anderen Gründen. Rhys hatte Melina und beide Großelternpaare überzeugt, zum Abendessen auszugehen, und so blieben Max und Grace zum ersten Mal mit seiner Nichte und seinem Neffen alleine zu Hause. Nun hatte Max, der es sich in einem Schaukelstuhl im Kinderzimmer gemütlich gemacht hatte, ein Baby auf jedem Arm und zeigte einen Ausdruck völliger Bewunderung.

Grace war dieser Anblick ziemlich vertraut, da Max ihn häufig an den Tag legte, wenn er sie anschaute.

Kein Tag verging, an dem sie sich deswegen nicht wie die glücklichste Frau der Welt fühlte.

Deshalb waren es bei ihr Tränen des Glücks *und* des Bedauerns. Manchmal erschreckte es sie noch, wie nah dran sie gewesen war, ihn zu verlieren.

Max erspürte ihre Laune und sah von den Babys auf, um sie stirnrunzelnd anzuschauen. „Dixie, ist irgendetwas nicht in Ordnung?"

Sie streckte die Hand aus und streichelte das flaumige Haar auf den Köpfen der beiden Babys. Dann umfasste sie Max' Gesicht mit beiden Händen, beugte sich hinunter und gab ihm einen sanften Kuss.

Sofort neigte er seinen Kopf in einem besonderen Winkel, um ihr Lippenaufeinandertreffen zu intensivieren, zog sich nur zurück, als Charlie quiekte. Grace kicherte, als Tabitha wie als Antwort gurgelnde Geräusche von sich gab. „Ich hatte Recht", sagte sie. „Sie sind perfekt."

Max wurde sachlich. „Erzähl's mir!", sagte er.

„Ich bin so glücklich", sagte sie. „Und ich weiß, dass ich mit dir in meinem Leben immer noch glücklicher sein werde. Ich kann nicht glauben, dass ich eine solche Närrin war. Dass ich nicht von Anfang an erkannt habe, wie du wirklich bist. Was wäre, wenn ich nie mehr zur Besinnung gekommen wäre? Wenn ich zugelassen hätte, dass du gehst?"

„Das wäre niemals geschehen. Du hast mich erkannt, Grace", sagte er. „Lang bevor du in Lodis Bar gegangen bist."

„Was meinst du?"

„Keine Chance, dass du auf mich auf diese Weise zugekommen wärst, wenn du nicht gewusst hättest, dass ich mehr zu bieten habe als meinen . . ."

Sie legte schnell ihre Hand auf seinen Mund. „Wage es ja

nicht!", sagte sie. „Nicht vor den Babys."

Er spitzte seine Lippen und küsste ihre Handfläche. Als sie sie wegzog, sagte er: „Also gut. Ich werde warten, bis wir alleine sind, um mit dem unanständigen Reden anzufangen. Oder nach nochmaliger Überlegung, vielleicht werde ich heute Abend das ganze Reden dir überlassen."

„Das sagst du bloß, weil es dich heiß macht, wenn du meinen Südstaatenakzent hörst."

„Alles an dir macht mich heiß, aber ja, klar, die Art, wie du sprichst, Dixie? Die hat mich hart und heiß gemacht, ehe ich dich überhaupt gesehen habe."

„Du meinst, als wir an jenem ersten Abend am Telefon miteinander sprachen, bevor du Melina auf die Bühne gezogen hast, damit sie ihre großartige Show für Rhys abziehen konnte?"

„Woher weißt du das?"

„Weil das genau der Zeitpunkt ist, an dem ich mich auch in dich verliebt habe. Du brauchst keinen Akzent, Max. Ich wusste in dem Moment, als ich mit dir sprach, dass du der Eine, der Richtige, bist. Ich war nur zu erschreckt, um es mir selbst einzugestehen."

„Und jetzt?"

„Jetzt will ich bloß sehen, wie du diese wundervollen Babys im Arm hältst, und hoffe, dass ich eines Tages genug Glück haben werde, um dein Baby in mir zu tragen. Ich liebe dich, Max."

Es war das erste Mal, dass sie das sagte, obwohl sie sich schon seit geraumer Zeit über ihre Gefühle für Max im Klaren war. Sie war sich nur nicht so sicher gewesen, wie er reagieren würde.

Aber sie hätte wissen sollen, dass Max sie um Längen schlagen würde.

„Lang' in meine Hemdtasche, Dixie!"

Sie tat es und zog eine Spielkarte heraus.

Es war die Herzkönigin.

Darauf hatte er geschrieben: „Ich liebe dich auch, Grace!"

Sie kämpfte wieder mit den Tränen und flüsterte: „Dann lass‘ mich deine Magie spüren, du geheimnisvoller Zauberer!"

Das tat er.

Und sie erkannte: egal was kommen würde, selbst wenn die Dinge zwischen ihnen nicht immer perfekt wären, ihr Leben mit Max würde *für immer* voller Zauber sein.

ENDE

Vielen Dank, dass Sie " Mit dem schlimmen Zwilling im Bett " gelesen haben.

Wenn euch dieses Buch gefallen hat, dann solltet ihr auch Jamie's Geschichte lesen in:

, Mit dem Milliardär im Bett ‘, Band 3 der Serie ‚Mit den Junggesellen im Bett‘, der in Kürze erscheint.

Um weitere Informationen zu erhalten und den kostenlosen Newsletter zu abonnieren, besuchen Sie mich bitte auf *http:// www.virnadepaul.com*

BÜCHER VON VIRNA DEPAUL

Die Serie ,Mit den Junggesellen im Bett' umfasst

Band 1: *Mit dem falschen Bruder im Bett* (Rhys)
Band 2: *Mit dem schlimmen Zwilling im Bett* (Max)
Band 3: *Mit dem Milliardär im Bett* (Jamie)
Band 4: *Mit dem besten Freund im Bett* (Ryan)
Band 5: *Mit dem Biker von nebenan im Bett* (Cole)
Band 6: *Mit dem Bodyguard im Bett* (Luke)
Band 7: *Mit dem Trauzeugen im Bett* (Gabe)**
Band 8: *Mit dem Chef im Bett* (Eric)**

Verrückt nach dem verkehrten Kerl
Einem Werwolf kämpfer verfallen
**erscheint in Kürze

Die Serie, Rock'n'Roll Candy

Die Rock'n'Roll Candy Serie handelt von einer Gruppe von Freunden, Schauspieler Bad-Boys und sexy Rock Stars Anfang 20, die jeweils der Frau ihrer Träume begegnen.

Band 1: *Sexy wie Rock'n'Roll*
Band 2: *Stark wie Rock'n'Roll*
Band 3: *Süß wie Rock'n'Roll*
Band 4: *Verrucht wie Rock'n'Roll***
Band 5: *Sanft wie Rock'n'Roll***
Band 6: *Wild wie Rock'n'Roll***
Band 7: *Frei wie Rock'n'Roll***
**erscheint in Kürze

Die Serie ‚Mit den Junggesellen im Bett' umfasst:
Band 1: Mit dem falschen Bruder im Bett (Rhys)

Nach dem Zerbrechen einer Beziehung gelingt es Melina, ihren Kumpel Max aus Kindertagen zu überreden, sie in der Kunst der Leidenschaft zu unterweisen. Doch Melina erlebt eine Überraschung, als Max' Zwillingsbruder Rhys unerwartet auftaucht und diese Herausforderung annimmt. Da die Geschichte, die in Kalifornien spielt, sowohl heiß und hitzig als auch herzerfrischend zur Sache geht, wird sie mit HHH (Heat & Heart & HEA = Happily Ever After) bewertet, das heißt, sie garantiert auch ein glückliches Ende. Die vor Erotik knisternde Verwechslung im Bett umfasst charmante eineiige Zwillingsbrüder, frivole Lehrstunden, freche Wortspielereien, leichte Fesselungen, eine anziehende, jedoch schüchterne Hauptperson, die irrtümlich meint, langweilig zu sein, und einen Zauberer als Hauptfigur, der entschlossen ist, zu beweisen, dass das Mädchen seiner Träume alles hat, was er jemals brauchen wird.

Band 3: Mit dem Milliardär im Bett (Jamie)

Als offene, freigeistige Person hat Lucy Conrad Spaß mit ihren Freunden, hält aber andere deutlich auf Abstand, besonders ihre wohlhabende und vorschnell urteilende Familie . . . sowie den Milliardär, mit dem sie sich früher verabredete, Jamie Whitcomb. Trotz ihrer gegenseitigen unwiderstehlichen Anziehungskraft weiß Lucy aus Erfahrung, dass sie niemals in seine Welt passen würde.

Der charismatische Jamie genießt seine Arbeit, die Frauen und seinen Reichtum. Als die Pflicht ruft und er das Familienunternehmen übernehmen muss, stürzt er sich mit Vollgas in diese Aufgabe; er bedauert nur, dass Lucy nicht mit von der Partie sein will.

Dann geschieht eine Tragödie, und Lucy erkennt: Um das Sorgerecht für ihre zur Waise gewordenen Nichte zu bekommen, muss sie beweisen, dass sie sich doch wieder in die High-Society-Welt, die sie früher ablehnte, integrieren kann. Was wäre die Lösung? Jamies Scheinheiratsantrag annehmen und als die Sorte Mutter angesehen werden, die ihre Nichte verdient. Respektabel. Beherrscht. Gewillt, das Spiel mitzuspielen.

Mit ihrem vorgetäuschten Verlobten an ihrer Seite gibt Lucy Dirty Martinis und Leder zugunsten von Champagner und Seide auf. Doch als sich die Leidenschaft zwischen Lucy und Jamie immer weiter steigert, müssen die beiden eine Wahl treffen: voreinander zurückschrecken, um nicht verletzt zu werden . . . oder alles riskieren für die Art Liebe, die kein Geld der Welt kaufen kann.

Diese Geschichte beinhaltet lockend-zarte Berührungen in einem abgedunkelten Theater und auf der Tanzfläche, einen heißen Junggesellenabschied, eine weibliche Hauptfigur, die sich nicht scheut, auf einer Bühne zu zeigen, was sie hat, sündhafte Abenteuer mit geschlagener Sahne sowie einen reichen Helden, der seiner Frau im Schlafzimmer und darüber hinaus die Erfüllung schenkt.

Band 4: Mit dem besten Freund im Bett (Ryan)

Die liebenswert-nette Annie O'Roarke fühlt sich gelangweilt und einsam. Sie will mehr Aufregung. Mehr Abenteuer. Und mehr Sex . . . auch wenn es nicht mit dem Mann ist, in den sie heimlich verliebt ist, ihrem besten Freund Ryan Hennessey. Annie ist fest entschlossen, einmal in ihrem Leben das ,schlimme' Mädchen zu sein, und das bedeutet, sie will ihre Liste der ,unanständigen Dinge', die sie alle tun will, in der Stadt erleben, wo es ganz normal ist, unanständig zu sein: in Las Vegas.

Ryan Hennessey ist Feuerwehrmann und genießt es sehr,

seine Freizeit mit Annie zu verbringen. Sie ist der einzige Mensch, auf den er zählen kann. Niemals würde er ihre Freundschaft aufs Spiel setzen. Dann entdeckt Ryan Annies Liste der ‚unanständigen‘ Dinge. Obwohl er erstaunt ist, dass Annie kaum erwarten kann, ihre wildere Seite auszuleben, traut er keinem anderen zu, Annies Sicherheit zu gewährleisten.

Solange Ryan da ist, um sie zu beschützen, wird er es übernehmen, Annie den wahren Kern der Sache beizubringen, ein schlimmes Mädchen zu sein.

Ein schlimmes Mädchen nimmt sich einfach das, was sie will.

Wird Annie mutig genug sein, entsprechend der Leidenschaft, die zwischen ihr und Ryan knistert, zu handeln? Und wird Ryan sich selbst und Annie überzeugen können, dass die Liebe es wert ist, Risiken einzugehen?

Band 5: Mit dem Biker von nebenan im Bett

Jill Jones hat gute Freunde, einen tollen Job und regelmäßig eine ansehnliche Anzahl von Verabredungen. Was sie nicht hat, ist eine leicht verrückte oder wilde Seite–das glaubt sie jedenfalls. Dann trifft sie einen gut aussehenden, tätowierten Motorradfahrer, der sie regelrecht entflammt. Plötzlich sagt sie zu allen möglichen Sachen ja, angefangen bei einer Nacht im Bett ohne Bedingungen.

Als Experte für Sicherheit verdient sich Cole Novak seinen Lebensunterhalt damit, Menschen zu beschützen, aber der Kummer, dass er die wichtigste Person in seinem Leben nicht retten konnte, lastet immer noch schwer auf ihm. Dann trifft er Jill, und für eine Nacht bringt sie Farbe in seine dunkle Welt . . . doch nur, um am nächsten Tag wieder zu verschwinden und ihn in seine schon-vertraute Dunkelheit zurückzustoßen.

Bald merkt Cole, dass Jill ihm näher ist als er wahrhaben wollte–sie lebt sogar genau in dem Haus, das er verkaufen will, um seine Vergangenheit hinter sich zu lassen. Als die leidenschaftliche Frau seiner Träume plötzlich zum Mädchen von nebenan wird, fällt es Cole schwer, das Haus zu verkaufen und wegzuziehen. Wird er doch noch mehr von Jill wollen und sein Herz endlich öffnen können für Hoffnung und Liebe?

Verrückt nach dem verkehrten Kerl

Kann eine einsame, unnachgiebige Staatsanwältin in einem lässig-coolen Strafverteidiger aus den Südstaaten die wahre Liebe finden trotz ihrer gegensätzlichen Einstellungen zu Schuld, Unschuld und Verantwortung?

Sie hat ein weiches Herz, aber eine dunkle Vergangenheit. Er genießt das Leben in vollen Zügen und glaubt daran, dass jeder eine zweite Chance verdient. Sie ist entschlossen, Abstand zu halten. Er will ihr näher kommen, ganz nah. Doch ein dramatisches, lebensbedrohliches Ereignis ändert alles. Werden sie dennoch ihren Platz im Herzen des jeweils anderen finden?

Bei dieser kurzen, romantischen Erzählung geht es um Leidenschaft im Gerichtssaal wie auch im Schlafzimmer, und ihr Liebesabenteuer ähnelt einem romantischen Tanz mit Umwerben und unerwarteter Kapitulation, unterstützt von einer Freundin, die als Vermittlerin fungiert, um zwei Menschen zusammenzubringen, die dafür bestimmt sind, in guten wie in schlechten Zeiten füreinander da zu sein.

Die amerikanische Bewertung HHH (Heat, Heart & HEA = Happily Ever After) deutet darauf hin, dass es in diesem Liebesroman heiß und herzerfrischend zur Sache geht und ein glückliches Ende garantiert ist.

Die amerikanische Bewertung HHH (Heat, Heart & HEA = Happily Ever After) deutet darauf hin, dass es in diesem Liebesroman heiß und herzerfrischend zur Sache geht und ein glückliches Ende garantiert ist.

Eine Spezialeinheit für Einsätze bei paranormalen Phänomenen, eine angeschlagene Alpha-Wer-Bestie, die auf Rache sinnt, und eine Vampirin versuchen, ihre Drachenwandler-Adoptivfamilie zu retten.

Können sie eine Gruppe rebellierender Formwandler daran hindern, die Dämonen der Hölle freizusetzen?

Das längste Leben ist nicht immer das glücklichste . . .

Fünf Jahre nach dem Zweiten Zivilkrieg bemühen sich Menschen und Andersgeborene–menschenähnliche Wesen mit übermenschlicher DNA–immer noch um Frieden. Um beiden Gruppen zu ihren Rechten zu verhelfen, bildet das FBI ein Team, das mit einzigartigen Fähigkeiten ausgestattet ist.

Im Moment dient Wer-Bestie Dex Hunt diesem Para-Ops-Team, aber sein eigentliches Ziel ist es, den Werwolf-Anführer umzubringen, den er für den Tod seiner Mutter verantwortlich macht. Während er auf den rechten Augenblick wartet, hält sich Dex emotional von seinen Teammitgliedern und jedem anderen fern, für den er etwas empfinden könnte, einschließlich einer mysteriösen Vampirin, die er in Los Angeles traf.

Als Ärztin hat die Vampirin Jesmina Martin ihr unsterbliches Leben der Aufgabe verschrieben, andere zu heilen. Als forschende Wissenschaftlerin versucht sie, Lebensspannen zu verlängern, insbesondere jene ihrer Adoptivfamilie, der Drachenwandler, und die des Werwolfs, der sie gerettet hat, als sie ein Kind war. Ihre größte Hoffnung ruht auf Dex, der Wer-Bestie, die anderen Unsterblichkeit schenken kann.

Doch Dex weiß nichts von seiner Gabe, auch nicht, dass Jesmina sie für ihre Zwecke nutzbar machen will. Nach einer leidenschaftlichen, gemeinsamen Nacht erwartet keiner, den jeweils anderen wiederzusehen. Wochen später treffen sie in Frankreich aufeinander, gezwungen, ein zerbrechliches Geheimnis zu akzeptieren–neues Leben, das überleben will. Gleichzeitig müssen sie eine Gruppe rebellischer Formwandler daran hindern, die Dämonen der Hölle freizusetzen. Doch bevor Dex und Jesmina ihr Kind oder die Welt retten können, müssen sie ihre Geheimnisse preisgeben, ihre Ängste überwinden und sich selbst der Liebe öffnen.

ÜBER DIE AUTORIN

VIRNA DEPAUL IST EINE NEW York Times Bestsellerau-
torin und steht auch auf der Bestselling-Liste von USA
Today für erregende, spannungsvolle Erzählliteratur. Ob es um
Vampire, eine Spezialeinheit für paranormale Phänomene, heiße
Polizisten oder umwerfende identische Zwillingsbrüder geht,
ihre fiktiven Geschichten handeln immer von komplexen Indiv-
iduen, die gewillt sind, auch die unglaublichsten Schwierigkeiten
zu überwinden, um der Liebe den Weg zu bahnen.

Um weitere Informationen zu erhalten und den kostenlosen
Newsletter zu abonnieren, besuchen Sie mich bitte auf: *http://
www.virnadepaul.com*

Website: www.virnadepaul.com

Facebook: www.facebook.com/booksthatrock

Twitter: twitter.com/virnadepaul

www.ingramcontent.com/pod-product-compliance
Lightning Source LLC
Chambersburg PA
CBHW061543170626
46811CB00001B/67